GRöLS Verlage

„Bücher sind wie Fallschirme. Sie nützen uns nichts, wenn wir sie nicht öffnen."

Gröls Verlag

Redaktionelle Hinweise und Impressum

Das vorliegende Werk wurde zugunsten der Authentizität sehr zurückhaltend bearbeitet. So wurden etwa ursprüngliche Rechtschreibfehler regelmäßig *nicht* behoben, denn kleine Unvollkommenheiten machen das Buch – wie im Übrigen den Menschen – erst authentisch. Mitunter wurden jedoch zum Beispiel Absätze behutsam neu getrennt, um den Lesefluss zu erleichtern.

Um die Texte zu rekonstruieren, werden antiquarische Bücher von Lesegeräten gescannt und dann durch eine Software lesbar gemacht. Der so entstandene Text wird von Menschen gegengelesen und korrigiert – hierbei treten auch Fehler auf. Wenn Sie ebenfalls antiquarische Texte einreichen möchten, finden Sie weitere Informationen auf www.groels.de

Viel Freude bei der Lektüre wünscht Ihnen das Team des Gröls-Verlags.

Adressen

Verleger: Hermann-Josef Gröls,

Im Borngrund 26, 61440 Oberursel

Externer Dienstleister für Distribution & Herstellung:

BoD, In de Tarpen 42, 22848 Norderstedt

Unsere „Edition | Werke der Weltliteratur“ hat den Anspruch, eine der größten und vollständigsten Sammlungen klassischer Literatur in deutscher Sprache zu werden. Nach und nach versammeln wir hier nicht nur die „üblichen Verdächtigen“ von Goethe bis Schiller, sondern auch Kleinode der vergangenen Jahrhunderte, die – zu Unrecht – drohen, in Vergessenheit zu geraten. Wir kultivieren und kuratieren damit einen der wertvollsten Bereiche der abendländischen Kultur. Kleine Auswahl:

Francis Bacon • Neues Organon • **Balzac** • Glanz und Elend der Kurtisanen • **Joachim H. Campe** • Robinson der Jüngere • **Dante Alighieri** • Die Göttliche Komödie • **Daniel Defoe** • Robinson Crusoe • **Charles Dickens** • Oliver Twist • **Denis Diderot** • Jacques der Fatalist • **Fjodor Dostojewski** • Schuld und Sühne • **Arthur Conan Doyle** • Der Hund von Baskerville • **Marie von Ebner-Eschenbach** • Das Gemeindekind • **Elisabeth von Österreich** • Das Poetische Tagebuch • **Friedrich Engels** • Die Lage der arbeitenden Klasse • **Ludwig Feuerbach** • Das Wesen des Christentums • **Johann G. Fichte** • Reden an die deutsche Nation • **Fitzgerald** • Zärtlich ist die Nacht • **Flaubert** • Madame Bovary • **Gorch Fock** • Seefahrt ist not! • **Theodor Fontane** • Effi Briest • **Robert Musil** • Über die Dummheit • **Edgar Wallace** • Der Frosch mit der Maske • **Jakob Wassermann** • Der Fall Maurizius • **Oscar Wilde** • Das Bildnis des Dorian Grey • **Émile Zola** • Germinal • **Stefan Zweig** • Schachnovelle • **Hugo von Hofmannsthal** • Der Tor und der Tod • **Anton Tschechow** • Ein Heiratsantrag • **Arthur Schnitzler** • Reigen • **Friedrich Schiller** • Kabale und Liebe • **Nicolo Machiavelli** • Der Fürst • **Gotthold E. Lessing** • Nathan der Weise • **Augustinus** • Die Bekenntnisse des heiligen Augustinus • **Marcus Aurelius** • Selbstbetrachtungen • **Charles Baudelaire** • Die Blumen des Bösen • **Harriett Stowe** • Onkel Toms Hütte • **Walter Benjamin** • Deutsche Menschen • **Hugo Bettauer** • Die Stadt ohne Juden • **Lewis Caroll** • *und viele mehr….*

Inhalt

Das Geheimnis des Paters Brown

Gilbert Keith Chesterton

Kriminalerzählungen

Übersetzt von Rudolf Nutt

Flambeau, einst der berühmteste Verbrecher Frankreichs, später Privatdetektiv in England, hatte seit langem beide Berufe aufgegeben und sich zur Ruhe gesetzt. Man sagt, das Umsatteln sei ihm nicht ganz leicht geworden, und er habe in seinem neuen Berufe wegen zu vieler Gewissensskrupeln nicht so leicht und erfolgreich gearbeitet wie in seinem alten. Jedenfalls war er nach einem wildromantischen Leben an einem Plätzchen gelandet, das manche wohl als den geeigneten Ort für den Abschluß einer solchen Karriere bezeichnen könnten, auf einem spanischen Schlosse. Dies Schloß, wenn auch verhältnismäßig klein, war doch ein solider Bau, und der Weinberg mit den blauschwarz schimmernden Trauben und der Gemüsegarten mit den grünen Salat- und Kohlreihen bedeckten einen beträchtlichen Teil des braunen Schloßberges. Denn Flambeau besaß nach so vielen stürmischen Abenteuern noch jene so vielen Romanen eigene und (zum Beispiel) so vielen Amerikanern fehlende eigentümliche Energie, die Kraft, sich zur Ruhe zu setzen. Man kann diese Fähigkeit bei manchem großen Hotelbesitzer beobachten, dessen einziger Ehrgeiz ist, ein kleiner Bauer zu sein. Man bemerkt sie an vielen französischen Provinzkaufleuten, die in dem Augenblick, da sie sich in einen scheußlichen Millionär verwandeln und eine ganze Straße mit Läden kaufen könnten, haltmachen, um sich in Ruhe und Frieden ihrer Häuslichkeit und dem Dominospiel zu widmen. Flambeau hatte sich zufällig und fast plötzlich in eine spanische Dame verliebt, sie geheiratet und eine zahlreiche Familie gegründet, ohne das Verlangen zu haben oder wenigstens zu zeigen, die Grenzen seines Besitztums jemals wieder zu überschreiten. Aber eines Morgens beobachtete seine Familie, daß er ungewöhnlich unruhig und aufgeregt war. Er erwartete einen Gast, und als dieser Gast noch ein ferner schwarzer Punkt war, stürmte Flambeau, gefolgt von seinem kleinen Knaben, den Schloßberg hinunter, um dem das Tal heraufwandernden Ankömmling entgegenzugehen.

Der schwarze Punkt nahm langsam an Größe zu, ohne seine Form merklich zu verändern, denn er blieb sozusagen rund und schwarz. Das schwarze Habit der Geistlichen war in diesen Bergen keine ungewöhnliche Erscheinung, aber die Kleidung des Besuchers hatte, wenn sie ihn auch sofort als Kleriker anzeigte, im Vergleich mit dem langen Rock und der Soutane etwas zugleich bürgerlich Unauffälliges und doch fast Flottes an sich und kennzeichnete ihren Träger so deutlich als einen Bewohner der nordwestlichen Inseln, als ob er den Namen einer Londoner Eisenbahnstation auf der Brust trüge. Er hatte einen kurzen dicken Regenschirm mit keulenartigem Griff in der Hand, bei dessen Anblick Flambeau fast Tränen der Rührung vergoß, denn dieser Schirm hatte ehemals in vielen gemeinsamen Abenteuern der beiden Freunde eine Rolle gespielt. Der Ankömmling war nämlich ein englischer Freund des Franzosen, Pater Brown, der endlich seinen lang ersehnten, aber immer wieder aufgeschobenen Besuch abstattete. Die beiden hatten ständig korrespondiert, aber sich seit Jahren nicht gesehen.

Pater Brown wurde bald heimisch in dem Familienkreise, der groß genug war, um als Gesellschaft oder Gemeinschaft zu wirken. Er machte Bekanntschaft mit den großen vergoldeten und prächtig bemalten Holzfiguren der heiligen drei Könige, die den Kindern zu Weihnachten Geschenke bringen, denn in Spanien spielen die Kinder im häuslichen Leben eine große Rolle. Er machte Bekanntschaft mit dem Hunde, der Katze und dem gesamten Viehstand. Er machte aber auch Bekanntschaft mit einem Nachbarn, der gleich ihm in dieses Tal die Kleidung und die Sitten ferner Länder getragen hatte.

Es war am dritten Tage seines Aufenthaltes, als der Priester einen stattlichen Fremden erblickte, der mit Verbeugungen, wie sie kein spanischer Grande zuwege bringen könnte, der Familie seine Aufwartung machte. Er war ein großer, hagerer, grauhaariger und sehr eleganter Mann, dessen Hände, Manschetten und Manschettenknöpfe in ihrer Gepflegtheit und ihrem Glanz etwas Überwältigendes an sich hatten. Aber sein langes Gesicht trug keine Spur jener schläfrigen Langeweile, die in englischen Karikaturen untrennbar mit langen Manschetten und Maniküre verbunden ist. Er war auffallend munter und lebhaft, und in den Augen stand eine kindliche Neugier und Forscherlust, wie man sie bei einem Graukopf nur selten sieht. Dies allein hätte einem sagen können, welcher Nation der Mann angehörte, aber hinzu kamen noch der nasale Ton in seiner gepflegten Stimme und seine allzu schnelle Bereitwilligkeit, allem Europäischen ringsherum ein riesiges Alter zuzuschreiben. Er war in der Tat keine geringere Person als Herr Grandison Chace aus Boston, ein auf Reisen befindlicher Amerikaner, der hier in der Gegend kurz Station gemacht und zu diesem Zwecke das an Flambeaus Besitztum angrenzende Gut gepachtet hatte, ein ziemlich ähnliches Schloß auf einem ziemlich ähnlichen Berge. Er hatte eine Riesenfreude über seine alte Burg und betrachtete seinen freundlichen Nachbarn als eine ähnliche örtliche Sehenswürdigkeit. Denn Flambeau hatte es, wie schon gesagt, fertiggebracht, sich wirklich zur Ruhe zu setzen, gleichsam Wurzel zu schlagen. Es war, als ob er seit Urzeiten mit seinen Weinstöcken und seinen Feigenbäumen ein Monument der Gegend bildete. Er hatte seinen wirklichen Namen Duroc wieder angenommen, denn der Name Flambeau, „Fackel", war nur ein Deckname gewesen, wie ihn solche Leute wie Duroc gern wählen, wenn sie Krieg gegen die Gesellschaft führen. Er war ein guter Gatte und Familienvater und entfernte sich niemals weiter vom Hause, als es für den Erfolg eines kleinen Pirschganges nötig war. Er erschien dem amerikanischen Weltenbummler als die Verkörperung jenes Kults heiterer bürgerlicher

Behaglichkeit und maßvollen Wohllebens, der Herrn Chace unter den mittelmeerländischen Völkern aufgefallen war, und der Amerikaner war weise genug, diesem Kult Bewunderung zu zollen. Der rollende Stein aus dem Westen war froh, einen Augenblick auf diesem Felsen im Süden, der mit einer so dichten Moosschicht bedeckt war, ausruhen zu können. Aber Herr Chace hatte von Pater Brown gehört; in seinem Ton trat eine leichte Veränderung ein, er sprach, wie man mit berühmten Leuten spricht. Der Fragetrieb in ihm erwachte, taktvoll, aber nur durch ein Interview zu befriedigen. Wenn er versuchte, Pater Brown auszuhorchen, so geschah es jedenfalls nach der geschicktesten und unauffälligsten amerikanischen Methode.

Sie saßen in einer Art halboffenem Vorhof, wie er oft den Eingang zu spanischen Häusern bildet. Die Dämmerung nahm rasch zu, und da es nach Sonnenuntergang in den Bergen rasch kühl wird, hatte man einen kleinen Ofen auf die Steinfliesen gestellt, der rote Kringel auf den Boden warf und wie ein Kobold mit rotglühenden Augen in die Nacht starrte. Nur ab und zu streckte der Feuerschein auf dem Boden ein Zünglein bis an die große, kahle, braune Backsteinmauer vor, die über ihren Häuptern steil in die tiefblaue Nacht emporstieg. Im Zwielicht sah man undeutlich Flambeaus breitschultrige Gestalt und seine langen, wie Kavalleriesäbel gebogenen Schnurrbarthälften. Er zapfte aus einem großen Fasse Wein und reichte ihn herum. In seinem Schatten sah der Priester sehr zusammengeschrumpft und klein aus, er saß ganz zusammengekauert dicht an und halb über dem kleinen Ofen. Der Amerikaner hatte sich elegant vorgelehnt, den Ellenbogen aufs Knie gestützt, das feine, scharf umrissene Gesicht ganz im Licht. Seine Augen waren mit klug forschendem Ausdruck auf den Priester gerichtet.

„Ich kann Ihnen versichern," sagte er, „daß wir Ihre Leistung in der Mordsache Mondschein als den größten Triumph ansehen, den die Geschichte der Detektivwissenschaft bis jetzt zu verzeichnen hat."

Pater Brown murmelte etwas vor sich hin. Dieses Murmeln hatte eine verzweifelte Ähnlichkeit mit einem Stoßseufzer.

„Wir alle kennen,“ fuhr der Amerikaner fort, ohne sich aus der Fassung bringen zu lassen, „die angeblichen Leistungen Dupins und anderer, jener Lecocqs, Sherlock Holmes', Nickolas Carters und anderer Phantasiefiguren der edlen Detektivkunst. Aber wir beobachten, daß Ihre eigenen Methoden, einen Fall anzupacken, sich vielfach und sehr deutlich von den Methoden dieser übrigen scharfen Denker, mögen sie nun Phantasiegestalten oder Menschen von Fleisch und Blut sein, unterscheiden. Man ist sogar auf die Vermutung gekommen, ob die Verschiedenheit der Methode nicht vielleicht den Schluß auf das Fehlen jeglicher Methode zuläßt.“

Pater Brown schwieg, dann fuhr er plötzlich auf, fast als wäre er über dem Ofen eingenickt, und sagte: „Entschuldigen Sie. Jawohl ... Fehlen jeglicher Methode ... aber, so fürchte ich, Fehlen jeglicher Aufmerksamkeit auch.“

„Ich meine das Fehlen einer genau festgelegten wissenschaftlichen Methode,“ fuhr der wissensdurstige Amerikaner fort. „Edgar Allan Poe erklärt in einigen kleinen Essays in Gesprächsform Dupins Methode mit ihren feinen Übergängen von einem scharfen Gedanken zum andern. Doktor Watson mußte einigen hübschen exakten Darlegungen der Methode Holmes' lauschen, die sich durch Beobachtung materieller Einzelheiten auszeichnet. Aber niemand scheint sich bis jetzt an eine erschöpfende Darstellung Ihrer eigenen Methode herangewagt zu haben, Pater Brown, und man hat mir gesagt, daß Sie das Anerbieten, darüber eine Reihe Vorträge in den Staaten zu halten, abgelehnt haben.“

„Das stimmt,“ antwortete der Priester mit einem unwilligen Blick auf den Ofen, „ich habe abgelehnt.“

„Ihre Ablehnung entfesselte eine sehr interessante Diskussion,“ bemerkte Chace. „Ich darf Sie vielleicht darauf aufmerksam machen, daß man bei uns verschiedentlich meint, Ihre Wissenschaft könne gar nicht dargelegt werden, weil sie über die natürlichen Grenzen einer Wissenschaft hinausgeht. Man sagt, Ihr Geheimnis könne nicht weiterverbreitet und allgemein zugänglich gemacht werden, weil es im Grunde okkulter Natur sei."

„Was für einer Natur?" fragte Pater Brown scharf.

„Ich meine, esoterischer Art," erwiderte der andere. „Stellen Sie sich doch vor, wie sich die Leute über all die Mordtaten aufgeregt haben. Sie brauchen nur an die Namen Gallup, Stein, Merton, Gwynne und Dalmon zu denken. Die Leute zerbrachen sich den Kopf, und auf einmal kommen Sie und erzählen jedem, der es hören will, wie der Mord ausgeführt wurde, aber keinem, woher Sie die Kenntnis haben. So kam man natürlich auf den Gedanken, daß Sie alles sozusagen mit geschlossenen Augen entdeckten. Charlotte Brownson hielt einen Vortrag über Hellsehen und belegte ihre Ausführungen mit Beispielen aus jenen Fällen. Die Frauenliga vom Zweiten Gesicht in Indianapolis –"

Pater Brown sah noch immer in die Ofenglut, dann sagte er, als ob er gar nicht wüßte, daß ihn jemand hörte, laut und deutlich:

„Um Himmelswillen, so geht das nicht weiter."

„Ich weiß wirklich nicht, wie Sie das verhindern wollen," sagte Herr Chace, ohne sich im geringsten aus der Fassung bringen zu lassen. „Die Frauenliga vom Zweiten Gesicht will Ihre Erfolge in ausgedehntem Maße als Material verwerten. Die einzige Möglichkeit, sie daran zu verhindern, besteht meiner Meinung nach darin, daß Sie endlich den Schleier Ihres Geheimnisses lüften."

Pater Brown ächzte. Er beugte den Kopf, bis sein Gesicht in den Händen lag, und verharrte eine Weile in dieser Stellung, als dächte er angestrengt nach. Dann hob er den Kopf und sagte gemächlich:

„Es bleibt mir nichts anderes übrig. Ich muß das Geheimnis preisgeben."

Sein Blick glitt dunkel über den immer mehr dunkelnden Hof, von den roten Augen des kleinen Ofens bis zu dem dräuenden Schatten der alten Mauer, über der heller und heller glitzernd die leuchtenden Sterne des Südens standen.

„Das Geheimnis ist –" Er hielt ein, als wäre er unfähig, fortzufahren. Dann fing er von neuem an und sagte:

„Sehen Sie, ich selbst habe alle diese Leute ermordet."

„Was?" sagte der Amerikaner mit leiser Stimme, die aus tiefer, weiter Stille klang.

„Ja, ich habe sie alle selbst ermordet," erklärte Pater Brown geduldig. „Deshalb kannte ich natürlich den Hergang."

Grandison Chace hatte sich zu seiner ganzen Höhe aufgerichtet, als wäre er durch eine langsame Explosion zur Decke emporgehoben. Hoch auf den andern niederblickend, wiederholte er seine ungläubige Frage.

„Ich hatte jedes Verbrechen sehr genau überlegt und entworfen," fuhr Pater Brown fort. „Ich hatte mir genau ausgedacht, wie so etwas wohl gemacht werden könnte, und in welchem Geisteszustand ein Mann sein müßte, der eine solche Tat wirklich ausführte. Und wenn ich ganz sicher war, daß ich mich ganz und gar hineingefühlt hatte in den Mörder, dann wußte ich natürlich, wer er war."

Chace seufzte mehrmals erleichtert auf.

„Sie haben mir keinen schlechten Schrecken eingejagt," sagte er. „Im ersten Augenblick habe ich wirklich gedacht, Sie hätten Ihre Worte ernst gemeint. Ich sah es schon in großen Überschriften in allen unseren Zeitungen stehen: ›Ein frommer Heuchler als Mörder entlarvt: Hundert Verbrechen des Pater Brown.‹ Wenn Sie jedoch nur eine Redewendung gebraucht haben und ausdrücken wollen, daß Sie sich bemüht haben, die psychologischen Unterlagen des Mordes zu rekonstruieren, so ist das natürlich –"

Pater Brown klopfte mit der kurzen Pfeife, die er gerade stopfen wollte, heftig auf den Ofen. Er bekam sehr selten einen Anfall von Unwillen, aber jetzt sah man ihm deutlich an, daß er sich ärgerte.

„Nein, nein, nein," rief er fast wütend. „Was ich gesagt habe, ist keine Redewendung. Das kommt dabei heraus, wenn man versucht, über tiefe Dinge zu sprechen ... Wird man nicht immer mißverstanden, wenn man den Mund auftut? … Wenn man über eine rein geistige Wahrheit sprechen will, so glauben die Leute immer, daß alles nur bildlich gemeint ist. Ein leibhaftiger Mann mit zwei Beinen sagte einmal zu mir: ›Ich glaube an den Heiligen Geist nur in geistigem Sinne.‹ Ich konnte ihm selbstverständlich nur erwidern: ›In welchem anderen Sinne könnten Sie denn an ihn glauben?‹ Und dann dachte er, ich hätte sagen wollen, er brauche nur an Entwicklung, allgemeine Verbrüderung oder den Aufschwung der Technik glauben. Ich wollte sagen, daß ich mich selbst mit meinem wirklichen Selbst die Morde begehen sah. Ich habe die Männer nicht wirklich mit irgendeinem Gegenstand getötet, aber darauf kommt es nicht an. Ein Backstein oder irgendein Werkzeug hätten genügt, um sie vom Leben zum Tode zu befördern. Ich wollte sagen, ich dachte unablässig darüber nach, wie wohl ein Mann so weit kommen könne, bis ich schließlich selbst wirklich so weit war, nur der letzte Schritt, die Einwilligung zur Tat, fehlte. Diese Methode wurde mir einst durch einen Freund als eine Art religiöser Übung angeraten. Ich glaube, er hatte sie von Papst Leo XIII., für den ich immer geschwärmt habe."

„Ich fürchte," sagte der Amerikaner in einem Ton, der noch nicht frei von jedem Zweifel war, und sah dabei den Priester an, als wäre der ein wildes Tier, „daß Sie mir noch sehr viel zu erklären haben würden, bevor ich wüßte, worauf Sie eigentlich hinaus wollen. Die Wissenschaft der Aufklärung von Verbrechen –"

Pater Brown knipste wieder voll lebhaften Unwillens mit den Fingern. „Das ist der Punkt," rief er, „das ist der Punkt, an dem unsere Wege sich trennen. Wissenschaft ist etwas Großes, wenn sie an der richtigen Stelle angewandt wird, in ihrem wirklichen Sinne eines der großartigsten Wörter der Welt. Aber was versteht man in neun unter zehn Fällen unter diesem Worte, wenn man es heute gebraucht? Wenn man sagt, die Aufklärung von Verbrechen sei eine Wissenschaft? Wenn man sagt, die Kriminologie sei eine Wissenschaft? Man versteht darunter, sich außerhalb eines Mannes stellen und ihn studieren, als wäre er ein riesiges Insekt. Man nennt das objektive und unparteiische Betrachtung. Ich aber würde es lieber eine mitleidlose Leichensezierung nennen. Man versteht darunter, sich von einem Menschen möglichst weit entfernen und ihn betrachten, als wäre er ein von unserer Zeit losgelöstes prähistorisches Ungeheuer; die Form seines ›Verbrecherschädels‹ beglotzen, als wäre dieser Schädel so ein seltsames und ungewöhnliches Ding wie das Horn auf der Nase eines Rhinozeros'. Wenn der wissenschaftliche Kriminologe von Typen spricht, so meint er damit niemals sich selbst, sondern immer seinen Mitmenschen, wahrscheinlich einen ärmeren Mitmenschen. Ich leugne nicht, daß eine objektive unparteiische Betrachtung manchmal ihr Gutes haben kann, obschon sie in einem Sinne das gerade Gegenteil von Wissenschaft ist. Sie gibt uns nicht nur keine Erkenntnis, sondern unterdrückt in uns sogar das, was wir wissen. Sie läßt uns einen Bekannten als Fremden behandeln und tut so, als ob etwas uns nahe Vertrautes in Wirklichkeit fern und geheimnisvoll wäre. Es ist gerade so, als würde man bei einem Menschen nicht mehr von einer Nase, sondern von einem Rüssel sprechen, nicht mehr von Schlaf, sondern von einem alle vierundzwanzig Stunden einmal eintretenden Anfall von Empfindungslosigkeit. Nun, was Sie als mein ›Geheimnis‹ bezeichnen, ist gerade das Gegenteil von einer solchen Betrachtungsweise. Ich versuche nicht, mich außerhalb des Menschen zu stellen. Ich bemühe mich, in den Mörder hineinzuschlüpfen ... Aber das drückt die Sache noch nicht richtig aus, es ist mehr als das. Ich stecke wirklich in einem Menschen drin. Ich trete niemals aus ihm heraus, ich bewege seine Arme und Beine. Und dann warte ich, bis ich weiß, daß ich in einem Mörder stecke. Ich denke seine Gedanken, ich kämpfe mit seinen Leidenschaften, ich kauere mich in die Stellung seines geduckt nach einem Opfer ausspähenden Hasses, bis ich die Welt mit seinen blutunterlaufenen schielenden Augen sehe, dieselben Scheuklappen trage wie er und halbverblödet immer nur auf einen Punkt starre, nichts mehr zur Rechten, nichts mehr zur Linken sehe, sondern nur geradeaus den sich scharf abhebenden Strich eines geraden, zu einem Bluttümpel führenden Weges. Bis ich wirklich ein Mörder bin.“

„Oh!“ sagte Herr Chace, der ihn mit langem, entsetztem Gesicht betrachtete, und setzte hinzu: „Und das nennen Sie eine religiöse Übung?“

„Ja," antwortete Pater Brown. „Das nenne ich eine religiöse Übung."

Nachdem er eine Weile geschwiegen hatte, fuhr er fort: „Es ist tatsächlich so sehr eine religiöse Übung, daß ich am liebsten gar nicht darüber gesprochen hätte. Aber ich konnte Sie doch bei bestem Willen nicht heimfahren und Ihren Landsleuten die Mär verkünden lassen, ich wäre im Besitz eines mit Hellseherei verbundenen Zaubermittels. Ich habe mich nicht gut ausgedrückt, aber was ich gesagt habe, ist wahr. Kein Mensch taugt in Wirklichkeit etwas, bis er weiß, wie schlecht er ist oder sein könnte, bis er ganz und gar einsieht, wieviel Recht er hat, in dieser abstrakten und hochmütigen Weise über Verbrecher zu reden, als wären das Affen in einem zehntausend Meilen entfernten Urwald, bis er sich von dieser elenden Selbsttäuschung, von niedrigen Typen und anormalen Schädeln zu reden, freimacht, bis er den letzten Tropfen pharisäischen Öles aus seiner Seele gepreßt hat, bis seine einzige Hoffnung ist, es möge ihm einmal gelingen, einen einzigen Verbrecher zu erwischen und ihn sicher unter seinem eigenen Hute nach Hause zu tragen."

Flambeau füllte einen großen Becher mit spanischem Wein und setzte ihn seinem Freunde vor, der amerikanische Gast war bereits versorgt. Dann griff er zum erstenmal in die Unterhaltung ein.

„Ich glaube, Pater Brown hat einige neue geheimnisvolle Geschichten erlebt. Ich glaube, wir haben neulich noch davon gesprochen. Er hat seit unserer letzten Begegnung mit einigen sonderbaren Leuten zu tun gehabt."

„Ja, die Geschichten kenne ich mehr oder weniger, den äußeren Hergang, aber nicht den inneren," sagte Chace, indem er nachdenklich sein Glas hob. „Können Sie vielleicht Ihre Methode mit einigen Beispielen illustrieren? ... Ich meine, haben Sie die letzten Mordfälle nach Ihrer introspektiven Methode behandelt?"

Auch Pater Brown erhob sein Glas. Der Schein des Feuers ließ den roten Wein durchsichtig erglühen, er leuchtete wie das prächtige blutrote Glas in einem buntfarbigen Kirchenfenster. Die rote Flamme schien seine Augen festzubannen und seinen Blick tiefer und tiefer in sich hineinzuziehen, als umfaßte der Becher ein mit dem Blute aller Menschen gefülltes rote Meer, und als wäre seine Seele ein Taucher, der sich in die Tiefen der Niedrigkeit und böser Gedanken hinabgleiten ließ, tiefer noch als die untersten Meerungeheuer und die untersten Schlammschichten. Jetzt war der leuchtende Wein wie ein weiter glühender Sonnenuntergang auf dunkelrotem Sande, und auf dem Sande standen schwarze Gestalten, Menschen, einer lag am Boden und ein anderer lief zu ihm hin. Dann schien die Abendglut sich in einzelne Flecken aufzulösen, rote Lampen schaukelten an Gartenbäumen und spiegelten sich rot in einem Teiche wider. Und dann schien sich die ganze Farbe in eine große rote Kristallrose zusammenzuballen, ein Juwel, das die Welt wie eine rote Sonne überstrahlte; dunkel hob sich in dem Licht der Schatten einer großen Gestalt ab, die einen hohen Kopfputz trug, wie er etwa in fernen Zeiten einen Priester geschmückt haben mochte. Dann schmolz der Glanz wieder zusammen, bis nur die Flamme eines wilden roten Bartes übrigblieb, der im Winde über ein wildes graues Moor wehte. Alle diese Dinge, die später noch von anderen Seiten und in anderer Beleuchtung und Stimmung sich darbieten werden, standen auf die Frage des Amerikaners hin in seiner Erinnerung auf und begannen, sich zum Fluß berichtender Rede und kritischer Bemerkungen zusammenzuschließen.

„Ja“ sagte er, als er den Becher langsam an seine Lippen führte, „ich kann mich ganz gut erinnern –“

Der zertrümmerte Spiegel

James Bagshaw und Wilfred Underhill waren alte Freunde und streiften beide zu nächtlicher Zeit gern draußen umher, wobei sie in dem stillen und wie ausgestorbenen Vorstadtviertel, in dem sie wohnten, Straße auf Straße in unendlichem Gespräch durchbummelten. Der erstere, ein großer, brünetter, gutmütiger Mann mit schwarzem Schnurrbartstreifen, war von Beruf Polizeidetektiv, der letztere, ein blonder Mensch mit scharfgeschnittenem Gesicht und lebhaftem Blick, spielte gern den Amateurdetektiv. Die Leser der besten wissenschaftlichen

Detektivromane werden mit Entrüstung vernehmen, daß der Polizist das Wort führte und der Amateur zuhörte, sogar mit einem gewissen Respekt.

„Unser Beruf ist der einzige," sagte Bagshaw, „in dem nach allgemeiner Annahme der Fachmann sich nicht auf sein Geschäft versteht. Zum Kuckuck noch mal, kein Mensch schreibt Erzählungen, in denen Friseure vorkommen, die keine Haare schneiden können und sich von einem Kunden helfen lassen müssen, oder in denen sich ein Chauffeur von seinem Fahrgast erst in die Philosophie des Autofahrens einführen lassen muß. Trotzdem leugne ich nicht, daß wir oft die Neigung haben, uns in ausgefahrenen Geleisen fortzubewegen, oder, mit anderen Worten, alle Nachteile haben, die ein Vorgehen nach bestimmten Regeln mit sich bringt. Die Romanschreiber tun uns jedoch darin unrecht, daß sie uns nicht einmal die Vorteile zuerkennen, die eine solche Methode gewährt."

„Sicher," sagte Underhill, „würde Sherlock Holmes sagen, daß für ihn die logische Folgerichtigkeit Regel und Richtschnur war."

„Da mag er recht haben," antwortete der andere, „aber ich meine eine für viele Personen bindende Regel. Unsere Arbeit gleicht der eines Armeestabes. Viele kleine Mitteilungen laufen zusammen und kommen allen zugute."

„Und du meinst, Detektivgeschichten übersähen diesen Punkt?" fragte sein Freund.

„Denken wir uns nur mal einen beliebigen Fall, in dem Sherlock Holmes und Lestrade, der Polizeidetektiv, eine Rolle spielen. Sherlock Holmes, sagen wir, sieht auf den ersten Blick, daß ein gänzlich fremder Mensch, der die Straße überquert, ein Ausländer ist, nur weil er zu erwarten scheint, daß rechts anstatt links gefahren wird. Ich will gern zugeben, daß Holmes diese Beobachtung machen kann. Ich bin überzeugt, daß Lestrade nichts dergleichen bemerken würde. Aber man läßt die Tatsache aus, daß der Polizist den Fremden wahrscheinlich bereits kennt. Lestrade könnte wissen, daß der Mann ein Ausländer ist, nur weil seine Abteilung die Ausländer zu überwachen hat. Einige würden sagen, daß sich diese Überwachung auch auf alle Einheimischen erstreckt. Als Polizist freue ich mich, daß die Polizei so viel weiß, denn jeder will seinen Beruf gut ausüben. Aber als Bürger frage ich mich mitunter, ob die Polizei nicht zu viel weiß."

„Du willst doch wohl nicht im Ernst behaupten," sagte Underhill ungläubig, „daß du über fremde Leute in einer fremden Straße Bescheid weißt? Wenn jetzt ein Mann aus dem Hause da drüben käme, würdest du ihn vielleicht kennen?"

„Wenn er der Hausherr wäre, gewiß," antwortete Bagshaw. „Das Haus ist von einem Literaten gemietet, einem Anglo-Rumänen, der gewöhnlich in Paris lebt, aber jetzt in England, um wegen der Aufführung eines Theaterstückes zu verhandeln. Er ist einer der neuen Dichter und ziemlich schwer zu lesen, glaube ich. Er heißt Osric Orm."

„Na ja, das ist einer, aber alle Leute an der Straße meine ich. Ich dachte gerade, wie fremd, neu und namenlos hier alles aussieht, diese hohen kahlen Mauern und diese in großen Gärten einsam stehenden Häuser. Du kannst doch nicht alle kennen."

„Ein paar kenne ich," antwortete Bagshaw. „Diese Gartenmauer, an der wir entlanggehen, schließt das Besitztum Sir Humphrey Gwynnes ab, der besser unter dem Namen Richter Gwynne bekannt ist; der alte Richter, weißt du, der während des Krieges solch ein Spionenriecher war. Das nächste Haus gehört einem reichen Zigarrengroßhändler, der aus Südamerika kommt und sehr bräunlich und spanisch aussieht, obwohl er den gut englischen Namen Buller führt. Das übernächste Haus – hast du gehört?"

„Ich habe zwar etwas gehört," sagte Underhill, „aber ich weiß wirklich nicht, was es war."

„Ich weiß, was es war," erwiderte der Detektiv, „zwei Schüsse aus einem ziemlich schweren Revolver, auf die ein Hilfeschrei folgte. Und der Knall kam aus dem Garten des Richters Gwynne, diesem Paradies des Friedens und der gesetzlichen Ordnung."

Er blickte die Straße scharf auf und ab und setzte dann hinzu:

„Und der einzige Zugang zum Garten befindet sich eine halbe Meile weit auf der anderen Seite. Ich wünschte, diese Mauer wäre ein bißchen niedriger, oder ich ein bißchen leichter, aber wir wollen mal sehen, ob es nicht geht."

„Etwas weiter vorn ist sie niedriger," sagte Underhill, „und ein Baum, der dort steht, kann uns vielleicht gute Dienste leisten."

Sie liefen schnell die Mauer entlang und kamen an eine Stelle, wo sich ihre Höhe plötzlich beträchtlich verminderte, fast als wäre die Mauer halb in die Erde gesunken. Ein in prächtigster Blüte stehender und im Lichte einer einsamen Straßenlaterne glitzernder Baum ragte mit einem niederhängenden Aste aus dem dunklen Garten auf die Straße hinüber. Bagshaw faßte den Ast und schwang sich mit einem Bein über die Mauer, und im nächsten Augenblick standen sie knietief in den geknickten Blumen eines Beetes.

Der Garten des Richters Gwynne gewährte zur Nachtzeit ein eigenartiges Schauspiel. Der große Garten lag am Ende der Vorstadt im Schatten eines großen dunklen Hauses. Das Haus war stockdunkel, die Fensterläden waren geschlossen, kein Lichtschimmer war zu sehen, wenigstens nicht auf der dem Garten zugekehrten Seite. Aber der Garten selbst, der eigentlich im Schatten dieses dunklen Hauses in absoluter Dunkelheit hätte daliegen sollen, zeigte hier und da ein Leuchten und ein Glitzern, wie man es bei einem niedergehenden Feuerwerk sieht, es sah aus, als wäre eine erlöschende Riesenrakete in die Bäume gefallen. Als sie weiter vorgingen, sahen sie, daß dieses Licht von verschiedenen buntfarbigen Lampen herrührte, die wie Aladins Edelsteinfrüchte in den Zweigen hingen, und besonders von einem kleinen runden See oder Teiche, der in gedämpften Farben glitzerte, als brenne eine Lampe tief unter ihm.

„Gibt er ein Gartenfest?" fragte Underhill. „Der Garten scheint illuminiert zu sein."

„Nein," antwortete Bagshaw. „Es ist eine Liebhaberei von ihm, die er, glaube ich, mit besonderer Vorliebe betreibt, wenn er allein ist. In dem

Häuschen oder der Hütte da drüben, wo er arbeitet, hat er eine kleine elektrische Station eingerichtet. Buller, der ihn gut kennt, sagt, die farbigen Lampen seien meistens ein Zeichen, daß er nicht gestört sein will."

„Sehen eher aus wie Notsignale," warf Underhill ein.

„Mein Gott! Ich fürchte, es sind wirklich Notsignale!" Und Bagshaw begann plötzlich zu laufen.

Einen Augenblick später sah Underhill, auf welches Ziel er zulief. Der bleiche Lichtring, der wie der Hof des Mondes um die schräg zum Wasser abfallenden Ufer des Teiches lag, wurde von zwei schwarzen Streifen durchbrochen, die sich bald als die langen, schwarzen Beine eines kopfüber ins Wasser gestürzten Menschen erwiesen. Der Kopf lag im Wasser.

„Komm," rief der Detektiv, „das sieht mir gerade so aus wie –"

Seine Stimme verlor sich in der Luft. Er lief in gerader Richtung über den schwach in dem künstlichen Lichte leuchtenden Rasen auf den Teich und die gestürzte Gestalt zu. Underhill lief in derselben geraden Richtung hinter ihm her, als sich etwas ereignete, das ihn im ersten Augenblick höchst verdutzt machte. Bagshaw, der wie eine Kugel in gerader Linie auf die schwarze Gestalt losschoß, schlug plötzlich einen scharfen Haken und lief mit noch größerer Schnelligkeit auf das im Schatten liegende Haus zu. Underhill konnte sich nicht denken, warum er die Richtung geändert hatte. Im nächsten Augenblick, als der Detektiv im Schatten des Hauses verschwunden war, hörte man aus der Dunkelheit ein Aufeinanderprallen und einen Fluch, und Bagshaw kehrte zurück, einen kleinen, sich heftig sträubenden, rothaarigen Mann hinter sich herziehend. Der Gefangene hatte sich offenbar auf das Haus zu geflüchtet, als die wachsamen Ohren des Detektivs ihn wie einen Vogel in den Büschen rascheln hörten.

„Underhill," sagte der Detektiv, „lauf vor und sieh, was mit dem Manne ist, der da am Teiche liegt. Und nun, wer sind Sie?" fragte er stehenbleibend. „Wie heißen Sie?"

„Michael Flood," sagte der Fremde schnippisch. Es war ein unnatürlich magerer kleiner Mann mit einer für sein Gesicht viel zu großen Adlernase. Sein Gesicht war, mit seinem gelblichroten Haar verglichen, farblos wie Pergament. „Ich habe hiermit nichts zu tun. Ich fand ihn tot am Teiche liegen und war so erschrocken, daß ich weglief. Ich wollte ihn nur für eine Zeitung interviewen."

„Steigen Sie, wenn Sie bei berühmten Leuten um ein Interview nachsuchen, gewöhnlich über die Gartenmauer?" fragte Bagshaw.

Er zeigte mit grimmiger Miene auf eine Reihe Fußspuren, die von dem Blumenbeet an der Mauer herkamen und wieder in dieselbe Richtung zurückführten.

Der Mann namens Flood machte eine ebenso grimmige Miene.

„Warum soll ein Interviewer nicht mal über die Mauer steigen?" sagte er. „Ich habe an der Haustür geläutet, aber es meldete sich niemand. Der Diener war ausgegangen."

„Woher wissen Sie das?" fragte der Detektiv argwöhnisch.

„Weil ich," sagte Flood mit fast unnatürlicher Ruhe, „nicht die einzige Person bin, die über Gartenmauern steigt. Es ist sogar möglich, daß Sie selbst meinem Beispiel gefolgt sind, den Diener jedenfalls habe ich an der anderen Seite des Gartens direkt beim Tor soeben über die Mauer steigen sehen."

„Warum ging er denn nicht durchs Tor?" fragte der Detektiv im Verhörstil weiter.

„Wie soll ich das wissen?" entgegnete Flood. „Wahrscheinlich, weil es geschlossen war. Aber Sie sollten lieber ihn fragen, nicht mich. Er muß jetzt dicht beim Hause sein."

Wirklich hob sich in der bunten Dämmerung schattenhaft noch eine andere Gestalt ab, ein gedrungener, dickköpfiger Kerl in einer ziemlich schäbigen Livree, als deren hervorstechendster Teil eine rote Weste sichtbar wurde. Er kam sehr zögernd näher, und allmählich kam sein dickes, gelbes Gesicht zum Vorschein, es hatte etwas Asiatisches an sich, und diesem Eindruck entsprach auch sein glattes, blauschwarzes Haar.

Bagshaw drehte sich plötzlich nach dem Manne mit Namen Flood um. „Ist hier jemand in der Nähe," fragte er, „der Ihre Identität bezeugen kann?"

„Meine Bekannten sind spärlich gesät," brummte Flood. „Ich bin erst vor kurzem von Irland gekommen. Der einzige, den ich hier in der Nähe kenne, ist der Priester an der St.-Dominikus-Kirche – Pater Brown."

„Niemand darf dies Grundstück verlassen," sagte Bagshaw, und zum Diener: „Aber Sie können ins Haus gehen und die St.-Dominikus-Pfarrei anrufen. Fragen Sie Pater Brown, ob er so gut sein würde, sofort hierherzukommen. Aber lassen Sie sich ja zu keinen Dummheiten verleiten."

Während der energische Detektiv die beiden Gefangenen, die zwar keinen Fluchtversuch machten, aber immerhin doch einen machen konnten, bewachte, war sein Begleiter zu der Stelle geeilt, an der sich die Tragödie abgespielt hatte. Es bot sich ihm ein höchst seltsamer Anblick dar, und wäre der Eindruck nicht so tragisch gewesen, hätte die ganze Szene höchst phantastisch gewirkt. Der Tote (denn es erwies sich nach ganz kurzer Prüfung, daß der Mann wirklich tot war) lag mit dem Kopfe im Teiche, und das sich im Wasser spiegelnde Licht umgab den Kopf mit einem Strahlenkranz, der so ähnlich wie ein unheiliger Heiligenschein aussah. Das Gesicht war hager und hatte einen ziemlich finsteren Ausdruck, um den kahlen Schädel schlossen sich gleich eisernen Ringen ein paar spärliche dunkelgraue Locken. Trotz der von der Kugel in die Schläfe geschlagenen Wunde erkannte Underhill doch ohne Schwierigkeit die ihm von vielen Abbildungen her bekannten Züge Sir Humphrey Gwynnes. Der Tote war im Abendanzug, und seine langen, fast spinnenartig dünnen Beine zogen sich an dem steilen Ufer, von dem er herabgefallen war, als zwei nach verschiedenen Richtungen auseinanderstrebende schwarze Streifen hinauf. Aus der Schläfe floß, rotleuchtend wie die Wolken bei Sonnenuntergang, Blut und zog wie aus einer unheimlichen letzten Laune heraus in sich durcheinanderschlängelnden Linien eine diabolisch anmutende Arabeske ins Wasser.

Underhill wußte nicht, wie lange er auf den Toten niedergestarrt hatte. Als er aufblickte, sah er eine Gruppe von vier Männern oben am Ufer stehen. Bagshaw und seinen irischen Gefangenen erkannte er gleich, und auch ohne große Schwierigkeit den Diener in der roten Weste. Die vierte Gestalt schien in ihrer grotesken Feierlichkeit merkwürdigerweise sehr gut zu dieser unheimlichen Szene zu passen. Der Mann, der dort oben stand, war klein und gedrungen, wie ein schwarzer Heiligenschein umgab der Hut das runde Gesicht. Underhill überzeugte sich, daß es tatsächlich ein Priester war, aber die Gestalt hatte noch etwas an sich, daß ihn an einen sonderbaren alten schwarzen Holzschnitt am Ende eines Totentanzes erinnerte.

Dann hörte er, wie Bagshaw zu dem Priester sagte:

„Ich freue mich, daß Sie diesen Mann kennen und Auskunft über ihn geben können, aber ich muß Ihnen sagen, daß er nicht ganz unverdächtig ist. Er kann natürlich unschuldig sein, aber er hat den Garten auf ungewöhnlichem Wege betreten."

„Ich glaube auch, daß er unschuldig ist," sagte der Priester mit farbloser Stimme. „Aber ich kann natürlich auch unrecht haben."

„Warum halten Sie ihn für unschuldig?"

„Weil er den Garten auf ungewöhnlichem Wege betreten hat," antwortete der Geistliche. „Sehen Sie, ich selbst habe ihn auf gewöhnlichem Wege betreten. Aber es scheint, daß ich fast die einzige Person bin, die auf diese Weise hierhergekommen ist. Alle feinen Leute scheinen heute über Gartenmauern zu steigen."

„Was verstehen Sie unter dem gewöhnlichen Wege?" fragte der Detektiv.

„Ei," sagte Pater Brown, ihn mit tiefstem Ernst ansehend, „ich kam zur Haustür hinein. Auf diesem Wege komme ich oft in Häuser."

„Entschuldigen Sie,“ sagte Bagshaw, „aber hat es überhaupt etwas zu bedeuten, wie Sie hereinkamen, wenn Sie nicht die Absicht haben, sich selbst als Mörder zu bekennen?“

„Ja, ich glaube schon,“ sagte der Priester nachsichtig. „Als ich nämlich das Haus betrat, sah ich etwas, das wohl niemand von Ihnen gesehen hat, und das mir mit der Sache etwas zu tun zu haben scheint.“

„Was war das?“

„Auf dem Flur war ein großes Durcheinander. Ein großer Spiegel war zertrümmert, und ein kleiner Palmbaum umgestoßen, wobei der Kübel in Scherben gegangen ist. Es kam mir irgendwie so vor, als wäre da etwas passiert.“

„Da haben Sie recht,“ sagte Bagshaw nach einer Pause. „Wenn Sie so etwas sahen, so muß man allerdings annehmen, daß es etwas mit dieser Sache zu tun hat.“

„Und wenn es etwas mit ihr zu tun hat,“ bemerkte der Priester sehr milde und sanft, „so sieht es so aus, als habe eine Person gar nichts mit ihr zu tun gehabt. Und diese Person ist Herr Michael Flood, der den Garten auf ungewöhnlichem Wege über die Mauer betrat und dann versuchte, ihn auf demselben ungewöhnlichen Wege zu verlassen. Eben diese Ungewöhnlichkeit läßt mich an seine Unschuld glauben.“

„Wir wollen uns das Haus mal ansehen,“ sagte Bagshaw plötzlich.

Als sie unter Vortritt des Dieners durch die in den Garten führende Seitentür ins Haus kamen, blieb Bagshaw ein paar Schritte zurück und wechselte einige Worte mit seinem Freunde.

„Mit diesem Diener stimmt's nicht ganz,“ sagte er. „Er nennt sich Grün, obschon er gar nicht so aussieht, aber es scheint doch wohl kein Zweifel möglich, daß er wirklich Gwynnes Diener ist, anscheinend sein einziger ständiger Diener. Aber das Sonderbare ist, er streitet glatt ab, daß sein Herr überhaupt tot oder lebend im Garten gewesen ist. Er behauptet, der alte Richter sei zu einem großen Juristenbankett eingeladen gewesen und habe erst sehr spät heimkommen wollen. Damit entschuldigt er auch sein Aussteigen.“

„Hat er denn,“ fragte Underhill, „eine ausreichende Erklärung für sein Einsteigen gegeben?“

„Nein, wenigstens kann ich mit seinen Erklärungen nichts anfangen. Ich kann überhaupt nichts aus ihm herausbringen. Er scheint ganz verdattert zu sein.“

Von der Seitentür aus kamen sie auf den Flur, der sich durch das ganze Haus bis zur Vordertür erstreckte. Durch ein über dieser Tür befindliches altmodisches, halbkreisförmiges Fächerfenster, das ganz trostlos aussah, sickerte ein schwaches graues Licht herein, eine trübe, farblose Ankündigung des beginnenden Tages. Das Licht auf dem Flur jedoch kam von einer gleichfalls altmodischen Schirmlampe, die in einer Ecke auf einer Konsole stand. In dem schwachen Lichte dieser Lampe konnte Bagshaw die Trümmer unterscheiden, von denen Brown gesprochen hatte. Eine Palme mit langen, niederhängenden Blättern lag der vollen Länge nach auf dem Boden, und von dem dunkelroten Kübel, in dem sie eingepflanzt gewesen war, waren nur noch Scherben vorhanden. Sie lagen auf dem Teppich verstreut, zusammen mit den bleich glitzernden Bruchstücken eines zertrümmerten Spiegels, dessen fast leerer Rahmen hinter ihnen am Ende des Vestibüls an der Wand hing. Gerade gegenüber dem Seitenausgang führte ein anderer und ähnlicher Gang in den übrigen Teil des Hauses. Ganz hinten in diesem war das Telephon zu sehen, das der Diener benutzt hatte, um den Priester herbeizurufen. Eine halb offene Tür, durch deren Spalt man die dichtgedrängten Reihen großer, in Leder gebundener Bücher sehen konnte, bezeichnete den Eingang zum Studierzimmer des Richters.

Bagshaw betrachtete den zerbrochenen Palmenkübel und die mit den Tonscherben vermischten Überreste des Spiegels.

„Sie haben ganz recht,“ sagte er zu dem Priester, „hier hat ein Kampf stattgefunden, und zwar ein Kampf zwischen Gwynne und seinem Mörder.“

„Es schien mir,“ sagte Pater Brown bescheiden, „daß hier irgend etwas passiert war.“

„Ja, was hier passiert ist, ist vollkommen klar,“ bemerkte der Detektiv. „Der Mörder ist durch die Haustür gekommen und hat Gwynne überrascht. Wahrscheinlich hat ihn Gwynne hereingelassen. Es hat ein Kampf auf Leben und Tod stattgefunden. Ein vorbeigegangener Schuß hat den Spiegel getroffen, er kann jedoch auch durch einen Schlag zertrümmert worden sein oder auf irgendeine andere Weise. Es gelang Gwynne, sich loszureißen und in den Garten zu fliehen, der Mörder verfolgte ihn und schoß ihn schließlich am Teiche nieder. So, glaube ich, hat sich das Verbrechen abgespielt, aber ich muß natürlich noch die anderen Räume besichtigen.“

In den anderen Räumen jedoch war sehr wenig zu sehen, wenn auch Bagshaw eindringlich auf den in einer Schreibtischschublade gefundenen Revolver hinwies.

„Sieht so aus, als hätte er dies erwartet,“ sagte er. „Doch ist es sonderbar, daß er den Revolver nicht mitnahm, als er auf den Flur ging.“

Schließlich kehrten sie auf den Flur zurück und gingen auf die Haustür zu. Pater Brown ließ ganz in Gedanken verloren seinen Blick über den Flur schweifen, der mit seinen grauen verblichenen Tapeten, der grünen Patina auf der bronzenen Lampe und dem an dem Rahmen des zerbrochenen Spiegels glimmenden matten Gold an die schmutzige und staubige, überladene Ornamentik der frühviktorianischen Zeit erinnerte.

„Das Zerbrechen eines Spiegels soll Unglück bringen,“ sagte er. „Man glaubt hier wirklich im Hause des Unglücks zu sein. Schon die Ausstattung hat etwas an sich –.“

„Das ist doch merkwürdig,“ sagte Bagshaw auf einmal. „Ich dachte, die Tür wäre verschlossen, aber sie ist nur eingeklinkt.“

Niemand erwiderte etwas. Sie gingen in den nicht allzu großen und in abgezirkelte Blumenbeete aufgeteilten Vorgarten. An der einen Seite zog sich eine merkwürdig gestutzte Hecke hin. In dieser befand sich eine

Öffnung, die aussah wie der Eingang zu einer Höhle, in der dunklen Wölbung sah man einige morsche Stufen.

Pater Brown ging auf die Öffnung zu, bückte sich und schlüpfte hinein. Er war noch nicht lange verschwunden, als die Zurückgebliebenen mit Erstaunen seine Stimme über ihren Köpfen vernahmen, es hörte sich an, als wenn er mit jemandem im Gipfel eines Baumes eine Unterhaltung führte. Der Detektiv folgte ihm und entdeckte, daß die sonderbare verdeckte Treppe zu einer Erhöhung führte, die Ähnlichkeit mit einer unvollendeten Brücke hatte. Von dort konnte man die dunkleren und leereren Teile des Gartens überblicken. Sie wand sich gerade um die Ecke des Hauses herum, so daß man die bunt illuminierten Bäume vor sich und unter sich hatte. Wahrscheinlich war sie das Überbleibsel einer aufgegebenen baulichen Spielerei, die eine Art auf Bogenpfeilern durch den Garten führender Terrasse hatte werden sollen. Bagshaw erschien sie als die merkwürdigste Sackgasse, in der sich jemand in der Zwielichtstunde zwischen Nacht und Morgen verstecken konnte, aber er sah sich den Bau jetzt nicht näher an. Er faßte den Mann ins Auge, den Pater Brown dort oben gefunden hatte.

Der Mann drehte ihm den Rücken zu. Man sah nur, daß er klein war und einen leichten grauen Anzug trug, sein hervorstechendstes Kennzeichen war aber in dieser Stellung ein Kopf mit einem mächtigen Schopf Haare, so gelb und strahlend wie der Kopf eines riesigen Löwenzahns. Er schien einen Strahlenkranz um sein Haupt zu tragen, und man dachte sich unwillkürlich das entsprechende Gesicht dazu. Als er es ihnen langsam und widerwillig zudrehte, wirkte es als starker Kontrast. Dieser Strahlenschein hätte ein ovales mildes Engelgesicht umschließen sollen, aber es war ein unregelmäßiges, mürrisches, ältliches Gesicht mit starken Kinnbacken und einer kurzen Nase, die irgendwie an die eingeschlagene Nase eines Boxers erinnerte.

„Dies ist Herr Orm, der berühmte Dichter, wenn ich mich nicht irre,“ sagte Pater Brown so ruhig, als ob er zwei Leute in einem Salon vorstellte.

„Wer es auch sei," sagte Bagshaw, „ich muß ihn bitten, mit mir zu kommen und ein paar Fragen zu beantworten."

Herr Osric Orm, der Dichter, war kein Meister im Ausdruck, wenn es galt, Fragen zu beantworten. Dort in dem Winkel des alten Gartens, wo das graue Zwielicht der ersten Frühe über die dichten Hecken und die merkwürdige Aussichtsbrücke zu kriechen begann, und später in langwierigen Verhören, die eine immer unheilvollere Wendung nahmen, verweigerte er hartnäckig jede Aussage von Belang und gab nur immer die Erklärung ab, er habe beabsichtigt, Sir Humphrey Gwynne einen Besuch abzustatten, sei aber nicht dazu gekommen, weil sich niemand auf sein Läuten gemeldet habe. Wenn man ihn darauf hinwies, daß die Tür so gut wie offen stand, schnaubte er. Wenn man die Andeutung machte, daß die Besuchsstunde etwas spät gewählt sei, knurrte er. Das wenige, was er sagte, war dunkel, entweder weil er wirklich kaum Englisch konnte, oder weil er es für besser hielt, keins zu können. Seine Ansichten schienen nihilistischer und destruktiver Art zu sein, eine Tendenz dieser Art konnte man ja auch in seinen Gedichten feststellen, wenn man sie überhaupt verstand, und es schien leicht möglich, daß seinem Besuch bei dem Richter und vielleicht seiner Feindschaft gegen den Richter anarchistische Motive zugrunde lagen. Gwynne witterte überall bolschewistische Spione, wie er ehemals überall deutsche Spione gesehen hatte. Ein merkwürdiges Zusammentreffen, das sich kurz nach ihrem Abzug aus dem Garten ereignete, verstärkte jedenfalls bei Bagshaw den Eindruck, daß der Fall ernst zu nehmen sei. Als sie aus der Gartentür auf die Straße traten, trafen sie noch auf einen anderen Nachbarn, Buller, den Zigarrenhändler von nebenan, kenntlich an seinem braunen schlauen Gesicht und der kostbaren Orchidee, die er im Knopfloch trug, denn in der Orchideenzucht hatte er sich einen Namen gemacht. Die anderen waren einigermaßen überrascht, als er seinen Nachbarn, den Dichter, in ganz selbstverständlicher Weise begrüßte, fast als hätte er erwartet, ihn hier zu sehen.

„Na, da sind wir also wieder," sagte er. „Ziemlich lange mit dem alten Gwynne geschwatzt, wie?"

„Sir Humphrey Gwynne ist ermordet worden," sagte Bagshaw. „Ich stelle gerade Nachforschungen nach dem Täter an und muß Sie bitten, mir einige Aufklärungen über ihre Bemerkung zu geben."

Buller stand, wahrscheinlich vor Überraschung, so still wie der Laternenpfahl an seiner Seite. Seine brennende Zigarre glühte mehrmals auf und dunkelte wieder ab wie im Takt, aber sein braunes Gesicht lag im Schatten. Seine Stimme hatte einen ganz anderen Ton, als er von neuem sprach.

„Ich habe Herrn Orm nur daran erinnern wollen," sagte er, „daß er vor zwei Stunden, als ich hier vorbeikam, durch dieses Tor ging, um Sir Humphrey zu besuchen."

„Er sagt, er habe ihn noch nicht aufgesucht und sei nicht einmal im Hause gewesen," bemerkte Bagshaw.

„So lange steht man gewöhnlich nicht auf der Schwelle," sagte Buller.

„So lange steht man auch gewöhnlich nicht auf der Straße," bemerkte Pater Brown.

„Ich habe mich in der Zeit zu Hause aufgehalten," antwortete der Kaufmann. „Ich habe Briefe geschrieben, die ich jetzt zum Postkasten bringen wollte."

„Sie werden das später alles ausführlicher erzählen müssen," sagte Bagshaw. „Gute Nacht – oder guten Morgen."

Die Verhandlung gegen Osric Orm wegen Ermordung Sir Humphrey Gwynnes drehte sich um dasselbe Rätsel wie diese kurze Unterredung unter dem Laternenpfahl am frühen Morgen, als die graugrüne Dämmerung in die dunklen Straßen und Gärten einfiel. Alles drehte sich um die zwei unausgefüllten Stunden zwischen dem Zeitpunkt, als Buller Orm in das Gartentor treten sah, und der Minute, als Pater Brown ihn im Garten entdeckte. Er hatte sicher Zeit gehabt, sechs Morde zu begehen, und es war fast erstaunlich, daß er sie nicht begangen hatte, denn er mußte schreckliche Langeweile gehabt haben. Einen zusammenhängenden Bericht über sein Tun und Treiben konnte er jedenfalls nicht geben. Von dem Vertreter der Anklage wurde darauf hingewiesen, daß für ihn die Möglichkeit, Sir Humphrey Gwynne zu ermorden, durchaus gegeben war, da die Haustür nicht verschlossen war und die in den wilderen Teil des Gartens führende Seitentür offen stand. Der Gerichtshof folgte mit großem Interesse Bagshaws Ausführungen, der in klarer Schilderung den auf dem Flur stattgefundenen Kampf an der Hand der vorgefundenen Spuren rekonstruierte. Die Polizei hatte später wirklich die Kugel entdeckt, die den Spiegel zertrümmert hatte. Erschwerend war ferner noch der Umstand, daß die Öffnung in der Hecke, durch die ihm Pater Brown später gefolgt war, große Ähnlichkeit mit einem Versteck hatte. Sir Matthew Blake jedoch, der sehr geschickte Verteidiger, verwendete dieses letzte Argument im umgekehrten Sinne und fragte, warum jemand so dumm sein sollte, sich an einem Orte, der nur einen Ausgang hatte, einzusperren, wo es doch viel vernünftiger gewesen wäre, sich über die Straße davonzumachen. Sir Matthew Blake machte auch wirksamen Gebrauch von dem Schleier des Geheimnisses, der noch immer über dem Motiv des Mordes lag. In diesem Punkt nahmen die Waffengänge zwischen Sir Matthew Blake und Sir Arthur Travers, dem glänzenden, dem Verteidiger ebenbürtigen Vertreter der Anklage, eine für den Angeklagten günstige Wendung. Sir Arthur konnte nur wenig überzeugende Andeutungen über bolschewistische Komplotte in die Debatte werfen. Aber als es galt, das geheimnisvolle Betragen Orms in der Mordnacht aufzuhellen, gewann er über den Verteidiger die Oberhand.

Der Angeklagte ließ sich einem Kreuzverhör unterziehen, hauptsächlich weil sein kluger Anwalt glaubte, es würde einen schlechten Eindruck machen, wenn er jede Aussage verweigerte. Aber sein Verteidiger brachte aus ihm fast ebensowenig heraus wie der Staatsanwalt. Sir Arthur Travers schlug aus dem hartnäckigen Schweigen des Angeklagten alles mögliche Kapital, aber es gelang ihm nicht, dieses Schweigen zu brechen. Sir Arthur war ein langer, hagerer Mann mit einem langen, leichenblassen Gesicht und bildete einen stark in die Augen fallenden Gegensatz zu der stämmigen Gestalt und dem vogelhellen Blick von Sir Matthew Blake. Wenn Sir Matthew an einen sehr kecken Spatzen erinnerte, so hätte man Sir Arthur eher mit einem Kranich oder mit einem Storch vergleichen können. Wenn er sich vornüber beugte und auf den Angeklagten mit seinen Fragen losstocherte, hätte man seine lange Nase für einen langen Schnabel halten können.

„Wollen Sie etwa den Herren Geschworenen erzählen," fragte er in verletzend ungläubigem Ton, „daß Sie überhaupt nicht im Hause gewesen sind?"

„Nein!" antwortete Orm kurz.

„Aber Sie wollten Sir Humphrey Gwynne doch besuchen. Der Besuch muß Ihnen sehr wichtig gewesen sein. Haben Sie nicht zwei Stunden vor seiner Haustür gewartet?"

„Ja," antwortete Orm.

„Und Sie haben nicht einmal bemerkt, daß die Tür offen war?"

„Nein," sagte Orm.

„Aber warum stellen Sie sich nur zwei Stunden vor eines anderen Menschen Haustür?" fragte der Staatsanwalt drängend und dräuend weiter. „Etwas haben Sie doch in diesen zwei Stunden getan?"

„Ja."

„Ist das ein Geheimnis?" fragte Sir Arthur mit schärfstem Sarkasmus.

„Vor Ihnen ist es ein Geheimnis," antwortete der Dichter.

Auf dieser Andeutung eines Geheimnisses baute nun Sir Arthur seine Anklage auf. Mit einer Kühnheit, die einige für gewissenlos ansahen, beutete er dieses, den stärksten Punkt der Verteidigung bildende Geheimnis zu seinen Gunsten aus. Er stellte es so dar, als ob sich hier zum erstenmal der Schleier über einer weitverbreiteten und fein eingefädelten Verschwörung lüfte, in deren polypenartigen Fangarmen ein Patriot sein Leben gelassen habe.

„Ja," rief er mit schwingender Stimme, „der Herr Verteidiger hat vollkommen recht! Wir wissen nicht genau, weshalb dieser ehrenwerte Mann ermordet wurde, der dem Staat so große Dienste geleistet hat. Wir werden ebensowenig den Grund des nächsten Mordes erfahren. Wenn der Herr Verteidiger selbst wegen seiner hervorragenden Tüchtigkeit dem Hasse, den die höllischen Mächte der Zerstörung gegen die Wächter des Gesetzes hegen, zum Opfer fällt, wird er niemals erfahren, weshalb er ermordet wurde. Der halbe Gerichtshof hier wird im Bette ermordet werden, ohne daß wir jemals den Grund erfahren. Niemals werden wir den Grund erfahren und die Metzelei niemals aufhalten, bis sie unser Land entvölkert hat, solange es der Verteidigung erlaubt ist, mit der alten abgebrauchten Frage nach dem Motiv des Mordes das ganze Verfahren zu hemmen, wo jede Einzelheit, alle Unwahrscheinlichkeiten und vor allem das hartnäckige Schweigen uns sagen, daß hier ein Kain vor uns steht."

„Ich habe Sir Arthur niemals so erregt gesehen," sagte Bagshaw später zu einer Gruppe seiner Kollegen. „Einige sagen sogar, daß er die Grenze überschritten hat und geben der Meinung Ausdruck, ein Staatsanwalt dürfe in einem Mordprozeß nicht derart als Rachegott auftreten. Allerdings hatte dieser kleine merkwürdige Kerl mit dem gelben Haar etwas Unheimliches an sich, das Sir Arthur recht zu geben schien. Ich erinnerte mich dunkel an eine Äußerung De Quinceys über den schrecklichen Verbrecher Williams, der in aller Stille zwei ganze Familien abschlachtete. Er sagt, glaube ich, daß Williams' Haar von auffallendem, unnatürlichem Gelb war und nach seiner Ansicht nach einem indischen Rezept gefärbt war, denn in Indien färbt man sogar Pferde grün oder blau. Dazu kam sein sonderbares, steinernes Schweigen. Man hatte schließlich das Gefühl, auf der Anklagebank säße eine Art Ungeheuer. Wenn dieses Gefühl nur durch Sir Arthurs Beredsamkeit erzeugt wurde, hat er sicher eine schwere Verantwortung auf sich genommen, so viel Leidenschaft in seine Worte zu legen."

„Nun," sagte Underhill in milderer Beurteilung, „der arme Gwynne war eben sein Freund. Jemand sah sie noch kürzlich nach einem großen Juristenbankett zusammen zechen. Darum ist er wohl persönlich an diesem Fall so stark interessiert. Man kann allerdings verschiedener Meinung darüber sein, ob jemand einen solchen Fall nur nach seinem persönlichen Gefühl behandeln soll."

„Wegen eines rein persönlichen Gefühls," sagte Bagshaw, „würde sich Sir Arthur Travers nicht so ins Zeug legen. Er ist von seiner beruflichen Stellung sehr eingenommen. Er gehört zu jenen Männern, die selbst nach Befriedigung ihres Ehrgeizes noch ehrgeizig sind. Ich kenne niemand, der sich soviel Mühe geben würde, seine Stellung in der Welt zu halten. Nein, seine donnernde Anklagerede hat einen ganz anderen Grund als du annimmst. Wenn er sich so gehen läßt, so tut er es nur, weil er glaubt, er könne eine Gefolgschaft finden, und weil er sich zum Führer einer gegen eine solche Verschwörung gerichteten politischen Bewegung machen will. Sein Wunsch, Orm zu überführen, und seine Überzeugung, daß ihm das gelingen wird, müssen einen sehr guten Grund haben. Er scheint zu glauben, daß die Tatsachen ihm recht geben werden. Seine Zuversicht eröffnet für den Angeklagten keine guten Aussichten." Er bemerkte in der Gruppe einen unansehnlichen Mann.

„Nun," sagte er lächelnd, „was halten Sie von unserem Gerichtsverfahren, Pater Brown?"

„Am meisten fiel mir wohl auf," antwortete der Priester ziemlich zerstreut, „wie Perücken die Menschen verändern. Sie sprachen von dem allzu schneidigen Vorgehen des Staatsanwalts. Aber ich sah zufällig, wie er seine Perücke abnahm, und ich erkannte ihn kaum wieder. Um eins vorwegzunehmen, er ist ganz kahl."

„Seine Kahlheit wird ihn wohl nicht hindern, ein schneidiger Staatsanwalt zu sein," antwortete Bagshaw. „Sie wollen doch wohl die Verteidigung nicht auf der Tatsache aufbauen, daß der Staatsanwalt kahl ist?"

„Nicht ganz," sagte Pater Brown gutgelaunt. „Um die Wahrheit zu sagen, ich dachte gerade darüber nach, wie wenig die einen Menschen von den anderen wissen. Angenommen, ich käme zu einem fernen Volke, das von England nicht einmal gehört hätte. Angenommen, ich erzählte den Leuten dort von einem Manne in meinem Lande, der keine Fragen auf Leben oder Tod stellt, ehe er sich nicht einen aus Pferdehaar verfertigten, hinten mit kleinen Schwänzen und an der Seite mit Korkzieherlocken versehenen Aufbau, der ihm das Aussehen einer alten Frau aus der Biedermeierzeit gibt, auf den Kopf gestülpt hat. Sie würden denken, das muß wohl ein recht verschrobener Narr sein; aber er ist durchaus nicht verschroben, er handelt nur nach einer starren Überlieferung. Sie würden so denken, weil sie das englische Gerichtswesen nicht kennen, weil sie nicht wissen, was ein Staatsanwalt ist. Nun, dieser Staatsanwalt weiß nicht, was ein Dichter ist. Er begreift nicht, daß die Überspanntheiten eines Dichters anderen Dichtern gar nicht als Überspanntheiten erscheinen. Er hält es für sonderbar, daß Orm zwei Stunden ohne Beschäftigung in einem schönen Garten spazierengeht. Du liebe Güte! Ein Dichter könnte zehn Stunden lang in dem Garten auf und ab wandeln, wenn er mit einem Gedicht beschäftigt wäre. Orms Verteidiger war ebenso einsichtslos. Es kam ihm gar nicht in den Sinn, an Orm die ganz naheliegende Frage zu richten."

„Was für eine Frage meinen Sie?" erkundigte sich zaghaft der Detektiv.

„Die Frage, welches Gedicht er gerade verfertigt hat," sagte Pater Brown etwas ungeduldig. „Bei welcher Zeile er steckengeblieben ist, welches Beiwort er gesucht hat, auf welche Steigerung er hinzuarbeiten versucht hat. Wenn einige gebildete Leute bei Gericht wären, die eine Ahnung von Literatur haben, so würden sie sofort wissen, ob er wirklich etwas im Garten zu tun hatte. Einen Fabrikanten hätte man nach seinen Produktionsverhältnissen gefragt, aber die Bedingungen, unter denen Poesie hergestellt wird, scheint niemand in Betracht zu ziehen. Poesie wird durch Nichtstun erzeugt."

„Das ist alles ganz schön und gut," erwiderte der Detektiv, „aber warum versteckte er sich? Warum kletterte er diese schiefe kleine Treppe hinauf, die nirgendshin führte, und blieb dort oben?"

„Weil sie nirgendshin führte natürlich," brach Pater Brown los. „Jeder, der diese im leeren Raume endigende Treppe ansieht, sollte eigentlich wissen, daß sie für jeden Künstler wie für jedes Kind eine große Lockung bilden mußte."

Er blinzelte einen Augenblick vor sich hin und entschuldigte sich dann. „Verzeihen Sie, aber es kommt mir merkwürdig vor, daß keiner die Situation begreift. Und dann kommt noch etwas anderes hinzu. Wissen Sie nicht, daß es für einen Künstler bei allen Dingen nur einen einzigen richtigen Gesichtswinkel oder eine einzige richtige Gruppierung gibt. Ein Baum, eine Kuh und eine Wolke bedeuten nur in einer bestimmten Beziehung etwas, wie drei Buchstaben nur in einer bestimmten Anordnung ein Wort ausmachen. Nun, die Ansicht des illuminierten Gartens von der unbeendigten Brücke aus war die richtige Ansicht. Sie war so einzigartig wie die vierte Dimension. Es war eine Art zauberhafter Verkürzung, es war, als ob man auf den Himmel *nieder*blickte, die Sterne an den Bäumen wachsen und den leuchtenden Teich wie einen im Märchen niedergefallenen Mond platt auf den Feldern liegen sähe. Er hätte das Bild eine Ewigkeit lang betrachten können. Wenn Sie ihm sagten, der Weg führe nirgendshin, würde er ihnen antworten, der Weg führe ans Ende der Welt. Aber erwarten Sie etwa von ihm, daß er diese Aussage vor Gericht macht? Was wäre wohl die Antwort auf eine solche Aussage? Ihr sprecht immer davon, jeder solle von seinesgleichen gerichtet werden. Warum sitzen nicht lauter Dichter auf der Geschworenenbank?"

„Sie sprechen, als wären Sie selbst ein Dichter," sagte Bagshaw.

„Danken Sie Ihrem Stern, daß ich keiner bin," rief Pater Brown. „Danken Sie Ihrem Glücksstern, daß ein Priester barmherziger sein muß als ein Dichter. Gütiger Gott, wenn Sie wüßten, was für eine grausame, zermalmende Verachtung so ein Dichter für Leute Ihres Schlages hat, würden Sie sich vorkommen, als ständen Sie unter dem Niagarafall."

„Sie mögen mehr über das künstlerische Temperament wissen als ich," sagte Bagshaw nach einer Pause, „aber schließlich ist die Antwort einfach. Sie können nur zeigen, daß er sich genau so verhalten haben könnte, wie er tat, ohne das Verbrechen zu begehen. Aber es ist ebenfalls richtig, daß er das Verbrechen hätte begehen können. Und wer hätte es sonst verüben sollen?"

„Haben Sie an den Diener Grün gedacht?“ fragte Pater Brown nachdenklich. „Er hat doch eine sehr sonderbare Geschichte erzählt.“

„Ah,“ rief Bagshaw, „Sie halten also Grün für den Täter?“

„Ich bin fest überzeugt, daß er nicht der Täter ist,“ erwiderte Pater Brown. „Ich habe nur gefragt, ob Ihnen die Geschichte, die er uns erzählte, nicht als sonderbar aufgefallen ist. Er ging einer Kleinigkeit wegen aus, um eine Bestellung auszurichten oder etwas zu trinken. Aber er verließ den Garten durch das Tor und kam über die Mauer zurück. Mit anderen Worten, er ließ das Tor offen, aber als er zurückkam, war es geschlossen. Warum? Weil inzwischen irgendein anderer den Garten durch das Tor verlassen hatte.“

„Der Mörder,“ murmelte der Detektiv. „Kennen Sie ihn?“

„Ich weiß, wie er aussah,“ antwortete Pater Brown ruhig. „Das ist das einzige, was ich weiß. Ich sehe ihn fast, wie er zur Haustür hereinkommt und in den matten Schein der Lampe tritt; ich sehe seine Gestalt, seine Kleidung, selbst sein Gesicht!“

„Was soll das heißen?“

„Er sah aus wie Sir Humphrey Gwynne.“

„Zum Teufel noch mal, was wollen Sie denn eigentlich sagen?“ fragte Bagshaw. „Gwynne lag doch tot im Garten mit dem Kopf im Wasser.“

„Ganz richtig,“ sagte Pater Brown.

Nach einer Weile fuhr er fort. „Kehren wir einmal zu Ihrer Theorie zurück, die sehr gut war, obschon ich ihr nicht ganz beistimme. Sie nehmen an, daß der Mörder zur Haustür hereinkam, den Richter auf dem Flur traf, mit ihm kämpfte und dabei den Spiegel zertrümmerte, daß der Richter dann in den Garten floh, wo er schließlich erschossen wurde. Das klingt mir nicht ganz natürlich. Zugegeben, daß er den langen Hausflur entlang flüchtete. Aber am Ende des Flurs sind zwei Ausgänge, von denen einer in den Garten, der andere in das Haus führt. Wahrscheinlicher wäre es doch, wenn er sich ins Haus zurückgezogen hätte. Dort hatte er seinen Revolver, dort konnte er telephonieren, auch seinen Diener mußte er dort vermuten. Selbst die nächsten Nachbarn wohnten in dieser Richtung. Warum hätte er sich gerade in den einsamen und verlassenen Garten begeben sollen?“

„Aber wir wissen doch, daß er das Haus verlassen hat,“ erwiderte Bagshaw verdutzt. „Er wurde draußen im Garten gefunden, also hat er das Haus verlassen.“

„Er hat das Haus nicht verlassen, weil er nicht im Hause war,“ sagte Pater Brown. „Jedenfalls an diesem Abend nicht. Er saß in dem Gartenhäuschen. Das wußte ich bereits, als ich die bunte Beleuchtung im Garten sah. Die elektrische Lichtanlage wurde von dem Häuschen aus bedient. Die Lampen hätten nicht brennen können, wenn er nicht im Häuschen gewesen wäre. Er versuchte, ins Haus und zum Telephon zu gelangen, als der Mörder ihn am Teiche erschoß.“

„Aber was ist dann mit der umgeworfenen Palme und dem zertrümmerten Spiegel?“ rief Bagshaw. „Sie selbst haben diese Spuren ja gefunden. Sie selbst haben ja gesagt, auf dem Flur müsse ein Kampf stattgefunden haben.“

Der Priester machte ein etwas verlegenes Gesicht. „Habe ich das gesagt? Das habe ich sicher nicht gesagt. Ich habe es wenigstens niemals gedacht. Gesagt habe ich, glaub' ich, daß auf dem Flur etwas passiert sei. Und etwas ist dort passiert, nur war es kein Kampf.“

„Wodurch ging denn der Spiegel in Trümmer?“ fragte Bagshaw kurz.

„Durch eine Kugel,“ antwortete Pater Brown ernst. „Durch eine Kugel, die der Mörder abfeuerte. Die großen herausfliegenden Scherben genügten vollständig, um die Palme umzuwerfen.“

„Aber auf wen anders hätte er denn feuern können als auf Gwynne?“ fragte der Detektiv.

„Das ist ein sehr feines metaphysisches Problem,“ antwortete der Priester fast träumerisch. „In einem Sinne feuerte er auf Gwynne, obschon Gwynne gar nicht da war. Der Mörder war allein auf dem Flur.“

Er schwieg einen Augenblick und fuhr dann ruhig fort. „Stellen Sie sich einmal den Spiegel am Ende des Vestibüls mit der über ihm aufsteigenden Palme vor. In dem Zwielicht spiegelte er matt die einfarbigen Wände wider und scheint so den Abschluß des Ganges zu bilden. Das ferne Spiegelbild eines Mannes mußte den Eindruck erwecken, daß jemand aus dem Innern des Hauses kam. Dieser Jemand mußte wie der Herr des Hauses aussehen – wenn nur das Spiegelbild ihm etwas ähnlich war."

„Einen Augenblick," rief Bagshaw. „Ich glaube, ich sehe jetzt allmählich –"

„Sie sehen jetzt allmählich," fuhr Pater Brown fort, „warum alle in dieser Angelegenheit verdächtigten Personen unschuldig sein müssen. Nicht eine von ihnen hätte ihr Spiegelbild für den alten Gwynne halten können. Orm hätte sogleich erkannt, daß sein Busch gelbes Haar kein kahler Kopf ist. Flood hätte seinen roten Kopf gesehen, und Grün seine rote Weste. Übrigens sind sie alle klein und schlecht angezogen, niemand von ihnen hätte sich einbilden können, er sähe im Spiegel wie ein großer, hagerer alter Herr im Abendanzug aus. Um eine solche Ähnlichkeit zu bewirken, brauchen wir einen anderen, der ebenso groß und hager ist. Das meinte ich, als ich sagte, ich wüßte, wie der Mörder aussähe."

„Und was folgern Sie daraus?" fragte Bagshaw, ihn fest ansehend.

Der Priester lachte kurz und scharf auf. Es war ein Lachen, dem man die Milde, mit der er sich gewöhnlich auszudrücken pflegte, nicht mehr anmerkte.

„Ich folgere daraus eben das, was Sie für so spaßhaft und unmöglich hielten."

„Was meinen Sie?"

„Ich baue die Verteidigung auf der Tatsache auf, daß der Staatsanwalt einen kahlen Kopf hat."

„Mein Gott!" sagte der Detektiv ruhig und wuchs in die Höhe, die Augen weit aufgerissen.

Pater Brown hatte seinen Monolog, ohne sich aus der Fassung bringen zu lassen, wieder aufgenommen.

„Die Polizei hat sich in dieser Sache um alle möglichen Leute bekümmert und ihren Bewegungen nachgespürt. Sie hat sich sehr dafür interessiert, was der Dichter, der Diener und der Ire begonnen haben. Aber man scheint ganz vergessen zu haben, Nachforschungen darüber anzustellen, was der Tote selbst mit seiner Zeit angefangen hat. Der Diener war ehrlich darüber erstaunt, daß sein Herr bereits zurückgekehrt war. Der alte Gwynne war zu einem großen Juristenbankett gegangen, hatte es aber plötzlich verlassen und sich heimbegeben. Er war nicht plötzlich erkrankt, denn er bat niemanden um Beistand. Er hatte fast sicher mit einem seiner Rivalen Streit gehabt. Seinen Feind hätten wir also in erster Linie unter seinen Kollegen suchen sollen. Er kehrte zurück und schloß sich in dem Gartenhäuschen ein, wo er seine Papiere und Dokumente aufbewahrte, die sicher allerlei belastendes Material enthielten. Aber der Nebenbuhler, der davon Kenntnis hatte, daß diese Dokumente etwas gegen ihn enthielten, folgte ihm nach, ebenfalls im Abendanzug, nur mit einem Revolver in der Tasche. Das ist alles. Kein Mensch hätte auf einen solchen Gedanken kommen können, wenn der Spiegel nicht gewesen wäre."

Er schien einen Augenblick ins Leere zu starren und setzte dann hinzu:

„Ein Spiegel ist ein sonderbares Ding, ein Bilderrahmen, der Hunderte verschiedener Bilder faßt. Sie leuchten auf und verschwinden dann für immer. Aber mit dem Spiegel, der am Ende des grauen Korridors unter der grünen Palme hing, hatte es eine ganz besondere Bewandtnis. Es ist, als wäre er ein Zauberspiegel und hätte ein anderes Schicksal als seinesgleichen, als könnte das Bild in ihm ihn überleben und hinge wie ein Gespenst oder wenigstens wie ein Geheimzeichen, als das Gerippe einer Vermutung, in dem dämmerigen Hause in der Luft. Wir konnten wenigstens in dem leeren Rahmen das Bild schimmern sehen, das Sir Arthur Travers sah. Übrigens haben Sie über ihn eine sehr richtige Bemerkung gemacht."

„Das freut mich,“ sagte Bagshaw, indem er gute Miene zum bösen Spiel machte. „Und was für eine Bemerkung war das?“

„Sie sagten, daß Sir Arthur einen sehr guten Grund für seinen Wunsch haben müßte, Orm gehängt zu sehen.“

Eine Woche später traf der Priester den Detektiv wieder und erfuhr von ihm, daß von den Behörden auf der neuen Basis bereits Erhebungen gepflogen, diese aber durch ein aufsehenerregendes Ereignis unterbrochen worden seien.

„Sir Arthur Travers –“ begann Pater Brown.

„Sir Arthur Travers ist tot,“ sagte Bagshaw kurz.

„Ah,“ sagte Pater Brown, dem die überraschende Mitteilung einen Augenblick lang den Atem verschlug, „hat er –“

„Ja,“ antwortete Bagshaw, „er hat wieder auf denselben Mann geschossen, aber dieses Mal nicht auf sein Spiegelbild.“

Der Mann mit den zwei Bärten

Diese Geschichte erzählte Pater Brown dem berühmten Kriminologen Professor Crake nach Tisch in einem Klub, wo sie mit der Begründung einander vorgestellt wurden, daß ja das einigende Band derselben harmlosen Schwärmerei für Mord und Diebstahl sie bereits umschlänge. Da aber Pater Brown die Rolle, die er selbst in der Angelegenheit gespielt hatte, in seiner Schilderung ziemlich verkleinerte, ist die Sache hier in unparteiischerer Weise wiedergegeben. Angeregt wurde Pater Brown zu der Erzählung durch eine kleine Kontroverse, bei der er selbst sich sehr skeptisch verhielt, während der Professor schweres wissenschaftliches Geschütz auffuhr.

„Aber mein lieber Herr,“ sagte der Professor protestierend, „glauben Sie nicht, daß die Kriminologie eine Wissenschaft ist?“

„Ich könnte es nicht bestimmt behaupten," erwiderte Pater Brown. „Glauben Sie, daß die Hagiologie eine Wissenschaft ist?"

„Was für ein Ding?" fragte der Spezialist in spitzem Ton.

„Keine Angst," sagte der Priester lächelnd. „Die Hagiologie hat nichts mit Hexen und Hexenverbrennung zu tun. Man versteht darunter das Studium heiliger Personen und Dinge und so weiter. Das dunkle Mittelalter versuchte nämlich, eine Wissenschaft über gute Menschen zu begründen, während unser humanes und aufgeklärtes Zeitalter sich nur für schlechte Menschen interessiert. Unsere allgemeine Erfahrung spricht jedoch dafür, glaube ich, daß jeder denkbare Mensch ein Heiliger gewesen ist. Aber ich fürchte, Sie werden finden, daß jeder denkbare Mensch ein Mörder gewesen ist."

„Nun, jedenfalls glauben wir, daß sich die Mörder ganz gut klassifizieren lassen," bemerkte Crake. „Das Schema ist allerdings etwas lang und trocken, aber ich glaube, es ist erschöpfend. Zuerst einmal kann man alles Töten in rationales und irrationales einteilen. Wir werden das letzte zuerst nehmen, weil es bedeutend seltener vorkommt. Es gibt so etwas wie abstrakte Mordlust oder Liebe zur Metzelei. Es gibt so etwas wie irrationale Antipathie, obschon sie sehr selten zum Mord ausartet. Dann kommen wir zu den Motiven. Alle Motive, die romantischer Art sind und sich auf vergangene Dinge beziehen, fallen nicht unter die rationale Kategorie. Reine Rachehandlungen erfüllen niemals ihren Zweck. So wird ein Liebhaber manchmal seinen Nebenbuhler töten, ohne daß für ihn Aussicht besteht, an dessen Stelle zu rücken, oder ein Rebell wird einen Tyrannen ermorden, wenn die Tyrannei nicht mehr abzuschaffen ist. Aber meistens liegt sogar diesen Handlungen eine vernünftige Erwägung zugrunde. Sie werden von hoffnungsvollen Mördern begangen. Sie fallen in die größere Sektion der zweiten Abteilung, Verbrechen aus vernünftiger Überlegung. Diese hinwiederum fallen hauptsächlich unter zwei Kategorien. Jemand mordet entweder, um zu erlangen, was ein anderer besitzt, mag dieser Besitz nun von einem Diebstahl oder von einer Erbschaft herrühren, oder um den anderen irgendwie im Handeln zu behindern, wie es zum Beispiel geschieht, wenn man einen Erpresser oder einen politischen Gegner tötet, oder, im Falle eines passiveren Hindernisses, einen Ehemann oder eine Ehefrau, deren weitere ungestörte Existenz mit anderen Dingen kollidiert. Wir halten diese Klassifizierung für ziemlich lückenlos und glauben, daß sie bei richtiger Anwendung alle vorkommenden Fälle umfaßt. Aber sie ist vielleicht etwas farblos, fürchte ich. Hoffentlich langweile ich Sie nicht."

„Durchaus nicht," sagte Pater Brown. „Wenn ich nicht ganz bei der Sache zu sein schien, muß ich um Entschuldigung bitten. Ich dachte nämlich an einen Mann, den ich früher kannte. Er ist ein Mörder, aber es ist mir nicht klar, in welcher Abteilung Ihres Mördermuseums er seinen Platz finden könnte. Er war nicht verrückt, noch machte ihm das Morden Spaß. Er haßte den Ermordeten nicht, er kannte ihn kaum und hatte sich sicher nicht an ihm zu rächen. Der Ermordete besaß nichts, was den Mörder hätte verlocken können und stand ihm auch nicht im geringsten im Wege, er konnte ihm weder schaden, noch ihn irgendwie behindern. Es war keine Frau im Spiel. Es lag kein politischer Beweggrund vor. Dieser Mann tötete einen Mitmenschen, der ihm ganz fremd war, und dazu aus einem sehr sonderbaren Grunde, der in der Geschichte der Menschheit vielleicht einzigartig ist."

Und so erzählte er in seinem gemütlichen Plauderton, den ich hier nicht ganz wiedergeben kann, folgende Geschichte, die wir am besten in einer hinreichend respektablen Umgebung beginnen lassen, nämlich am Frühstückstisch einer in einem äußeren Londoner Stadtteil wohnenden achtbaren, obschon reichen Familie namens Bankes. Die bei ihr sonst übliche allgemeine Unterhaltung über die neuesten Zeitungsmeldungen hatte sich plötzlich auf eine einzige Nachricht konzentriert. Man glaubt manchmal, solche Leute vertrieben sich die Zeit damit, über ihre Nachbarn zu klatschen, aber in diesem Punkte sind sie beinahe unmenschlich unschuldig. In einem Dorfe erzählen die Bauern manchmal von ihren Nachbarn wahre und falsche Geschichten, aber die sonderbaren Kulturmenschen der modernen Großstadt, die zwar alles glauben, was in den Zeitungen über die Schlechtigkeit des Papstes oder über die Grausamkeiten des Königs der Kannibaleninseln erzählt wird, erfahren in der Aufregung über soviel interessante Nachrichten gar nicht, was im nächsten Hause passiert. Bei dieser merkwürdigen Nachricht jedoch schmolzen jene beiden Arten des Interesses zu einer glühenden Neugier zusammen. In ihrem Lieblingsblatte war der Stadtteil erwähnt, in dem sie wohnten. Als sie den Namen gedruckt lasen, erschien er ihnen als ein neuer Beweis ihrer eigenen Existenz. Es war fast, als wären sie vorher bewußtlos und unsichtbar gewesen, und nun waren sie so wirklich wie der König der Kannibaleninseln.

In der Zeitung wurde berichtet, daß ein ehemals berüchtigter Einbrecher, bekannt unter dem Namen Michael Mondschein und vielen anderen Namen, auf die er wahrscheinlich ebensowenig Anspruch hatte, nach Verbüßung einer langen Strafe aus dem Zuchthause entlassen worden und sein jetziger Aufenthaltsort nicht bekannt sei, doch nehme man allgemein an, daß sich der Verbrecher in dem fraglichen Stadtteil, den wir der Bequemlichkeit halber Chisham nennen wollen, niedergelassen habe. Eine Zusammenstellung einiger seiner berühmten und kühnen Handstreiche und Ausbrüche war beigefügt. Denn die Annahme, daß die Leser kein Gedächtnis haben, ist ein charakteristisches Zeichen dieser Presse. Während der Bauer das Andenken an einen Wegelagerer wie Robin Hood jahrhundertelang bewahrt, wird der städtische Büromensch sich kaum an den Namen eines Verbrechers erinnern, über den er vor zwei Jahren in Straßenbahnen und Untergrundbahnen reichlich diskutiert hat. Und doch hatte Michael Mondschein auch etwas von dem heroischen Zug an sich, der Robin Hood auszeichnete, und hätte es verdient, in die Legende und nicht nur in die Zeitungen einzugehen. Er war ein viel zu geschickter Einbrecher, um ein Mörder zu werden. Aber seine Bärenkräfte und die Leichtigkeit, mit der er Polizisten zu Boden schlug, hielten die Leute in atemloser Spannung und umgaben die Tatsache, daß er keinen Menschen tötete, mit dem Schimmer des Geheimnisses und der Wolke des Grauens. Man hatte beinahe das Gefühl, er würde menschlicher gehandelt haben, wenn er sie getötet hätte.

Herr Simeon Bankes, das Oberhaupt der Familie, war zugleich besser belesen und nicht so modern vergeßlich wie die anderen. Er war ein Mann von gedrungener Gestalt, mit kurzem grauen Bart und verrunzelter Stirn. Er hatte eine stille Neigung für Anekdoten und Geschehnisse der Vergangenheit und erinnerte sich deutlich an die Zeit, als Michael Mondschein die Londoner in Spannung gehalten hatte. Anwesend war ferner Frau Bankes, eine hagere schwarze Dame. Sie besaß eine Art bissiger Eleganz, denn ihre Familie hatte viel mehr Geld als die ihres Mannes, wenn auch weniger Bildung. Sie hatte sogar oben auf ihrem Zimmer ein sehr kostbares Smaragdhalsband liegen, das ihr ein Recht gab, bei einer Unterhaltung über Diebe das erste Wort zu führen. Ferner die Tochter Opal, ebenfalls hager und schwarz, die im Verdacht stand, mediumal veranlagt zu sein – sie selbst hielt sich jedenfalls für ein Medium, denn Haushaltspflichten nahmen ihre Kräfte fast gar nicht in Anspruch. Jungen Mädchen, die gern mit der Geisterwelt verkehren, kann man nur den guten Rat geben, sich nicht als Mitglieder einer großen Familie zu materialisieren. Neben ihr saß ihr Bruder John, ein dicker, stämmiger Bursche, der seine Gleichgültigkeit gegen die geistige Höherentwicklung seiner Schwester gern in lärmenden Kundgebungen an den Tag legte und sich außerdem nur durch sein Interesse für Autos auszeichnete.

Er schien ständig mit dem Verkauf eines alten und dem Ankauf eines neuen Wagens beschäftigt zu sein. Durch ein merkwürdiges, für einen volkswirtschaftlichen Theoretiker schwer zu begreifendes Verfahren gelang es ihm immer, durch den Verkauf eines beschädigten oder außer Mode gekommenen Wagens einen viel besseren funkelnagelneuen Artikel derselben Branche zu erhalten. Der nächste in der Reihe war sein Bruder Philipp, ein junger Mann mit schwarzem krausen Haar, der dadurch hervorstach, daß er seiner äußeren Erscheinung in Form tadelloser Kleidung sorgfältige Pflege angedeihen ließ, was zweifellos zu den Pflichten eines Bankangestellten gehört, aber, wie sein Prinzipal gern betonte, kaum seine ausschließliche Aufgabe darstellt. Schließlich war im Familienkreis noch sein Freund Daniel Devine anwesend, ebenfalls ein schwarzer und tadellos gekleideter junger Mann, der jedoch einer an einen Ausländer erinnernden und deshalb für viele etwas bedrohlichen Bartmode huldigte.

Dieser Devine hatte die Zeitungsmeldung aufs Tapet gebracht, um mit solch einem wirksamen Instrument der Ablenkung taktvoll einer Auseinandersetzung ein Ende zu machen, die wie der Anfang einer kleinen Familienzwistigkeit aussah. Denn die mediumale Tochter beschrieb gerade eine ihrer Visionen, indem sie erzählte, wie in dunkler Nacht bleiche Gesichter vor ihrem Fenster hin- und herschwebten, und John Bankes versuchte, diese Offenbarung eines höheren seelischen Zustandes mit noch größerer Herzlichkeit, als man sonst bei ihm gewohnt war, niederzubrüllen.

Aber die Zeitungsnotiz über ihren neuen und womöglich gefährlichen Nachbarn bereitete dem Streitfall ein rasches Ende.

„Wie schrecklich!“ rief Frau Bankes. „Er muß doch erst vor kurzem in unser Viertel zugezogen sein, aber wer ist es nur?“

„Neu in unserem Vorort zugezogen ist, soviel ich weiß, nur Sir Leopold Pulman,“ bemerkte Herr Bankes.

„Du willst wohl einen Witz machen, mein Lieber,“ sagte die Dame des Hauses. „Wie man nur so etwas sagen kann! Sir Leopold!“ Und nach einer Pause setzte sie hinzu: „Etwas anderes wäre es, wenn du seinen Sekretär nennen würdest – diesen Mann mit dem Backenbart. Seitdem er die Stelle erhalten hat, die eigentlich Philipp hätte bekommen sollen, habe ich immer gesagt –“

„Nichts zu machen,“ steuerte Philipp gelassen seinen einzigen Beitrag zur Unterhaltung bei: „Ist mir nicht gut genug.“

„Der einzige, den ich kenne,“ bemerkte Devine, „ist ein Mann namens Carver, der auf Smiths Hof beschäftigt ist. Er führt ein sehr ruhiges Leben, aber es ist sehr interessant, sich mit ihm zu unterhalten. Ich glaube, John hat mit ihm zu tun gehabt.“

„Kennt sich ein bißchen in Autos aus," gab der mit einer fixen Idee behaftete John zu. „Er wird etwas mehr wissen, wenn er erst in meinem neuen Wagen gesessen hat."

Devine lächelte leicht. Alle waren von John mit einer Einladung zu einer Fahrt in seinem neuen Auto bedroht worden. Dann setzte er bedachtsam hinzu:

„Er weiß allerhand vom Autofahren, muß viel gereist sein und kennt sich im praktischen Leben aus, und doch bleibt er stets daheim und stolpert nur um die Bienenkörbe des alten Smith herum. Sagt, er interessiere sich nur für Bienenzucht und bliebe aus diesem Grunde bei Smith. Für einen Mann seiner Art scheint mir das eine ziemlich ruhige Liebhaberei zu sein. Aber zweifellos wird Johns Wagen ihn ein bißchen aufrütteln."

Als Devine am Nachmittag das Haus verließ, trug sein dunkles Gesicht den Ausdruck angestrengten Nachdenkens. Seine Gedanken würden vielleicht bereits in diesem Stadium unserer Aufmerksamkeit wert sein, aber es mag genügen, wenn wir sagen, daß ihr praktisches Ergebnis der Entschluß war, Herrn Carver auf der Besitzung des Herrn Smith sofort einen Besuch abzustatten. Auf dem Wege dorthin begegnete er Herrn Barnard, dem Sekretär Sir Leopold Pulmans. Er erkannte ihn sofort an seiner schmächtigen Gestalt und dem langen, seitlichen Backenbart, den Frau Bankes als eine persönliche Beleidigung empfand. Sie waren nur oberflächlich miteinander bekannt, und ihre Unterhaltung beschränkte sich auf wenige Worte, aber Devine schien darin Nahrung für weiteres Nachdenken zu finden.

„Verzeihen Sie die Frage," sagte er ohne weitere Einleitung, „stimmt es, daß Lady Pulman sehr wertvolle Juwelen zu Hause hat? Ich bin kein berufsmäßiger Dieb, aber ich habe gehört, daß ein solcher sich hier in der Nachbarschaft herumtreiben soll."

„Ich werde Lady Pulman raten, ein wachsames Auge auf ihre Juwelen zu haben," antwortete der Sekretär. „Um die Wahrheit zu sagen, ich habe sie bereits aus eigenem Antrieb gewarnt. Hoffentlich hat sie meine Warnung beachtet."

In diesem Augenblick ertönte hinter ihnen das häßliche Getute einer Autohupe, und John Bankes hielt plötzlich scharf bremsend bei ihnen an. Als er hörte, wohin Devine gehen wollte, behauptete er, er habe dasselbe Ziel, doch tat er das ganz nebenbei, so daß seine Worte als ein Vorwand erschienen. Er wollte, wie Devine dachte, ihn nur einladen, eine Fahrt in seinem Auto zu machen. Diese Fahrt vollzog sich unter fortwährenden Lobsprüchen auf den Wagen, der jetzt besonders wegen seiner Wetterfestigkeit gerühmt wurde.

„Schließt so dicht ab wie ein Geldschrank und läßt sich ebenso leicht öffnen – so leicht wie man den Mund auftut."

Devines Mund jedoch war zu dieser Stunde anscheinend nicht sehr leicht zu öffnen, und Bankes wurde in seinem Monolog nicht eher gestört, als bis sie auf Smiths Hof ankamen. Als sie das äußere Tor durchfuhren, wurde Devine sofort des Mannes, den er hier aufsuchen wollte, ansichtig, er hatte nicht nötig, ins Haus zu gehen. Der Mann ging, die Hände in den Taschen, einen großen weichen Strohhut auf dem Kopf, im Garten spazieren. Es war ein Mann mit einem langen Gesicht und einem großen Kinn. Die breite Hutkrempe warf auf den oberen Teil des Gesichts einen Schatten, der fast wie eine Maske wirkte. Im Hintergrunde stand eine Reihe sonniger Bienenkörbe, an denen ein älterer Mann, vermutlich Herr Smith, in Begleitung eines kleinen, dicken, schwarzgekleideten Geistlichen entlang schritt.

„He," rief der stürmische John, bevor Devine sich mit einer höflichen Begrüßung einführen konnte, „ich habe den Wagen hergebracht, um mit Ihnen mal ein bißchen loszujuckeln."

Herrn Carvers Mund umspielte ein Lächeln, das liebenswürdig sein sollte, aber ziemlich grimmig aussah: „Ich fürchte, ich habe heute abend zuviel zu tun, um eine Spazierfahrt machen zu können."

„Donnerwetter," sagte Devine, „Ihre Bienen müssen aber sehr fleißig sein, wenn Sie sie auch des Nachts beaufsichtigen müssen. Ich möchte zu gern wissen –"

„Was?" fragte Carver in kühlem und herausforderndem Ton.

„Nun," sagte Devine, „man sagt, man soll Heu machen, solange die Sonne scheint. Vielleicht machen Sie Honig, während der Mond scheint."

Im Schatten des breitkrempigen Hutes blitzte es auf, man sah plötzlich das Weiße in des Mannes Augen.

„Vielleicht scheint der Mond heute nacht," sagte er. „Aber ich warne Sie. Meine Bienen liefern nicht nur Honig, sie stechen auch."

„Wollen Sie mitfahren oder nicht?" fragte der ungeduldige John. Aber Carver blieb fest auf seiner Weigerung bestehen, obschon er jetzt höflich wurde und die Taktik der dunklen Andeutungen, mit denen er Devines Fragen beantwortet hatte, aufgab.

„Ich kann unmöglich abkommen," sagte er. „Habe einen Haufen zu schreiben. Vielleicht sind Sie aber so freundlich, meine Freunde einzuladen, wenn Sie unbedingt Begleitung haben wollen. Da kommen meine Freunde, Herr Smith und Pater Brown."

„Selbstverständlich," rief Bankes, „nur her mit ihnen!"

„Haben Sie vielen Dank für Ihre freundliche Einladung," sagte Pater Brown, „aber ich werde wohl ablehnen müssen. Ich muß gleich zur Abendandacht."

„Dann ist Herr Smith der Mann, den Sie suchen," sagte Carver in einem fast ungeduldigen Ton. „Smith wird sich sicher sehr freuen, wenn er mal Auto fahren kann."

Smith verzog zwar den Mund zu einem breiten Lachen, schien jedoch nicht die geringste Sehnsucht nach diesen und ähnlichen Lustbarkeiten zu haben. Er war ein rüstiger, kleiner, alter Mann. Er trug eine jener ehrbaren Perücken, die nicht natürlicher aussehen als ein Hut. Ihre gelbliche Färbung stach stark gegen sein blasses Gesicht ab. Er schüttelte den Kopf und antwortete mit liebenswürdiger Halsstarrigkeit:

„Ja, ich kann mich ganz gut erinnern, wie ich vor zehn Jahren einmal in einem solchen Karren von Holmgate, wo meine Schwester wohnt, hierher gefahren bin. Seitdem bringt mich kein Deubel mehr in einem solchen Ding über eine Landstraße. Da bin ich schön durcheinandergerüttelt worden, das kann ich Ihnen sagen."

„Vor zehn Jahren!" rief John Bankes mit fachmännischer Überlegenheit. „Ebensogut können Sie sagen, daß Sie vor zweitausend Jahren mit einem Ochsenwagen gefahren sind. Glauben Sie, die Autos hätten seit zehn Jahren keine Veränderungen durchgemacht, und die Straßen wären noch in demselben Zustande wie damals? In meinem kleinen Wagen merken Sie gar nicht, daß die Räder herumgehen. Sie meinen, Sie flögen."

„Ich bin überzeugt, daß Smith sehr gern mal fliegen möchte," sagte Carver drängend. „Es ist der Traum seines Lebens. Los, Smith, fahren Sie nach Holmgate hinüber und machen Sie Ihrer Schwester einen Besuch. Sie wollten sie doch schon lange besuchen. Sie können ja die Nacht dableiben."

„Da ich gewöhnlich nach Holmgate zu Fuß gehe, bleibe ich die Nacht meistens da," bemerkte der alte Smith. „Es ist also nicht nötig, eigens den Herrn mit dem Auto zu inkommodieren."

„Aber denken Sie doch, was für einen Spaß Ihre Schwester haben wird, wenn Sie im Auto ankommen!" rief Carver. „Sie sollten wirklich fahren. Seien Sie doch nicht so ein Egoist!"

„So ist's," stimmte Bankes mit steigendem Wohlwollen zu. „Seien Sie kein Egoist. Es wird Ihnen keinen Schaden tun. Angst haben Sie doch nicht, wie?"

„Gut," sagte Herr Smith mit grüblerischer Miene, „ich will kein Egoist sein, und ich glaube, Angst habe ich auch nicht. Wenn Sie die Sache so drehen, werde ich mitkommen."

Die beiden fuhren ab. Die kleine zurückbleibende Gruppe winkte ihnen nach, und zwar scheinbar so fröhlich, daß dieser Abschied eher einem begeisterten Willkomm glich. Aber Devine und der Priester winkten nur aus Höflichkeit und fühlten beide, daß nicht die Abfahrt des Wagens, sondern Carvers entschiedene Geste das Ganze zu einer Abschiedsszene machte. Sie spürten an dieser Kleinigkeit die eigentümliche Kraft, die von der Persönlichkeit dieses Mannes ausging.

Sobald der Wagen außer Sicht war, wandte sich Carver ihnen zu und sagte mit einem Ton, der für eine Entschuldigung zu viel Nachdruck hatte, kurz und bündig: „So!"

Es war eine herzliche Aufforderung, die so ziemlich das Gegenteil einer Einladung war und etwa besagte: Nun macht, daß ihr wegkommt.

„Ich muß gehen," sagte Devine. „Wir dürfen den eifrigen Bienenvater nicht stören. Ich glaube, ich weiß von Bienen sehr wenig, ich kann manchmal kaum eine Biene von einer Wespe unterscheiden."

„Ich habe auch Wespen," antwortete der geheimnisvolle Herr Carver.

Kaum waren sie auf der Straße, sagte Devine ziemlich impulsiv zu seinem Begleiter: „Eine merkwürdige Szene, meinen Sie nicht?"

„Ja," erwiderte Pater Brown. „Und was halten Sie davon?"

Devine sah den kleinen Mann im schwarzen Rock an und entdeckte in dem Blick seiner großen grauen Augen eine gewisse Unruhe, die ihn veranlaßte, weiterzusprechen.

„Ich glaube," sagte er, „daß Carver sehr darum zu tun war, das Haus heute nacht für sich allein zu haben. Ich weiß nicht, ob Sie ebenfalls solche argwöhnische Gedanken gehabt haben."

„Ich mag vielleicht solche Gedanken haben," erwiderte der Priester, „aber ich weiß nicht, ob sie sich in derselben Richtung bewegen wie die Ihrigen."

Opal Bankes wanderte an diesem Abend, als das letzte Grau der Dämmerung im Garten zu schwarzer Dunkelheit wurde, in den finsteren leeren Zimmern umher. Ihre Gedanken waren noch mehr als sonst von der Wirklichkeit weg auf die Geisterwelt gerichtet, und ein aufmerksamer Beschauer hätte bemerkt, daß ihr bleiches Gesicht noch bleicher war als sonst. Obwohl das Haus mit gut bürgerlichem Luxus eingerichtet war, wirkte es doch im ganzen melancholisch und deprimierend. Es strömte jene sofort fühlbare Traurigkeit aus, die nicht so sehr von alten, als vielmehr veralteten Dingen ausgeht. Es war nicht etwa ein historisches Museum, sondern ein Sammelplatz aus der Mode gekommener Dinge, von Stilen und Ornamenten, die zeitlich gerade kurz genug zurückliegen, um als tot erkannt zu werden. Hier und dort brachten bunte Glasvasen aus der frühviktorianischen Zeit einen Farbschimmer in das Zwielicht. Die hohen Decken ließen die langen Zimmer schmal erscheinen, und am Ende des Raumes, durch den Opal Bankes jetzt gerade ging, war eines jener runden Fenster, die in den Häusern jener Zeit nicht ungewöhnlich sind. Als sie in die Mitte des Zimmers gekommen war, blieb sie plötzlich stehen – sie schwankte, als hätte eine unsichtbare Hand sie ins Gesicht geschlagen.

Einen Augenblick später hörte sie ein durch die geschlossenen Zimmertüren abgedämpftes Klopfen an der Haustür. Sie wußte, daß die übrigen Familienmitglieder in den oberen Stockwerken weilten, aber sie hätte den Grund, der sie veranlaßte, selbst die Haustür zu öffnen, nicht erklären können. Auf der Schwelle stand eine kleine, verschwommene Gestalt in Schwarz, die sie als den römisch-katholischen Priester namens Brown erkannte. Sie kannte ihn nur oberflächlich, hatte jedoch Sympathien für ihn. Er leistete ihren spiritistischen Neigungen keinen Vorschub, ganz im Gegenteil, aber er schob ihre Ansichten nicht mit einer Handbewegung als etwas Unwichtiges beiseite, sondern schenkte ihnen ernste Beachtung. Es war nicht so, daß er für ihre Meinungen keine Sympathie hatte, er hatte Sympathie, aber er war nicht mit ihnen einverstanden. All das war ihr dunkel gegenwärtig, als sie, ohne ihn zu begrüßen oder zu fragen, was ihn herführe, sagte:

„Ich bin froh, daß Sie gekommen sind. Ich habe einen Geist gesehen."

„Darüber brauchen Sie sich keine Gedanken zu machen," sagte Pater Brown. „Das passiert oft. Die meisten Geister sind keine Geister, und die paar, die vielleicht echt sind, werden Ihnen nichts Böses tun. War es ein besonderer Geist?"

„Nein," gestand sie mit einem vagen Gefühl der Erleichterung. „Die Erscheinung wirkte eigentlich gar nicht wie ein Geist, sie kam mir mehr vor wie die Verkörperung der Verwesung, wie eine Art leuchtenden Verfalls. Es war ein Gesicht. Ein Gesicht am Fenster. Aber es war bleich und bebrillt und sah aus wie das Bildnis des Judas."

„Ja, es gibt Leute, die so aussehen," sagte der Priester nachdenklich, „und sie blicken auch wohl zuweilen in Fenster hinein. Darf ich hereinkommen und mir das Zimmer einmal ansehen?"

Als sie mit dem Besucher in das Zimmer zurückkehrte, hatten sich jedoch schon andere Mitglieder der Familie dort versammelt, die mit Geistern nicht auf so vertrautem Fuße standen, und hatten das Licht angedreht. Frau Bankes gegenüber befleißigte sich Pater Brown konventionellerer Umgangsformen und entschuldigte sich wegen seines Eindringens.

„Ich fürchte, ich bin hier ziemlich unangemeldet eingedrungen," sagte er. „Aber ich glaube, ich kann eine gute Entschuldigung dafür anführen. Ich war soeben bei Pulmans drüben, als ich angerufen und gebeten wurde, sofort hierherzugehen und hier auf einen Mann zu warten, der gleich erscheinen wird, um Ihnen eine für Sie immerhin wichtige Mitteilung zu machen. Eigentlich brauchte man mich nicht, aber meine Anwesenheit wird anscheinend gewünscht, weil ich über das, was im Hause Pulman passiert ist, aus eigener Anschauung berichten kann. In Wirklichkeit habe nämlich ich Alarm geschlagen."

„Was ist passiert?" fragte die Dame des Hauses mehrmals.

„Es ist drüben ein Einbruch verübt worden," sagte Pater Brown ernst, „bei dem, wie ich fürchte, Lady Pulmans Juwelen gestohlen worden sind. Und ihr unglücklicher Sekretär, Herr Barnard, ist erschossen im Garten aufgefunden worden. Der fliehende Einbrecher hat ihn offenbar niedergeknallt."

„Jener Mann," rief Frau Bankes aus. „Ich glaube, es war –"

Sie begegnete dem ernsten Blicke des Priesters und verlor plötzlich den Faden, weshalb, wußte sie nicht.

„Ich habe mich mit der Polizei und mit einer an diesem Fall interessierten Autorität in Verbindung gesetzt, und man hat mir mitgeteilt, daß schon bei einer oberflächlichen Prüfung Fußspuren und Fingerabdrücke gefunden worden sind, die mit anderen Kennzeichen auf einen wohlbekannten Verbrecher hinweisen."

An diesem Punkte des Berichts brachte die Rückkehr John Bankes' eine kleine Störung. Die Autofahrt schien kein gutes Ende genommen zu haben. Der alte Smith schien doch kein erfreulicher Fahrgast gewesen zu sein.

„Hat zuletzt doch Angst bekommen, der feige Hund," verkündete er mit lauter Entrüstung. „Ist ausgerissen, während ich einen Reifen untersuchte. So einen dummen Bauer werde ich noch mal mitnehmen –"

Aber seine Klagen konnten gegen das brennende Interesse, das Pater Browns Neuigkeiten hervorgerufen hatten, nicht aufkommen.

„Es wird gleich jemand erscheinen," fuhr der Priester mit derselben ernsten Zurückhaltung fort, „der mich ablösen wird. Wenn ich Ihnen diesen Mann vorgestellt habe, werde ich meine Pflicht erfüllt haben. Ich muß nur noch sagen, daß mir ein Dienstmädchen im Hause Pulman erzählt hat, sie habe an einem Fenster ein Gesicht gesehen –"

„Auch ich habe hier im Hause vor einem Fenster ein Gesicht gesehen," sagte Opal Bankes.

„Oh, du siehst immer Gesichter," bemerkte ihr Bruder John grob.

„Es ist gut, wenn man Tatsachen ins Auge faßt, selbst wenn sie Gesichter sind," sagte Pater Brown ruhig, „und ich glaube, das Gesicht, das Sie gesehen haben –"

Es klopfte draußen wieder, und eine Minute später erschien in der Tür des Zimmers eine neue Gestalt. Devine fuhr erstaunt hoch, als er sie erblickte.

Es war ein großer, straff aufgerichteter Mann mit einem langen, farblosen Gesicht, das in einem mächtigen Kinn endigte. Die kahle Stirn und die hellen blauen Augen waren früher von einem breitkrempigen Strohhut verdeckt worden.

„Bleibe jeder bitte ruhig sitzen," sagte der Mann, der sich Carver nannte, klar und höflich. Aber für den armen verwirrten Devine hatte diese Höflichkeit eine verdächtige Ähnlichkeit mit der eines Briganten, der eine Gesellschaft mit der Pistole in Schach hält.

„Setzen Sie sich doch bitte, Herr Devine," sagte Carver, „und wenn Frau Bankes es erlaubt, werde ich Ihrem Beispiel folgen. Ich muß Ihnen erklären, warum ich hier bin. Ich glaube, Sie hielten mich für einen hervorragenden und berühmten Einbrecher."

„Ja," sagte Devine grimmig, als hielte er ihn noch immer für eine bedeutende Persönlichkeit.

„Wie Sie selbst bemerken," sagte Carver, „ist es nicht immer leicht, eine Wespe von einer Biene zu unterscheiden."

Nach einer Pause fuhr er fort: „Ich kann wohl von mir sagen, daß ich zu den nützlicheren, wenn auch ebenso lästigen Insekten gehöre. Ich bin Detektiv und habe mich hier aufgehalten, um nach dem Verbrecher, der den Namen Michael Mondschein führt, zu fahnden, denn man hatte uns berichtet, er habe seine Tätigkeit wieder aufgenommen. Juwelendiebstähle waren seine Spezialität, und drüben im Hause Pulman ist gerade einer verübt worden, der nach allen äußeren Merkmalen sein Werk ist. Die Fingerabdrücke stimmen mit denen Mondscheins überein, und Sie wissen vielleicht auch, daß er, als er das letztemal festgenommen wurde, und wahrscheinlich auch schon bei früheren Gelegenheiten, sich auf einfache, aber wirksame Weise unkenntlich gemacht hatte, nämlich durch einen roten Bart und eine große Hornbrille."

Opal Bankes lehnte sich mit brennenden Augen vor.

„So ein Gesicht habe ich gesehen!“ rief sie aufgeregt. „Ein Gesicht mit einer großen Brille und einem roten, zerzausten Bart. Ich hielt es für einen Geist.“

„Das war derselbe Geist, den das Dienstmädchen bei Pulmans sah,“ sagte Carver sarkastisch.

Er legte einige Papiere und Päckchen auf den Tisch und begann, sie sorgfältig auseinanderzufalten. „Wie gesagt,“ fuhr er fort, „ich wurde hierhergeschickt, um Nachforschungen über den Verbrecher Mondschein anzustellen. Darum habe ich mich für die Bienenzucht interessiert und bin zu Herrn Smith gezogen.“

Es trat Schweigen ein, das Devine mit den Worten unterbrach: „Sie wollen doch wohl nicht im Ernst behaupten, daß dieser brave alte Mann –“

„Herr Devine,“ sagte Carver lächelnd, „Sie glaubten, ein Bienenstand sei nur ein Versteck für mich. Warum sollte er kein Versteck für ihn sein?“

Devine nickte düster vor sich hin, und der Detektiv wandte sich wieder seinen Papieren zu. „Da ich Smith im Verdacht hatte, wollte ich ihn aus dem Hause haben, um seine Sachen durchsuchen zu können. Darum kam mir Herrn Bankes' Einladung sehr zustatten, und darum ermunterte ich Herrn Smith so, mitzufahren. Bei der Durchsuchung seines Hauses fand ich einige Sachen, die man bei einem alten, nur für Bienenzucht interessierten Landmann nicht hätte vermuten sollen. Unter anderem habe ich dies hier gefunden.“

Er zog aus dem Papier einen langen haarigen, fast scharlachroten Gegenstand hervor – einen Bart, wie er wohl auf der Bühne getragen wird.

Daneben lag eine alte schwere Hornbrille.

„Aber ich fand auch etwas,“ fuhr Carver fort, „das in engerer Beziehung zu diesem Hause steht und mein Eindringen entschuldigen möge. Ich fand eine Aufstellung über die in der Nachbarschaft vorhandenen Juwelen und ihren mutmaßlichen Wert. Gleich nach Lady Pulmans Tiara wird eines im Besitz von Frau Bankes befindlichen Smaragdhalsschmucks Erwähnung getan."

Frau Bankes, die bis jetzt die späten Besucher mit einem Ausdruck hochmütigen Staunens betrachtet hatte, wurde plötzlich aufmerksam. Sie sah sofort zehn Jahre älter und viel intelligenter aus. Aber bevor sie etwas sagen konnte, hatte sich der stürmische John wie ein trompetender Elefant zu seiner vollen Höhe aufgereckt.

„Und die Tiara ist bereits futsch," brüllte er. „Da muß ich doch mal nachsehen, ob der Halsschmuck noch da ist."

„Kein schlechter Gedanke," sagte Carver, als der junge Mann aus dem Zimmer stürzte, „wenn wir auch, seitdem wir hier sind, unsere Augen offengehalten haben. Aber die Entzifferung der chiffrierten Aufstellung nahm mir ein bißchen Zeit weg. Als Pater Brown mich anrief, war ich gerade fertig. Ich bat ihn, sich sofort hierher zu begeben und Sie auf die Gefahr aufmerksam zu machen, und so –"

Er wurde durch einen Schrei unterbrochen. Opal war aufgesprungen und zeigte starr auf das runde Fenster.

„Da ist es wieder!" rief sie.

Einen Augenblick lang sahen sie alle etwas – etwas, das die junge Dame von der manchmal gegen sie erhobenen Beschuldigung, sie sei eine Lügnerin und Hysterikerin, reinigte. Aus der schieferblauen Dunkelheit draußen hob sich ein bleiches Gesicht von den Scheiben ab oder war vielmehr weiß gegen sie gepreßt. Die großen, wie mit Ringen umgebenen starren Augen ließen es beinahe wie einen großen Fisch erscheinen, der aus dem schwarzblauen Meer durch die Pfortenöffnung eines Schiffes glotzt. Aber die Kiemen und Flossen des Fisches waren kupferrot, sie waren in Wirklichkeit weiter nichts als ein brennend roter Bart. Im nächsten Augenblick war das Gesicht verschwunden.

Devine hatte gerade einen Schritt auf das Fenster zu getan, als ein markerschütternder Schrei durch das Haus dröhnte. Man konnte kaum glauben, daß eine menschliche Stimme einer solchen Tonfülle mächtig war. Dieser Schrei genügte, um Devine aufzuhalten, der sofort wußte, was geschehen war.

„Der Halsschmuck ist gestohlen!“ brüllte John Bankes. Er füllte einen Augenblick groß und mächtig die Tür aus und verschwand gleich wieder wie ein Jagdhund, der die Fährte aufnimmt.

„Der Dieb war gerade am Fenster!“ rief der Detektiv und stürzte auf die Tür zu hinter John her, der bereits im Garten war.

„Vorsicht!“ kreischte Frau Bankes. „Diebe haben Waffen bei sich.“

„Ich auch!“ kam die Stimme des furchtlosen John aus der Tiefe des Gartens.

Tatsächlich hatte Devine bemerkt, daß der junge Mann drohend einen Revolver in der Hand schwang, als er hinausstürmte, hoffte aber, er würde nicht nötig haben, sich zu verteidigen. Aber kaum war ihm dieser Gedanke durch den Kopf gegangen, als zwei Schüsse ertönten, kurz nacheinander, als wenn zuerst der eine und dann der andere geschossen hätte. Der stille Vorstadtgarten hallte von dem Knall wider, worauf von neuem tiefe Stille eintrat.

„Ist John tot?“ fragte Opal leise mit zitternder Stimme.

Pater Brown war bereits tiefer in den dunklen Garten vorgedrungen, er stand, den Rücken dem Hause zugewandt, ruhig da und sah auf den Boden nieder. Er gab auf ihre Frage Antwort.

„Nein,“ sagte er, „es ist der andere.“

Carver war zu ihm getreten, die beiden Männer, von denen einer den anderen weit überragte, entzogen den übrigen einen Anblick, den ihnen der bleiche, ab und zu hinter den jagenden Wolken hervorbrechende Mondschein ohnehin schwer genug gewährt hätte. Dann traten sie zur Seite, und die anderen sahen eine kleine hagere Gestalt, die sich im letzten Todeskrampf gekrümmt zu haben schien. Der falsche rote Bart war wie im Zornesflackern zum Himmel gerichtet, und der Mond schien auf die großen Brillengläser des Mannes, der zu seinen Lebzeiten den Namen Mondschein geführt hatte.

„Was für ein Ende!“ murmelte der Detektiv Carver. „Nach so vielen Abenteuern fast zufällig von einem Effektenmakler in einem Vorstadtgarten erschossen zu werden!“

Der glorreiche Schütze selbst jedoch genoß seinen Triumph mit größerer Feierlichkeit, wenn er auch seine Nervosität nicht verbergen konnte.

„Es blieb mir nichts anderes übrig,“ sagte er, noch vor Aufregung keuchend. „Es tut mir leid, aber er schoß zuerst auf mich.“

„Es wird natürlich eine gerichtliche Untersuchung stattfinden,“ sagte Carver ernst. „Aber ich glaube, Sie können ihr ruhig entgegensehen. Aus dem ihm entfallenen Revolver ist ein Schuß abgefeuert, und er hat sicher nicht geschossen, als er Ihre Kugel im Leib hatte.“

Als diese Worte gewechselt wurden, waren sie schon wieder im Zimmer versammelt, und der Detektiv packte seine Sachen zusammen, um fortzugehen. Pater Brown stand ihm gegenüber und blickte, wie in tiefes Nachdenken versunken, auf den Tisch. Dann sagte er plötzlich:

„Herr Carver, Sie haben sicher einen sehr schwierigen Fall meisterhaft analysiert. Ich habe geahnt, was Sie für einen Beruf hatten, aber ich habe niemals gedacht, daß Sie alles so schnell zu einem einheitlichen Bilde zusammenfügen würden – die Bienen, den Bart, die Brille, die chiffrierte Aufstellung, den Halsschmuck und alles andere.“

„Es ist immer befriedigend, wenn man einen Fall richtig abrundet,“ bemerkte Carver.

„Ja,“ sagte Pater Brown, noch immer auf den Tisch sehend. „Ich kann nicht umhin, Ihnen meine Bewunderung auszudrücken.“ Dann setzte er mit einer an Nervosität grenzenden Zurückhaltung hinzu: „Ich muß Ihnen jedoch sagen, daß ich kein Wort davon glaube.“

„Wollen Sie sagen, Sie glauben nicht, daß der Mann draußen der Einbrecher Mondschein ist?“ fragte Devine mit plötzlich erwachtem Interesse.

„Daß er der Einbrecher ist, weiß ich, aber er ist nicht eingebrochen," antwortete Pater Brown. „Ich weiß, daß er weder zum Hause Pulman, noch hierher gekommen ist, um Juwelen zu stehlen oder sich bei ihrem Fortschaffen erschießen zu lassen. Wo sind die Juwelen?"

„Wo sie gewöhnlich in solchen Fällen sind," sagte Carver. „Er hat sie entweder versteckt oder sie einem Komplizen übergeben. An dieser Sache waren mehrere beteiligt. Meine Leute durchsuchen jetzt den Garten und warnen die Nachbarn."

„Vielleicht," äußerte Frau Bankes, „hat der Komplize den Halsschmuck gestohlen, während Mondschein zum Fenster hineinsah."

„Warum sah Mondschein zum Fenster hinein?" fragte Pater Brown ruhig. „Warum hätte er zum Fenster hineinsehen sollen?"

„Was glauben Sie denn?" rief John, der seine gute Laune wiedergefunden zu haben schien.

„Ich glaube," sagte Pater Brown, „daß er niemals den Wunsch gehabt hat, zum Fenster hineinzusehen."

„Warum hat er dann hineingesehen?" fragte Carver. „Was hat es für einen Zweck, so in die Luft zu reden? Die ganze Sache hat sich doch vor unseren Augen abgespielt."

„Ich habe viele Sachen gesehen, die sich vor meinen Augen abgespielt haben, und die ich doch nicht geglaubt habe," erwiderte der Priester. „Auch Sie haben solche Sachen gesehen, auf der Bühne und im Leben."

„Pater Brown," sagte Devine respektvoll, „wollen Sie uns sagen, warum Sie Ihren Augen in diesem Falle nicht glauben können?"

„Ja, ich will es versuchen," antwortete der Priester und sagte dann mit großer Milde: „Sie kennen mich und meinesgleichen. Wir kümmern uns nicht viel um Ihre Angelegenheiten. Wir versuchen, mit allen unseren Mitmenschen gut auszukommen. Aber Sie dürfen deshalb noch nicht denken, daß wir nichts tun und nichts kennen. Wir beschränken uns auf unseren Beruf, aber den kennen wir, und wir kennen auch unsere Leute. Den toten Mann da draußen kannte ich in der Tat sehr gut, ich war sein

Beichtvater und sein Freund. Soweit es einem Menschen überhaupt möglich ist, kannte ich sein Inneres bis zu dem Zeitpunkte, wo er seinen Garten verließ, und sein Inneres war wie ein gläserner Bienenkorb voll goldener Bienen. Wenn man sagen würde, seine Bekehrung war aufrichtig, so hätte man nicht genug gesagt. Er war einer jener großen Büßer, die aus der Reue mehr herausholen als andere aus ihrer Tugend. Ich sage, ich war sein Beichtvater, aber ich war es, der zu ihm ging, um mir Trost und Mut zu holen. Es tat mir gut, in der Nähe eines so guten Mannes zu sein. Und als ich ihn tot im Garten liegen sah, schien es mir, als ob gewisse merkwürdige, früher gesprochene Worte über ihn in mein Ohr schallten. Es wäre durchaus möglich gewesen, denn wenn jemals ein Mann stracks in den Himmel einging, so könnte er es sein.“

„Hol's der Teufel,“ sagte John Bankes nervös, „er war schließlich doch ein überführter Dieb.“

„Ja,“ sagte Pater Brown, „und nur ein überführter Dieb hat jemals auf dieser Welt die Versicherung gehört: Noch heute wirst du bei mir im Paradiese sein.“

Niemand konnte mit dem Schweigen, das hierauf folgte, etwas anfangen, bis Devine schließlich sagte:

„Aber wie in aller Welt würden Sie sich die Sache erklären?“

Der Priester schüttelte den Kopf. „Ich kann sie mir noch nicht ganz erklären,“ sagte er einfach. „Ich sehe einige sonderbare Dinge, aber ich verstehe sie nicht. Bis jetzt habe ich, um die Unschuld des Mannes zu beweisen, nichts als den Mann selbst. Aber ich bin fest davon überzeugt, daß ich mich nicht irre.“

Er tat einen Seufzer und griff nach seinem großen schwarzen Hut. Er blieb mit dem Hut in der Hand stehen und sah wieder auf den Tisch, aber sein Gesichtsausdruck hatte sich verändert, er hatte gleichsam einen neuen Kopf auf, den er aus dem Hut hervorgezaubert zu haben schien. Aber die anderen sahen auf dem Tische nichts als die Dokumente des Detektivs, den alten Theaterbart und die Brille.

„Merkwürdig," murmelte Pater Brown, „nun liegt er tot draußen, in Bart und Brille." Er ging plötzlich auf Devine zu. „Darüber denken Sie einmal nach, wenn Sie Klarheit haben wollen. Warum hatte er zwei Bärte?"

Damit verließ er in seiner unkonventionellen Art das Zimmer. Aber Devine wurde jetzt von Neugierde verzehrt und folgte ihm in den Garten.

„Ich kann Ihnen jetzt noch nichts sagen," beruhigte ihn Pater Brown. „Ich bin mir noch nicht ganz im klaren und weiß nicht, was ich tun soll. Suchen Sie mich morgen auf, dann kann ich Ihnen vielleicht die ganze Sache erklären. Für mich ist das Rätsel vielleicht jetzt schon gelöst – haben Sie das Getöse gehört?"

„Ein abfahrendes Auto," bemerkte Devine.

„Das Auto des Herrn John Bankes," sagte der Priester. „Ich glaube, es fährt sehr schnell."

„Der Meinung ist er wohl auch," sagte Devine lächelnd.

„Es wird heute nacht sehr schnell und sehr weit fahren," fuhr Pater Brown fort.

„Was wollen Sie damit sagen?" fragte der andere.

„Ich will damit sagen, daß John Bankes nicht zurückkehren wird," erwiderte der Priester. „Er hat aus meinen Worten Verdacht geschöpft. John Bankes ist fort, und mit ihm sind die Smaragden und die anderen Juwelen verschwunden."

Am nächsten Tage sah Devine Pater Brown vor den Bienenkörben auf und ab gehen. Der Priester trug bei all seiner Traurigkeit eine gewisse Heiterkeit zur Schau.

„Ich habe die Bienen gezählt," sagte er. „Sie wissen doch, daß man die Bienen zählen muß?" Mit einem plötzlichen Übergang fügte er dann hinzu: „Er würde es gern sehen, wenn man für die Bienen sorgte."

„Ich hoffe doch, er will die menschlichen Wesen nicht ganz zurückgesetzt sehen, besonders, wenn der ganze Schwarm vor Neugierde summt," bemerkte der junge Mann. „Sie hatten ganz recht, als Sie sagten, daß Bankes mit den Juwelen davon ist, aber ich kann mir nicht denken, wie Sie das wußten oder überhaupt darauf kamen, daß die Sache nicht ganz stimmte.“

Pater Brown blinzelte wohlgefällig zu den Bienenkörben hin und sagte:

„Man stolpert sozusagen über solche Dinge, und gleich im Anfang lag so ein Stein des Anstoßes im Wege. Der Tod des armen Barnard gab mir zu denken. Selbst zur Zeit, als Michael ein Meistereinbrecher war, rechnete er es sich zur Ehre an oder fand sogar eine Befriedigung der Eitelkeit darin, seine Einbrüche ohne Opferung von Menschenleben zu bewerkstelligen. Es schien mir ganz undenkbar zu sein, daß er jetzt, wo er ein Heiliger geworden war, seine Grundsätze verleugnen und die Sünde begehen sollte, die er verabscheut hatte, als er noch ein Sünder war. Über das andere war ich mir bis zuletzt nicht im klaren, ich wußte nur, daß die Sache so nicht stimmen konnte. Dann ging mir schließlich ein Licht auf, als ich den Bart und die Brille sah und daran dachte, daß der Dieb auch einen solchen Bart und eine solche Brille trug. Nun war es ja wohl möglich, daß er die Sachen doppelt besaß, aber es war doch merkwürdig, daß er nicht den alten Bart und die alte Brille benützt hatte, die doch beide in gutem Zustande waren. Es war auch möglich, daß er sie zu Hause gelassen hatte und sich neue verschaffen mußte, aber es war unwahrscheinlich. Niemand konnte ihn zwingen, in Bankes' Auto zu steigen. Wenn er wirklich einbrechen wollte, hätte er ja seine Ausrüstung leicht in die Tasche stecken können. Er mußte sich doch sagen, daß er sich nicht so leicht einen solchen Bart und eine solche Brille in der vorhandenen Zeit würde beschaffen können.

Nein, je mehr ich über diesen Punkt nachdachte, um so mehr fühlte ich, daß hier etwas nicht stimmen konnte. Und dann begann mir die Wahrheit, die ich bereits instinktiv kannte, auch verstandesmäßig aufzudämmern. Als er zu Bankes in den Wagen stieg, hatte er durchaus nicht die Absicht, die Verkleidung anzulegen. Er hat sie niemals angelegt. Das hat ein anderer getan, der sie vorher in aller Ruhe nachgemacht hatte.“

„Ein anderer soll sie ihm angelegt haben?“ rief Devine erstaunt. „Wie hätte er denn das fertigbringen sollen?“

„Lassen Sie uns zurückgehen,“ sagte Pater Brown, „und uns die Sache mal durch ein anderes Fenster betrachten – das Fenster, durch das die junge Opal Bankes den Geist sah.“

„Den Geist!“ wiederholte der andere verwundert.

„Sie hielt ihn für einen Geist,“ sagte der kleine Geistliche ruhig, „und vielleicht hatte sie gar nicht so unrecht. Daß sie ein Medium ist, stimmt. Sie irrt nur darin, daß sie glaubt, der Mediumismus wäre bloß vergeistigten Naturen eigen. Es gibt Tiere, die mediumistisch veranlagt sind. Jedenfalls ist sie sehr sensitiv, und sie hatte das richtige Gefühl, daß das Gesicht am Fenster von schrecklichem Todesgrauen umwittert war.“

„Wollen Sie sagen –,“ begann Devine.

„Ich will sagen, daß eine Leiche zum Fenster hineingeschaut hat,“ sagte Pater Brown. „Es war ein Toter, der um mehr als ein Haus gekrochen ist und nicht nur in ein Fenster geblickt hat. Schauerlich, wie? Aber es war eigentlich das Gegenteil eines Geistes, denn es war nicht die von körperlichen Banden befreite Seele, sondern die leere Grimasse des von der Seele losgelösten Körpers.“

Er blinzelte wieder zu den Bienenkörben hin und fuhr fort: „Aber die kürzeste Erklärung läßt sich wohl geben, wenn man vom Täter ausgeht. Sie kennen den Täter. John Bankes.“

„Das wäre der letzte gewesen, an den ich gedacht hätte,“ sagte Devine.

„Er war der erste, an den ich dachte,“ fuhr Pater Brown fort, „soweit man überhaupt ein Recht hat, bei einer solchen Sache an jemanden zu denken. Mein lieber Freund, es gibt keine guten oder schlechten sozialen Typen oder Berufe. Jeder Mensch kann ein Mörder sein wie der arme John, jeder Mensch, sogar derselbe Mensch, kann ein Heiliger sein wie der arme Michael. Aber wenn es einen Typus gibt, der in Gefahr gerät, nach der schlimmsten Gottlosigkeit hinzuneigen, so ist es die Art Menschen, die einem rücksichtslosen und brutalen Geschäftsgeist verfallen sind. Sie haben keine sozialen Ideale, von Religion ganz abgesehen, sie haben weder die Kultur eines Gentlemans noch das Klassengefühl eines organisierten Arbeiters. Wenn John Bankes sich rühmte, gute Geschäfte gemacht zu haben, so bedeutete das bei ihm nur, daß er andere übers Ohr gehauen hatte. Sein Spott über die mystischen Neigungen seiner Schwester war abscheulich. Ihr Mystizismus war Unsinn, aber er haßte nur die geistige Grundstimmung, die dem zugrunde lag. Jedenfalls hat er sich als Schurke ausgezeichnet. Es war wirklich ein neues und einzigartiges Motiv für einen Mord. Er mordete, um den Körper als Staffage, als eine Art schrecklicher Geisterpuppe zu gebrauchen. Er hatte schon lange den Plan, Michael im Auto zu töten, bloß um ihn heimzubringen und nachher so zu tun, als habe er ihn als Einbrecher im Garten getötet. Die ganze weitere phantastische Ausschmückung des Planes folgte ganz natürlich aus dieser ersten Tatsache, daß er nachts in einem geschlossenen Auto den Leichnam eines bekannten und erkennbaren Einbrechers zu seiner Verfügung hatte. Er konnte dessen Fußspuren und Fingerabdrücke hinterlassen, er konnte am Fenster das bekannte Gesicht eines Einbrechers zeigen. Sie werden sich erinnern, daß Mondschein dann am Fenster erschien und verschwand, als Bankes das Zimmer verließ, um angeblich nach dem Halsschmuck zu sehen.

Schließlich brauchte er nur den Leichnam auf den Rasen zu werfen und aus jedem Revolver einen Schuß abzufeuern. Die Wahrheit wäre vielleicht nie herausgekommen, wenn nicht die zwei Bärte Verdacht erregt hätten."

„Warum hat Ihr Freund Michael den alten Bart behalten?" fragte Devine nachdenklich, „das scheint mir der Aufklärung zu bedürfen."

„Mir, der ich ihn kannte, erscheint das ganz natürlich," erwiderte Pater Brown. „Seine ganze Haltung war ähnlich wie die Perücke, die er trug. Er trug sie nicht, um etwas vorzutäuschen. Er brauchte die alte Verkleidung nicht mehr, aber er hatte auch keine Angst vor ihr, es wäre ihm falsch erschienen, den falschen Bart zu zerstören. Es wäre gewesen, als hätte er sich versteckt, und er versteckte sich nicht, weder vor Gott, noch vor sich selbst. Er stand im hellen Tageslicht. Wenn man ihn ins Zuchthaus zurückgebracht hätte, wäre er nicht um eine Spur weniger zufrieden gewesen. Das Urteil der Menschen konnte ihm nichts mehr anhaben. Es ging ein sehr seltsamer Eindruck von ihm aus, fast so seltsam wie der groteske Totentanz, in den er nach seinem Tode hineingezogen wurde. Wenn er sich lächelnd hier zwischen den Bienenkörben bewegte, selbst dann war er, in einem sehr strahlenden und leuchtenden Sinne, tot. Er war dem Urteil dieser Welt entzogen."

Es trat eine kurze Pause ein, dann zuckte Devine die Schultern und sagte: „Ja, das Schlimme ist eben, daß sich die Bienen und Wespen in dieser Welt sehr gleich sehen."

Das Lied an die fliegenden Fische

Die Seele des Herrn Peregrinus Smart umsummte hartnäckig wie eine Fliege einen einzigen Besitz und kreiste unablässig um einen einzigen Scherz. Es war ein ziemlich harmloser Scherz, denn er bestand lediglich darin, daß Herr Smart alle möglichen Leute fragte, ob sie schon seine Goldfische gesehen hätten. Es war aber auch ein kostspieliger Scherz; doch ist es zweifelhaft, ob Herr Smart im geheimen dem Scherz nicht mehr zugetan war als dem kostspieligen Gegenstand, auf den er sich bezog. Wenn er mit den Nachbarn sprach, die in den wenigen, um die alte Dorfwiese aufgeschossenen neuen Häusern wohnten, dann lenkte er immer so schnell wie möglich das Gespräch auf seine Liebhaberei. Bei Doktor Burdock, einem jungen Biologen mit energischem Kinn und nach deutscher Art zurückgebürstetem Haar, war die Überleitung nicht schwer. „Sie interessieren sich für Naturgeschichte, haben Sie meine Goldfische schon gesehen?" Einem so orthodoxen Anhänger der Entwicklungstheorie wie Doktor Burdock war zweifellos alle Natur eins, aber beim ersten Anhieb ließ sich die Verbindung doch nicht so leicht herstellen, da er sich als Spezialist gänzlich auf die primitive Vorfahrenreihe der Giraffen konzentriert hatte. Pater Brown gegenüber, Pfarrer an einer Kirche der benachbarten Provinzstadt, machte er folgenden gewaltigen und blitzschnellen Gedankensprung: „Rom – St.

Peter – Fischer – Fisch – Goldfisch." Wenn er sich mit Herrn Imlack Smith, dem Bankleiter, unterhielt, einem schmächtigen, gut angezogenen Manne von ruhigem Betragen und gelblich-bleicher Gesichtsfarbe, so kam er mit aller Gewalt auf den Goldstandard zu sprechen, von dem es bis zum Goldfisch nur mehr ein Schritt war. Wenn er mit dem glänzenden Orientreisenden und Gelehrten Graf Yvon de Lara sprach, (dessen Titel französisch und dessen Gesicht russisch, wenn nicht tartarisch war), so zeigte der gewandte Causeur ein lebhaftes teilnahmsvolles Interesse für den Ganges und den Indischen Ozean, worauf dann ganz natürlich die Rede auf das mögliche Vorhandensein von Goldfischen in jenen Gewässern kam. Herrn Harry Harlopp, dem sehr reichen, aber sehr schüchternen und stillen jungen Herrn, der erst kürzlich von London gekommen war, hatte er schließlich die Mitteilung herausgepreßt, daß besagter verwirrter Jüngling sich nicht fürs Fischen interessierte, und dann gefragt: „Da wir gerade vom Fischen sprechen, haben Sie schon meine Goldfische gesehen?"

Das Eigentümliche an diesen Goldfischen war, daß sie aus Gold waren. Sie gehörten zu einem exzentrischen, aber kostbaren Spielzeug, das seine Entstehung der Laune eines reichen orientalischen Fürsten verdanken sollte und das Herr Smart auf einer Auktion oder bei einem Antiquitätenhändler erstanden hatte, denn er liebte es, sein Haus mit seltenen und nutzlosen Dingen vollzustopfen. Vom entfernteren Ende des Zimmers sah es aus wie eine ungewöhnlich große Vase, in der ungewöhnlich große Fische schwammen; bei näherer Besichtigung erwies es sich als ein wunderschön geblasenes venetianisches Glas, das sehr dünn und zart mit schwach leuchtender Farbe angehaucht war, und in dessen farbigem Zwielicht groteske goldene Fische mit großen Rubinenaugen hingen. Allein das Material war zweifellos eine große Summe Geldes wert, ganz abgesehen von dem Liebhaberwert, den die kunstvoll geformte Kuriosität in der Welt der Sammler haben mußte. Herrn Smarts neuer Sekretär, ein junger Mann namens Francis Boyle, war, obschon ein Ire und nicht gerade als vorsichtig bekannt, doch etwas überrascht, daß Herr Smart so offenherzig von den Kleinodien seiner Sammlungen zu den

Nachbarn sprach, die ihm doch verhältnismäßig fremd waren und sich rein zufällig in nomadischer Weise in der Nähe angesiedelt hatten, denn Sammler sind gewöhnlich wachsam und oft sehr zurückhaltend. Während er sich in seinen neuen Aufgabenkreis einlebte, entdeckte Herr Boyle, daß er mit diesem Gefühl nicht allein stand, nur war bei anderen das milde Erstaunen zu ernster Mißbilligung angewachsen.

„Es ist ein Wunder, daß man ihm noch nicht die Kehle durchgeschnitten hat," sagte Harris, Herrn Smarts Diener, nicht ohne hypothetisches Behagen, fast als hätte er in rein künstlerischer Ausdrucksweise gesagt: „Es ist eigentlich schade."

„Es ist nicht zu glauben, wie er die Sachen herumstehen läßt," sagte Herrn Smarts Buchhalter Jameson, der den neuen Sekretär in sein Amt einführen sollte, „und er legt nicht einmal Wert darauf, daß die alte klapprige Tür mit den alten klapprigen Eisenstangen verriegelt wird."

„Bei Pater Brown und dem Doktor geht's ja noch an," sagte Herrn Smarts Haushälterin mit der ihr eigenen nachdrücklichen, aber höflich umschreibenden Art, ihre Meinung auszudrücken, „aber wenn er auch Ausländern alles zeigt, so nenne ich das die Vorsehung herausfordern. Es ist nicht der Graf allein, auch der Bankmensch sieht mir für einen Engländer viel zu gelb aus."

„Aber der junge Harlopp," sagte Boyle scherzend, „ist dafür ein mehr als hundertprozentiger Engländer, denn er treibt das Schweigen so weit, daß er kein Wort sagt."

„Dafür denkt er um so mehr," entgegnete die Haushälterin. „Er mag vielleicht kein Ausländer sein, aber so dumm, wie er aussieht, ist er nicht. Hört mir auf, Ausländer bleibt Ausländer, ob er's ist oder nicht," schloß sie etwas sibyllenhaft dunkel.

Ihre Mißbilligung hätte sich vielleicht noch in schärferen Worten Luft gemacht, wenn sie die Unterhaltung gehört hätte, die an diesem Nachmittage im Salon ihres Herrn geführt wurde. Den ursprünglichen Gesprächsstoff bildeten die Goldfische, aber der aggressive Franzose versuchte, sich immer mehr und mehr in den Vordergrund zu schieben.

Man konnte eigentlich nicht sagen, daß er sehr viel sprach, aber selbst sein Stillschweigen hatte etwas kühn Behauptendes an sich. Er sah um so massiger aus, weil er, zu einem Haufen zusammengesunken, auf einem Haufen Kissen saß, und in der zunehmenden Dämmerung schien sein breites mongolisches Gesicht schwach zu leuchten, wie ein Mond. Vielleicht umgab der Hintergrund, vor dem er saß, sein Gesicht und seine Gestalt mit einer asiatischen Atmosphäre, denn das Zimmer war ein Chaos mehr oder weniger kostbarer Kuriositäten, unter denen man die geschweiften Linien und die brennenden Farben zahlloser asiatischer Waffen, asiatischer Pfeifen und Gefäße, östlicher Musikinstrumente und farbiger Manuskripte sah. Beim Fortgang der Unterhaltung hatte Boyle immer mehr das Gefühl, daß die sich dunkel gegen die Dämmerung abhebende Gestalt auf den Kissen allmählich einem großen Buddhabilde täuschend ähnlich wurde.

Die Unterhaltung war allgemein genug, denn der ganze kleine Nachbarnkreis war versammelt. Die Insassen der vier oder fünf um die Dorfwiese stehenden Häuser hatten allmählich durch die Gewohnheit gegenseitiger Besuche eine Art Klub gebildet. Von den Häusern war das des Herrn Smart das älteste, größte und malerischste. Es nahm fast die ganze eine Seite des Wiesenvierecks ein und ließ nur Platz für eine kleine Villa. Diese war von einem pensionierten Oberst namens Varney bewohnt, der Invalide sein sollte und jedenfalls niemals zum Vorschein kam. Im rechten Winkel zu diesen beiden Häusern standen zwei oder drei Läden, in denen die Dorfbewohner ihre einfachen Einkäufe machten, und an der Ecke erhob sich der Gasthof zum Blauen Drachen, in dem Herr Hartopp, der Fremde aus London, wohnte. An der gegenüberliegenden Seite erblickte man drei Häuser, das erste war von dem Grafen de Lara, das zweite von Doktor Burdock gemietet, während das dritte noch leer stand. An der vierten Seite stand die Bank mit einem anstoßenden Häuschen für den Bankdirektor, ein darüber hinausreichendes Stück Bauland wurde durch einen Bretterzaun abgeschlossen. Der Saum der Dorfwiese war also nicht übermäßig bevölkert, und da sich um das kleine Dorf meilenweit offenes Land erstreckte, waren die Anwohner mehr und mehr auf gegenseitigen gesellschaftlichen Verkehr angewiesen. An diesem Nachmittage hatte jedoch ein Fremder den magischen Kreis durchbrochen, ein Mann mit scharfgeschnittenen Zügen und starken Augenbrauen- und Schnurrbartbüscheln. Er war so schäbig gekleidet, daß er entweder ein Millionär oder ein Herzog sein mußte, wenn er wirklich (wie behauptet wurde) hergekommen war, um mit dem alten Sammler ein Geschäft abzuschließen. Er führte, wenigstens im Blauen Drachen, den Namen Harmer.

Er hatte soeben das Loblied der goldenen Fische über sich ergehen lassen müssen, und auch die Bedenken, die hinsichtlich ihrer Überwachung bestanden, waren ihm kundgetan.

„Man sagt mir immer, ich solle sie sorgfältiger behüten und wegschließen," bemerkte Herr Smart, indem er über die Schulter mit einem verschmitzten Blick auf Jameson deutete, der mit einigen Geschäftspapieren in der Hand hinter ihm stand. Smart war ein kleiner alter Mann mit einem runden Gesicht und einem runden Körper. „Jameson und Harris und die anderen liegen mir immer in den Ohren, ich solle doch ja die Türen mit eisernen Stangen verriegeln, als wenn mein Haus eine mittelalterliche Festung wäre, obgleich die alten rostigen Stangen wirklich zu mittelalterlich sind, um einen Einbrecher wirklich aufhalten zu können. Ich vertraue lieber auf das Glück und die Polizei."

„Der beste Verschluß ist nicht immer der sicherste," sagte der Graf. „Es kommt ganz darauf an, wer den Versuch unternimmt, ihn zu brechen. Es gab einmal einen Hindueremiten, der nackt in einer Höhle lebte; er ging durch drei Heere hindurch, die den Großmogul bewachten, nahm ihm den großen Rubin aus dem Turban und glitt wie ein Schatten zurück, ohne daß ihm etwas geschah. Denn er wollte die Großen lehren, wie klein die Gesetze von Raum und Zeit sind."

„Wenn wir diese kleinen Gesetze wirklich studieren," sagte Doktor Burdock sarkastisch, „entdecken wir gewöhnlich, wie diese Tricks gemacht werden. Die europäische Wissenschaft hat ein gut Teil der östlichen Magie aufgehellt. Zweifellos spielen Hypnotismus und

Suggestion dabei eine große Rolle, von der einfachen Taschenspielerei ganz zu schweigen."

„Der Rubin war nicht im königlichen Zelt," bemerkte der Graf träumerisch, „sondern der Hindu fand ihn unter Hunderten von Zelten heraus."

„Kann das nicht alles durch Telepathie erklärt werden?" fragte der Doktor spitz.

Die Frage klang um so schärfer, weil ihr ein tiefes Schweigen folgte, fast als wäre der berühmte Orientreisende mit nicht ganz vollendeter Höflichkeit eingeschlafen.

„Verzeihung," sagte er schließlich, indem er mit plötzlichem Lächeln auffuhr. „Ich hatte vergessen, daß wir mit Worten sprechen. Im Osten sprechen wir mit Gedanken, und darum mißverstehen wir uns nie. Es ist sonderbar, wie ihr Westler Worte verehrt und an Worten Genüge findet. Kommt man einer Sache auch nur um ein Haar näher, wenn man sie, anstatt sie wie früher einfach Schwindel zu nennen, jetzt mit Telepathie erklärt? Wenn ein Mensch auf einem Mangobaum in den Himmel klettert, so nannte man das früher Hokuspokus, jetzt sagt man, es sei eine Überwindung des Gesetzes der Schwere, aber was ist damit geändert? Wenn eine mittelalterliche Hexe mich mit einer Handbewegung in einen blauen Pavian verwandelte, so würden Sie sagen, das sei nur ein Atavismus."

Der Doktor blickte einen Augenblick lang drein, als hätte er sagen wollen, eine solche Veränderung würde schließlich bei dem Grafen kaum auffallen. Aber bevor seine Gereiztheit diesen oder einen anderen Ausdruck finden konnte, brummte der Mann namens Harmer auf einmal in das Wortgefecht hinein:

„Zweifellos bringen diese indischen Beschwörer sonderbare Dinge zuwege, aber, wie mir auffällt, meistens in Indien. Sie arbeiten vielleicht Hand in Hand, oder es ist einfach Massenpsychose. Ich glaube nicht, daß solche Zaubereien jemals in einem englischen Dorf vorgekommen sind, und deshalb dürften Herrn Smarts Goldfische wohl ganz sicher sein."

„Ich will Ihnen," sagte de Lara, der immer noch regunglos wie ein Bildnis dasaß, „eine Geschichte erzählen, die sich nicht in Indien zugetragen hat, sondern vor einer englischen Kaserne in dem modernsten Teil Kairos. Hinter dem die Kaserne nach der Straße zu abschließenden eisernen Gitter stand eine Schildwache und sah durch die Gitterstäbe auf die Straße. Da erschien vor dem Gitter ein barfüßiger und zerlumpter einheimischer Bettler, der von der Schildwache in einem auffallend reinen und feinen Englisch ein gewisses offizielles Dokument verlangte, das aus Sicherheitsgründen in der Kaserne aufbewahrt wurde. Der Soldat sagte dem Bettler natürlich, er habe hier drinnen nichts zu suchen, worauf der Bettler lächelnd antwortete: ›Was ist drinnen, und was ist draußen?‹ Der Soldat sah noch immer verächtlich durch die Gitterstäbe, als ihm langsam zum Bewußtsein kam, daß er, obgleich weder er selbst noch das Gitter sich bewegt hatten, draußen auf der Straße war und auf den Kasernenhof blickte, wo jetzt der Bettler stand, lächelnd und gleichfalls regungslos. Als nun der Bettler auf die Kaserne zuging, raffte der Soldat das bißchen Verstand, das ihm noch geblieben war, zusammen, alarmierte die Soldaten auf dem Kasernenhof und rief ihnen zu, sie sollten den Bettler festnehmen. Diesem selbst schrie er hämisch zu: ›Herauskommen wirst du jedenfalls nicht mehr.‹ Aber der Bettler gab mit silberheller Stimme die Antwort: ›Was ist draußen, und was ist drinnen?‹ Und der Soldat, der immer noch durch dieselben Gitterstäbe starrte, sah, daß diese sich wieder zwischen ihm und der Straße befanden, wo jetzt frei und lächelnd der Bettler stand, das Dokument in der Hand."

Herr Imlack Smith, der Bankdirektor, beugte seinen schwarzen, glattgekämmten Kopf nieder und tat jetzt, den Blick zu Boden gesenkt, zum erstenmal an diesem Nachmittag den Mund auf.

„Ist mit dem Dokument irgend was passiert?" fragte er.

„Ihr Berufsinstinkt führt Sie auf den rechten Weg," sagte der Graf mit ingrimmiger Verbindlichkeit. „Das Dokument hatte eine große finanzielle Bedeutung. Die Auswirkungen waren international."

„Hoffentlich kommen solche Fälle nicht oft vor," sagte der junge Hartopp melancholisch.

„Ich beschäftige mich nicht mit der politischen Seite," bemerkte der Graf mit heiterer Gelassenheit, „sondern nur mit der philosophischen. Sie zeigt, wie der kluge Mann hinter Zeit und Raum treten und gleichsam ihre Hebel in Bewegung setzen kann, so daß sich die ganze Welt vor unseren Augen dreht. Aber Menschen wie Sie, meine Herren, können nur schwer glauben, daß geistige Kräfte wirklich mächtiger sind als materielle."

„Ich erhebe nicht den Anspruch," sagte der alte Smart lächelnd, „Autorität auf dem Gebiete geistiger Kräfte zu sein. Was sagen Sie, Pater Brown?"

„Mir fällt nur auf," antwortete der kleine Priester, „daß all die übernatürlichen Taten, von denen wir bis jetzt gehört haben, Diebstähle zu sein scheinen. Und Diebstahl bleibt Diebstahl, ob er nun mit Hilfe von geistigen oder materiellen Methoden ausgeführt wird."

„Pater Brown ist ein Philister," bemerkte der lächelnde Smith.

„Die Gattung ist mir nicht unsympathisch," sagte Pater Brown. „Ein Philister ist weiter nichts als ein Mensch, der recht hat, ohne zu wissen, warum."

„All dies ist zu gescheit für mich," sagte Hartopp aufrichtig.

„Vielleicht," lächelte Pater Brown, „würden Sie gern ohne Worte sprechen, wie der Graf angeraten hat. Er würde damit beginnen, witzige Aperçus ungesagt zu lassen, und Sie würden mit einem Ausbruch von Schweigsamkeit antworten."

„Musik könnte gute Dienste leisten," murmelte der Graf träumerisch. „Sie würde besser sein als alle diese Worte."

„Ja, die verstände ich vielleicht besser," sagte der junge Mann leise.

Boyle war der Unterhaltung mit besonderem Interesse gefolgt, weil ihm das Benehmen einiger an der Unterhaltung beteiligter Personen bedeutungsvoll oder sogar eigentümlich erschien. Als des Gespräch auf

Musik kam, eine zarte Aufforderung an den eleganten Bankdirektor (der als Musikdilettant nicht ganz ohne Verdienste war), erinnerte sich der junge Sekretär plötzlich an seine Sekretärpflichten und machte Herrn Smart darauf aufmerksam, daß Jameson noch immer geduldig mit den Papieren in der Hand dastand.

„Ach, das hat Zeit, Jameson," sagte Smart leichthin. „Das geht auf mein persönliches Konto, ich werde mit Herrn Smith nachher darüber sprechen. Sie sagten doch, Herr Smith, daß das Cello –"

Aber der kalte Hauch geschäftlicher Dinge hatte genügt, um die duftigen Schleier transzendentaler Gespräche zu zerreißen, und die Gäste begannen, sich allmählich zu verabschieden. Nur Herr Smith, der Bankdirektor und Musiker, blieb bis zuletzt, und als die übrigen fort waren, ging er mit Herrn Smart in das anstoßende Zimmer, in dem sich die Goldfische befanden.

Das Haus war lang und schmal. Der erste Stock hatte nach der Straßenseite zu eine gedeckte Veranda. Diesen Stock bewohnte zum größten Teil der Hausherr selbst, es lagen dort sein Schlaf- und Ankleidezimmer und an diese angrenzend ein kleinerer Raum. In diesem wurden manchmal die wertvollen Schätze, die sonst meistens in den unteren Zimmern blieben, nachts untergebracht. Die Veranda bereitete, ebenso wie die ungenügend verrammelte Haustür, der Haushälterin, dem Buchhalter und den anderen, die über die Sorglosigkeit des Sammlers jammerten, manche bange Stunde. Aber in Wirklichkeit war der schlaue alte Herr gar nicht so unvorsichtig, wie es den Anschein hatte. Er hielt nicht viel von den veralteten Sicherungsvorrichtungen, die vor den Augen der jammernden Haushälterin verrosteten, seine Verteidigungsstrategie stand auf einem höheren Niveau. Er brachte seine geliebten Goldfische abends immer in den an sein Schlafzimmer anstoßenden Raum und bewachte sie so im Schlafe, es ging auch noch das Gerücht, daß er eine Pistole unter seinem Kopfkissen versteckt hielt. Und als Boyle und Jameson, die auf das Ende der Besprechung warteten, schließlich Herrn Smart aus der Tür treten sahen, trug er die große Glasvase so ehrfürchtig in den Händen, als wäre es die Reliquie eines Heiligen.

Der grüne viereckige Platz draußen war noch von den letzten Farben des Sonnenunterganges überwoben, aber drinnen brannte schon eine Lampe, und in der Mischung des letzten Tagesscheins mit dem künstlichen Licht glühte der farbige Globus wie ein riesiges Juwel, und die phantastischen Umrisse der feuerroten Fische, ähnlich den seltsamen Formen, die ein Kristallseher entdeckt, schienen ihm tatsächlich etwas von der geheimnisvollen Macht eines Talismans zu verleihen. Über die Schulter des alten Mannes starrte wie eine Sphinx das olivenfarbige Gesicht des Herrn Imlack Smith.

„Ich fahre heute abend nach London, Herr Boyle," sagte der alte Smart mit einem bei ihm ungewöhnlich großen Ernst. „Herr Smith und ich wollen um sechs Uhr fünfundvierzig fahren. Ich würde es gern sehen, Jameson, wenn Sie heute nacht oben in meinen Zimmern schliefen. Wenn Sie die Vase wie gewöhnlich in das hintere Zimmer stellen, wird sie in Sicherheit sein. Nicht daß ich dächte, es könnte irgend was passieren."

„Passieren kann immer was," sagte Herr Smith lächelnd. „Ich meine, Sie nehmen gewöhnlich einen Revolver mit ins Bett. Vielleicht würden Sie ihn in diesem Falle lieber hier lassen."

Peregrinus Smart gab hierauf keine Antwort, und die beiden verließen das Haus, um zum Bahnhof zu gehen.

Der Sekretär und Herr Jameson schliefen in dieser Nacht oben in Herrn Smarts Schlafzimmer. Um es genauer zu sagen, Jameson schlief in dem Ankleidezimmer, aber die Tür stand offen, und die beiden nach vorn hinausgehenden Zimmer waren eigentlich ein Raum. Nur hatte das Schlafzimmer eine große, auf die Veranda führende Flügeltür, und von ihm aus kam man in das rückwärtige Zimmer, in dem die Goldfische aufbewahrt wurden. Boyle zog sein Bett quer vor die Tür, um den Eingang zu versperren, legte den Revolver unter das Kopfkissen, zog sich aus und legte sich mit dem Gefühl zu Bett, daß er alle möglichen Vorsichtsmaßregeln gegen ein unmögliches oder unwahrscheinliches Ereignis ergriffen hatte. Er sah nicht ein, warum gerade heute abend ein normaler Diebstahl besonders zu fürchten sein sollte, und wenn er jetzt kurz vor dem Einschlafen an die außergewöhnlichen Diebstahlsmethoden, von denen der Graf de Lara in seinen unglaublichen Geschichten erzählt hatte, dachte, so nur, weil sie aus Traumstoff gewoben und kaum mehr von ihm zu unterscheiden waren. Der alte Buchhalter war ein bißchen unruhiger als gewöhnlich, aber nachdem er etwas länger als sonst herumgefuhrwerkt war und, wie es so seine Art war, die schlechte Aufbewahrung der Schätze bedauert hatte und zum soundsovielten Male vor Diebstählen gewarnt hatte, legte auch er sich ins Bett und schlief ein. Der Mond leuchtete und verblaßte wieder, und der grüne Platz und die grauen Häuser lagen einsam und still und scheinbar ganz menschenfern da, und die Sache passierte erst, als die Morgendämmerung in den grauen östlichen Himmel die ersten weißen Spalten riß.

Boyle hatte, da er jung war, von den beiden natürlich den gesünderen und festeren Schlaf. Obgleich er sich sehr rege zeigte, wenn er einmal wach war, so mußte er doch beim Erwachen erst immer eine Last von sich schütteln. Überdies hatte er Träume, die das auftauchende Bewußtsein wie Polypenarme umklammern. Sie waren bunt genug, ein Gemisch aus allerlei Eindrücken, darunter der letzte Blick, den er von der Veranda auf die vier grauen Straßen und den grünen Platz geworfen hatte. Aber die Traumbilder wechselten, verschoben sich und drehten sich schwindelerregend herum, je nachdem ein tiefes mahlendes Geräusch, das irgendwie an das dumpfe Rauschen eines unterirdischen Flusses erinnerte, – vielleicht aber auch nichts anderes sein konnte als das Schnarchen des alten Jameson – langsamer oder schneller, leiser oder lauter hörbar ward. Aber in dem Kopfe des Träumers verknüpfte sich dieses Murmeln und Drehen lose mit den Worten des Grafen de Lara über okkulte Fähigkeiten, welche die Hebel von Zeit und Raum handhaben und die Welt herumdrehen konnten. Im Traume war es so, als wenn eine mächtige, ächzende Maschinerie unter der Welt wirklich ganze Landschaften hin- und herschöbe, so daß plötzlich die äußersten Enden der Erde in irgendeinem Vorgarten erschienen, oder der Vorgarten über ferne Meere verschoben wurde.

Die ersten klaren Eindrücke, die er hatte, waren die Worte eines Liedes, begleitet von einem feinen metallischen Ton. Die Worte wurden mit einem ausländischen Akzent gesungen, und die Stimme kam ihm zugleich fremd und doch merkwürdig vertraut vor. Aber bei alledem hatte er noch die größte Mühe, sich ganz darüber klar zu werden, daß er nicht etwa im Traum sich als Dichter betätigte.

Über das Land und über das Meer
Ruf ich meine fliegenden Fische her
Zu mir, zu mir –
Sie hören den Ton, sie kommen gern
Geschwind geflogen zu ihrem Herrn.
Das Lied, das sie weckt –

Er sprang auf und sah, daß sein Mitwächter bereits aus dem Bett war. Jameson hatte die Verandatür aufgerissen und rief jemanden an, der unten auf der Straße stehen mußte.

„Wer ist da?“ rief er drohend. „Was wünschen Sie?“

Er drehte sich um und sagte aufgeregt zu Boyle:

„Da unten treibt sich jemand herum. Ich wußte, daß es nicht geheuer war. Ich will doch die Eisenstangen vor die Haustür legen.“

Er lief eilig nach unten, und Boyle konnte das Klirren und Rasseln der Stangen hören, dann trat er selbst auf die Veranda und blickte auf die lange graue Straße, die zum Hause führte. Er glaubte noch immer zu träumen.

Auf der grauen Straße, die über das einsame Moor und durch diesen kleinen englischen Weiler führte, stand eine Gestalt, die direkt aus dem Dschungel oder aus dem Bazar hätte treten können – eine Gestalt aus einer der phantastischen Geschichten des Grafen, eine Gestalt aus Tausend und einer Nacht. Das gespenstische graue Zwielicht, das vor Tagesanbruch allmählich die Umrisse aller Dinge hervortreten läßt, aber zugleich alles farblos macht, hob sich langsam wie ein grauer Gazeschleier und zeigte ihm eine orientalisch gekleidete Gestalt. Ein langer und breiter Schal von eigentümlich meerblauer Farbe war wie ein Turban um den Kopf und dann noch mal um das Kinn gewickelt, so daß er mehr wie eine Kapuze wirkte; das Gesicht verschwand darunter wie unter einer Maske, denn der Schal war wie ein Schleier übergeworfen; dazu war der Kopf über ein merkwürdiges musikalisches Instrument gebeugt, das aus Silber oder aus Stahl sein konnte und die Form einer verbogenen oder gekrümmten Geige hatte. Gespielt wurde es mit einem gezackten Stabe, ähnlich einem silbernen Kamm, und die Töne waren sonderbar hoch und hell. Bevor Boyle noch den Mund öffnen konnte, ertönte unter dem Burnus wieder dieselbe merkwürdige Stimme, eine Fortsetzung des vorhin verklungenen Liedes:

> Wie die goldnen Vögel zum Zauberbaum
> Fliegen meine goldnen Fische durch Zeit und Raum
> Zurück zu mir –

„Sie haben hier nichts zu suchen," rief Boyle verzweifelt, ohne überhaupt recht zu wissen, was er sagte.

„Ich suche hier meine Goldfische," rief der Fremde zurück, mehr wie König Salomon sprechend als wie ein sandalenloser, in einen schäbigen blauen Mantel gehüllter Beduine. „Und sie werden zu mir kommen. Kommt!"

Seine Stimme stieg schrill an, und eine ebenso schrille Note entlockte er dazu seiner sonderbaren Geige. Der Ton ging Boyle wie ein Stich durch den Kopf, dann kam wie ein Echo ein leiserer Laut, ein durchdringendes Geflüster. Es kam aus dem dunklen Zimmer, in dem die Vase mit den Goldfischen stand.

Boyle drehte sich um, und gerade in diesem Augenblick ging das Echo in dem dunklen Zimmer in einen langen klirrenden Laut über, als setzte sich eine elektrische Klingel in Bewegung, und gleich darauf hörte es sich an, als fiele eine gläserne Vase zu Boden. Obschon kaum einige Sekunden vergangen waren, seitdem Jameson den Mann da draußen von der

Veranda aus angerufen hatte, war der alte Buchhalter bereits wieder oben. Er war beim raschen Treppensteigen etwas außer Atem gekommen, denn sein Herz war solchen Strapazen nicht mehr gewachsen.

„Die Tür habe ich jedenfalls verriegelt," sagte er.

„Die Stalltür," antwortete Boyle aus dem dunklen Zimmer heraus.

Jameson trat nun auch in dieses Zimmer und sah, wie Boyle auf den Boden starrte, der mit bunten Glassplittern bedeckt war, als sei ein Regenbogen in unzählige gebogene Stückchen zerborsten.

„Die Stalltür? Was wollen Sie damit sagen?" begann Jameson.

„Ich will damit sagen, daß das Roß gestohlen ist," antwortete Boyle. „Die fliegenden Rosse. Die fliegenden Fische, denen unser arabischer Freund da draußen nur zu pfeifen brauchte. Er hat sie herausgezogen, als hätte er sie wie Marionetten an Schnüren gehabt."

„Aber wie konnte er nur?" stieß der alte Buchhalter entrüstet hervor, als geziemten sich solche Vorgänge eigentlich kaum.

„Jedenfalls sind sie fort," sagte Boyle kurz angebunden. „Da liegt die zerbrochene Vase, deren richtige Öffnung lange Zeit erfordert hätte, während das Zerschmeißen nur eine Sekunde in Anspruch nahm. Aber die Fische sind fort, Gott weiß, wie, wenn ich auch glaube, daß unser arabischer Freund etwas darüber zu sagen wüßte."

„Wir vertrödeln die Zeit," sagte der fassungslose Jameson. „Wir sollten ihm sofort nachsetzen."

„Viel besser, wenn wir sofort an die Polizei telephonieren," antwortete Boyle. „Die wird ihm schon mit Autos und Telephon zusetzen und ihn eher erwischen, als wenn wir ihm in unseren Nachthemden durch das Dorf nachhopsten. Aber es kann Dinge geben, gegen die selbst Polizeiautos und Telephondrähte ohnmächtig sind."

Während Jameson aufgeregt mit der Polizei telephonierte, trat Boyle wieder auf die Veranda und warf einen schnellen Blick über die im ersten Morgengrauen daliegenden Straßen. Von dem Mann im Turban war keine

Spur mehr zu erblicken, und kein Lebenszeichen machte sich ringsum bemerkbar, außer daß ein erfahrenes Ohr vielleicht im Gasthaus zum „Blauen Drachen“ einige erste schwache Morgengeräusche gehört hätte. Boyle bemerkte jedoch jetzt zum erstenmal etwas mit vollem Bewußtsein, was er unbewußt die ganze Zeit lang bemerkt hatte. Die Tatsache arbeitete sich gleichsam aus seinem noch schlaftrunkenen Geiste heraus und forderte Beachtung. Es war die einfache Tatsache, daß der graue Platz nie ganz grau gewesen war, inmitten der Streifen farbloser Farbe leuchtete ein goldener Fleck, Lampenlicht aus einem der gegenüberliegenden Häuser. Etwas in ihm, das mit dem Verstande nicht zu fassen war und vielleicht gänzlich irreführen konnte, sagte ihm, daß die Lampe die ganze Nacht hindurch gebrannt hatte und jetzt im Morgengrauen langsam erlosch. Er zählte die Häuser und kam zu einem Ergebnis, das zu irgendeiner Vermutung, er wußte selbst nicht zu welcher, zu passen schien. Jedenfalls war es offenbar das Haus des Grafen de Lara.

Inspektor Pinner war inzwischen mit einigen Polizisten angelangt und hatte sich gleich schnell und entschlossen an die Arbeit gemacht, da er sich wohl bewußt war, daß gerade die Sonderbarkeit des gestohlenen kostbaren Gutes dem Fall einen beträchtlichen Raum in den Zeitungen verschaffen würde. Er hatte alles geprüft, alles gemessen, jedermanns Aussage zu Protokoll genommen, sich jedermanns Fingerabdrücke gesichert, jeden und alles durchschaut, um schließlich am Ende vor einer Geschichte zu stehen, die er nicht glauben konnte. Ein Araber aus der Wüste war die Dorfstraße heraufgekommen und hatte vor dem Hause des Herrn Peregrinus Smart, in dessen Hinterzimmer eine Vase mit künstlichen Goldfischen aufbewahrt wurde, Halt gemacht; er hatte dann ein kleines Gedicht gesungen oder rezitiert, und die Vase war wie eine Bombe geplatzt, und die Fische hatten sich in den Äther geschwungen. Auch die Aufklärung eines ausländischen Grafen, der mit leiser, schnurrender Stimme von der Unbegrenztheit der Erfahrung sprach, konnte den Inspektor nicht beruhigen.

Die Haltung der zu dem kleinen Kreise gehörigen Personen war sehr charakteristisch. Peregrinus Smart hatte, als er am Morgen von London zurückkam, als erste Nachricht den Verlust seines Schatzes vernommen. Natürlich war er zuerst sehr betroffen, aber es war typisch für den Sportsgeist und die Unternehmungslust, die in dem kleinen alten Herrn wohnten und seiner gedrungenen Figur etwas von der Keckheit eines Kampfhahns gaben, daß sein Interesse an den angestellten Nachforschungen stärker war als die Bedrückung über seinen Verlust. Dem Mann mit Namen Harmer, der eigens hergekommen war, um die Goldfische zu kaufen, hätte man es nicht übelnehmen können, wenn er ein dummes Gesicht gemacht hätte, als er erfuhr, daß die kostbare Ware davongeflogen war. Aber in Wirklichkeit schienen seine aggressiven Schnurrbart- und Augenbrauenhaare ein bestimmteres Gefühl als Enttäuschung auszustrahlen. Die Augen, mit denen er die Gesellschaft musterte, blitzten von einer Wachsamkeit, die ebensogut Argwohn sein konnte. Das olivenfarbige Gesicht des Bankdirektors, der ebenfalls von London, wenn auch mit einem späteren Zuge, zurückgekehrt war, schien immer wieder diese hellen suchenden Augen wie ein Magnet auf sich zu ziehen. Was die beiden übrigbleibenden Personen des ursprünglichen Kreises anbelangt, so schwieg Pater Brown meistens, wenn man ihn nicht anredete oder um seine Meinung fragte, und der verdatterte Hartopp schwieg sogar oft selbst dann.

Der Graf jedoch war nicht der Mann, irgendeine Gelegenheit vorübergehen zu lassen, die seinen Ansichten recht zu geben schien. Mit liebenswürdigstem Lächeln, wie es nur jemand zeigen kann, der es versteht, die Leute durch Verbindlichkeit zur Raserei zu bringen, wandte er sich an seinen rationalistischen Nebenbuhler, den Doktor.

„Sie werden zugeben," sagte er, „daß zum mindesten einige der Geschichten, die Sie gestern für so unwahrscheinlich hielten, heute etwas realistischer klingen. Wenn ein zerlumpter Bettler mit einem Wort ein in den vier Wänden des Hauses, vor dem er steht, eingeschlossenes festes Gefäß zum Platzen bringen kann, so dürfte das doch wohl ein Beispiel für die Macht geistiger Kräfte und die Wertlosigkeit materieller Hemmnisse sein ..."

„Und ich möchte es ein Beispiel dafür nennen," platzte der Doktor los, „daß ein paar wissenschaftliche Kenntnisse genügen, um einem zu zeigen, wie derartige Sachen zustandekommen."

„Wollen Sie wirklich damit sagen," fragte Smart etwas aufgeregt, „daß Sie imstande sind, dieses Geheimnis wissenschaftlich aufzuklären?"

„Das, was der Graf ein Geheimnis nennt," antwortete der Doktor, „kann ich aufklären, weil es gar kein Geheimnis ist. Das steht schon mal unumstößlich fest. Ein Laut ist nur eine Schwingungswelle, und gewisse Schwingungen können Glas zerbrechen, wenn der Laut und das Glas von besonderer Art sind. Der Mann stand nicht auf der Straße und dachte, was nach Meinung des Grafen die ideale orientalische Methode der Unterhaltung ist. Er sang seinen Wunsch ganz laut heraus und entlockte einem Instrument einen schrillen Ton. Diese Methode hat eine große Ähnlichkeit mit vielen Experimenten, durch die Glas von einer besonderen Art zum Platzen gebracht worden ist."

„So ähnlich wie das Experiment," sagte der Graf leichthin, „durch das mehrere Klumpen massiven Goldes aufgehört haben zu existieren."

„Da kommt Inspektor Pinner," sagte Boyle. „Unter uns gesagt, ich glaube, er würde des Doktors natürliche Erklärung ebenso als Märchen betrachten wie des Grafen übernatürliche. Ein sehr skeptischer Mann, der Herr Pinner, besonders in bezug auf mich. Ich glaube, ich stehe unter Verdacht."

„Wir werden wohl alle verdächtig sein," sagte der Graf.

Boyle drückte jedoch der Verdacht, der auf ihn fiel, schwer, und deshalb bat er Pater Brown um Rat und Beistand. Einige Stunden später spazierten sie um den viereckigen Platz, als der Priester, der beim Zuhören mit nachdenklichem Stirnrunzeln zu Boden blickte, plötzlich stehen blieb.

„Sehen Sie das da?" fragte er. „Hier ist das Pflaster geschrubbt worden – nur dieser kleine Streifen gerade vor Oberst Varneys Hause. Ich möchte gern wissen, ob das gestern geschehen ist."

Pater Brown blickte ernst an dem hohen und schmalen Hause herauf, dessen buntgestreifte Jalousien die Sonne bereits sehr abgeblaßt hatte. Die Ritzen, durch die man einen Blick in das Innere der Zimmer werfen konnte, sahen um so dunkler aus, ja, sie erschienen in der vom Morgenlicht golden leuchtenden Fassade als schwarze Löcher.

„Das ist Oberst Varneys Haus, nicht wahr?“ fragte Pater Brown. „Auch er kommt aus dem Osten, glaube ich. Was ist er für ein Mann?“

„Ich habe ihn noch nie zu Gesicht bekommen,“ antwortete Boyle. „Ich glaube, außer Doktor Burdock hat ihn noch niemand gesehen, und Doktor Burdock geht ihm wohl auch so viel wie möglich aus dem Wege.“

„Nun, ich werde ihm mal eine Minute nicht aus dem Wege gehen,“ sagte Pater Brown.

Die große Haustür öffnete sich und verschluckte den kleinen Priester. Boyle schaute ihm verdutzt nach, als frage er sich, ob sich die Tür wohl je wieder öffnen würde. Sie öffnete sich schon nach ein paar Minuten, und Pater Brown kam lächelnd wieder hervor und setzte seinen Marsch um die Dorfwiese langsam und stolpernd fort. Manchmal schien er die Angelegenheit ganz vergessen zu haben, denn er machte gelegentliche Bemerkungen über historische und soziale Fragen oder über die Entwicklungsaussichten des ländlichen Distrikts. Er sprach von einer neuanzulegenden Straße, für die schon der Boden ausgehoben war, und sah mit unbestimmbarem Ausdruck über die alte Dorfwiese.

„Gemeindeland. Die Leute sollten eigentlich ihre Schweine und Gänse darauf treiben, wenn sie nur welche hätten. So scheint das Land nur Nesseln und Disteln zu ernähren. Es sollte eigentlich eine große Wiese sein und ist zu einem kleinen Unkrautparadies geworden, sehr schade. Das Haus da gegenüber gehört Doktor Burdock, nicht wahr?“

„Ja,“ antwortete Boyle, der bei dieser abgerissenen Bemerkung vor Neugier und Ungeduld fast in die Höhe gesprungen wäre.

„Gut,“ sagte Pater Brown, „dann wollen wir wieder hineingehen.“

Während sie ins Smarts Haus hineingingen und die Treppe emporstiegen, erzählte Boyle seinem Begleiter nochmals Einzelheiten von den merkwürdigen Vorgängen, die sich bei Tagesgrauen abgespielt hatten.

„Sie sind doch nicht wieder eingeschlummert, während Jameson unten die Tür verriegelte, so daß jemand Zeit hatte, auf die Veranda zu klettern?“ fragte Pater Brown.

„Nein, ganz sicher nicht. Ich wachte auf und hörte, wie Jameson den Fremden von der Veranda aus anrief, dann hörte ich ihn herunterrennen und die Stangen vorlegen, und in zwei Schritten war ich dann selbst auf der Veranda.“

„Oder konnte jemand von einer anderen Seite zwischen Ihnen hindurchschlüpfen? Gibt es in diesem Hause vielleicht noch einen Nebeneingang?“

„Ich wüßte keinen,“ sagte Boyle.

„Es ist doch besser, wenn ich mich überzeuge,“ und damit schlürfte Pater Brown wieder die Treppe hinab. Boyle blieb in dem vorderen Schlafzimmer und sah ihm kopfschüttelnd nach. Nach einer verhältnismäßig kurzen Zeit kam das runde und ziemlich bauernderbe Gesicht, das wie ein behaglich lächelnder Rübengeist aussah, wieder auf der Treppe zum Vorschein.

„Nein. Ich glaube, die Türfrage ist gelöst,“ sagte der Rübengeist wohlgemut. „Und nun, da wir unser Material fein säuberlich beisammen haben, können wir ans Sichten gehen. Eine höchst merkwürdige Sache.“

„Glauben Sie,“ fragte Boyle, „daß der Graf oder der Oberst oder irgendwelche andere Leute aus dem Osten etwas damit zu tun haben? Halten Sie den Vorgang für übernatürlich?“

„Das eine kann ich Ihnen sagen,“ antwortete der Priester ernst, „wenn der Graf oder der Oberst oder ein anderer Nachbar sich als Araber verkleidet haben und im Dunkeln zu diesem Hause geschlichen sind – dann *war* es ein übernatürlicher Vorgang.“

„Wieso? Warum?“

„Weil der Araber keine Fußspuren hinterlassen hat. Die nächsten Nachbarn sind der Oberst an der einen und der Bankier an der anderen Seite. Zwischen diesem Hause und der Bank liegt ein offener roter Tonboden, in den bloße Füße sich wie in Gips abdrücken und dann auch überall rote Spuren hinterlassen würden. Auf die Gefahr hin, daß mich der Oberst mit dem Blitz seines Zornes treffen würde, habe ich mich darüber vergewissert, daß das Pflaster vor dem Hause gestern und nicht heute geschrubbt wurde, es war feucht genug, um Tritte auf ihm kenntlich zu machen. Wenn der nächtliche Besucher nun der Graf oder der Doktor gewesen wäre, so hätte er natürlich quer über den Platz kommen können. Aber mit bloßen Füßen muß das sehr unbehaglich gewesen sein, denn der Platz ist, wie ich schon sagte, ganz mit Disteln und Brennesseln bedeckt. Er würde sich jedenfalls die Füße blutig gerissen und Spuren hinterlassen haben. Wenn er nicht, wie Sie meinen, ein übernatürliches Wesen war.“

Boyle sah dem kleinen Priester fest in das ernste und unergründliche Gesicht.

„Glauben Sie das?“ fragte er schließlich.

„Man muß sich an eine feststehende Tatsache erinnern,“ sagte Pater Brown nach einer Pause. „Ein Gegenstand kann manchmal so nahe sein, daß man ihn nicht sieht, wie man zum Beispiel sich nicht selbst sehen kann. Es sah einmal ein Mann, der eine Mücke im Auge hatte, durchs Fernrohr und entdeckte, daß im Monde ein unglaublich großer Drache zu sehen war. Und wenn man die genaue Wiedergabe seiner eigenen Stimme hört, soll sie wie die Stimme eines Fremden klingen. Ebenso sehen wir etwas kaum, das im Vordergrunde unseres Lebens steht, und wenn wir es erblickten, würden wir es sehr sonderbar finden. Wenn es aus dem Vordergrunde in mittlere Entfernung rückt, würden wir wahrscheinlich glauben, es sei aus großer Entfernung gekommen. Kommen Sie mal einen Augenblick wieder mit vors Haus. Ich möchte Ihnen zeigen, wie es sich von unten ansieht.“

Er ging bereits voran, und als sie die Treppe hinabstiegen, setzte er seine Bemerkungen in ziemlich unzusammenhängender Weise fort, als dächte er laut.

„Der Graf und die asiatische Atmosphäre passen ganz gut dazu, weil in einem Falle wie diesem alles auf die Vorbereitung des Geistes ankommt. Jemand kann einen Zustand erreichen, in dem er fest davon überzeugt ist, daß ein ihm auf den Kopf fallender Ziegelstein ein babylonischer Ziegelstein mit eingeritzten Keilschriftzeichen ist, der aus den Hängenden Gärten Babylons niedersaust, und in diesem Zustande fällt es ihm gar nicht ein, sich den Stein anzusehen, denn sonst würde er entdecken, daß er sich von den Backsteinen, aus denen sein eigenes Haus gebaut ist, nicht unterscheidet. So ist es in Ihrem Falle –“

„Was soll das bedeuten?“ unterbrach ihn Boyle. Er starrte und zeigte auf die Haustür. „Was um Himmelswillen soll das bedeuten? Die Tür ist wieder zugesperrt.“

Dieselbe Haustür, durch die sie soeben erst eingetreten waren, war wieder durch die großen eisernen rostigen Vorlegestangen versperrt, die, wie Boyle am Morgen scherzhaft bemerkt hatte, die Stalltür zu spät verriegelt hatten. Diese alten Sperrstangen schienen sie mit einer dunklen und schwerfälligen Ironie anzuglotzen, als hätten sie ihnen aus eigenem Einfall und aus eigener Machtvollkommenheit den Weg versperrt.

„Ich habe diese Stangen doch eben selbst vorgelegt,“ sagte Pater Brown ganz beiläufig. „Haben Sie es nicht gehört?“

„Nein,“ antwortete Boyle verdutzt, „ich habe nichts gehört.“

„Ich habe es mir gedacht,“ sagte der andere gleichmütig. „Es ist auch nicht recht einzusehen, warum jemand oben im Hause das Vorlegen dieser Stangen hören sollte. Eine Art Haken faßt leicht in eine Art Loch hinein. Wenn man ganz nahe ist, hört man ein dumpfes Einschnappen, aber das ist auch alles. Das einzige Geräusch, das laut genug ist, um oben gehört werden zu können, ist dieses.“

Er zog den Haken aus der Vertiefung und ließ die Stange klirrend an der Tür niederfallen.

„Geräusch entsteht, wenn man die Vorlegestangen abnimmt," sagte Pater Brown ernst, „selbst wenn dies sehr vorsichtig geschieht."

„Sie meinen –"

„Ich meine," sagte Pater Brown, „daß Jameson die Tür geöffnet und nicht geschlossen hat. Und jetzt lassen Sie uns selbst die Tür öffnen und nach draußen gehen."

Als sie draußen auf der Straße unter der Veranda standen, setzte der kleine Priester seine Erklärungen so ruhig fort, als hielte er eine Vorlesung über Chemie.

„Ich sagte, man könne nach etwas Fernem Ausschau halten, ohne zu merken, daß es sehr nahe ist, einem selbst sehr nahe, vielleicht sogar ähnlich. Als Sie auf die Straße sahen, erblickten Sie ein seltsames orientalisches Wesen. Sie haben sich wohl nicht gefragt, was er erblickte, als er zur Veranda aufsah?"

Boyle starrte zur Veranda hinauf, ohne zu antworten, und der Geistliche fuhr fort:

„Sie hielten es für ein höchst romantisches und wunderbares Ereignis, daß ein Araber mit bloßen Füßen durch das zivilisierte England marschiert käme. Sie dachten nicht daran, daß Sie zur gleichen Zeit selbst bloße Füße hatten."

Boyle fand endlich die Sprache wieder, aber nur um bereits gesprochene Worte zu wiederholen.

„Jameson hat die Tür geöffnet," sagte er mechanisch.

„Ja. Jameson hat die Tür geöffnet und trat im Nachthemd auf die Straße, gerade als Sie auf den Balkon kamen. Er hatte rasch zwei Sachen zusammengerafft, die Sie hundertmal gesehen haben: den alten blauen Vorhang, den er um den Kopf wickelte, und das orientalische Musikinstrument, das Sie sicher unter den anderen orientalischen

Kuriositäten oft zu Gesicht bekommen haben. Alles übrige war Sinnestäuschung und Schauspielerei, sehr feine Schauspielerei, denn er versteht sich darauf, Verbrecherrollen zu spielen."

„Jameson!" rief Boyle ungläubig aus. „Er war doch solch ein alter vertrockneter Simpel, daß er direkt Luft für mich war."

„Eben, er war ein Schauspieler. Wenn er fünf Minuten einen Zauberer oder Troubadour spielen konnte, glauben Sie nicht, daß er fünf Wochen lang einen Buchhalter darstellen konnte?"

„Ich bin mir über seine Absicht noch nicht ganz klar," sagte Boyle.

„Seine Absicht hat er erreicht oder beinahe erreicht," erwiderte Pater Brown. „Er hatte die Goldfische natürlich bereits gestohlen, wozu er zwanzigmal Gelegenheit hatte. Aber wenn er sie einfach gestohlen hätte, würde jeder gemerkt haben, daß er zwanzigmal Gelegenheit dazu hatte. Durch Hervorzauberung eines vom Ende der Welt kommenden geheimnisvollen Magiers, lenkte er jedermanns Gedanken nach Arabien und Indien ab, so daß Sie selbst kaum glauben können, daß die ganze Geschichte sich so nahe bei Ihrem Hause abspielte. Sie konnten sie nicht bemerken, weil sie Ihnen zu nahe war."

„Wenn dies stimmt," sagte Boyle, „so war das Wagnis für ihn außerordentlich, und er mußte es sehr schlau anfangen. Tatsächlich sagte der Mann auf der Straße kein Wort, während Jameson von der Veranda sprach, so daß ein Schwindel sehr wohl möglich sein kann. Und ich glaube auch, daß ihm Zeit genug blieb, auf die Straße zu gehen, bevor ich ganz erwacht war und aus dem Bette sprang."

„Jedes Verbrechen kommt erst dadurch zustande, daß jemand nicht früh genug aufwacht," erwiderte Pater Brown, „und in jedem Sinne wachen die meisten von uns zu spät auf. Ich zum Beispiel bin viel zu spät aufgewacht, denn ich glaube, er ist längst über alle Berge, gerade bevor oder gerade nachdem man seinen Fingerabdruck genommen hatte."

„Jedenfalls sind Sie eher wach geworden als alle anderen," sagte Boyle, „ich wäre in diesem Sinne niemals aufgewacht. Jameson war so korrekt und farblos, daß ich gar nicht an ihn gedacht habe."

„Man hüte sich vor dem Manne, an den man nicht denkt, er ist der einzige, der einem wirklich schaden kann. Aber ich hatte auch keinen Verdacht auf ihn, bis Sie mir erzählten, daß Sie gehört hätten, wie er die Tür mit der Vorlegestange versperrte."

„Jedenfalls verdanken wir die Entdeckung ganz Ihnen," sagte Boyle warmherzig.

„Sie verdanken sie Frau Robinson," erwiderte Pater Brown lächelnd.

„Frau Robinson?" fragte der erstaunte Sekretär. „Sie meinen doch nicht die Haushälterin?"

„Man hüte sich doppelt vor der Frau, die man vergißt," antwortete Pater Brown. „Dieser Mann war ein sehr geschickter Verbrecher, als ausgezeichneter Schauspieler war er ein guter Psychologe. Ein Mann wie der Graf hört immer nur seine eigene Stimme, aber dieser Jameson konnte zuhören, wo alle seine Anwesenheit vergessen hatten, und so das richtige Material für seine romantische Inszenierung sammeln und sich darüber klar werden, welche Note er anschlagen mußte, um Sie alle irre zu führen. Aber er machte einen bösen Fehler, er setzte den Charakter der Frau Robinson nicht in Rechnung."

„Ich verstehe nicht," sagte Boyle, „was sie mit der Sache zu tun haben kann."

„Jameson rechnete nicht damit, daß die Vorlegestangen vor der Tür waren. Er wußte, daß eine Menge Menschen, besonders sorglose Menschen wie Sie und Ihr Arbeitgeber, tagelang predigen können, etwas solle, müsse und könne geschehen. Aber wenn man einer Frau diese Meinung beibringt, so besteht immer fürchterliche Gefahr, daß sie plötzlich vom Vorsatz zur Ausführung schreitet."

Das Alibi der Schauspielerin

Der Theaterdirektor Mundon Mandeville schritt rasch durch den hinter der Bühne her führenden Gang. Er war elegant und festlich gekleidet, vielleicht ein wenig zu festlich. Festlich war die Blume in seinem Knopfloch, festlich der Glanz seiner Schuhe, nur sein Gesicht war nicht im geringsten festlich. Er war ein großer, stiernackiger, schwarzer, finsterer Mann, und in diesem Augenblick war sein Gesicht finsterer als gewöhnlich. Er hatte natürlich die üblichen hundert Sorgen eines Theaterdirektors, große und kleine, neue und alte. Es ärgerte ihn, die alte Pantomimenszenerie zu sehen, die hier unten aufgestapelt war. Er hatte nämlich seine Laufbahn an diesem Theater erfolgreich mit sehr volkstümlichen Pantomimen begonnen, sich dann aber verleiten lassen, zu ernsteren Stücken und zum klassischen Drama überzugehen, was ihm ein gut Stück Geld gekostet hatte. Daher gab ihm der Anblick der blauen Tore von Blaubarts blauem Palast oder Teile des verzauberten Orangenhains, die, mit Spinnweben bedeckt und von Mäusen benagt, an der Wand lehnten, nicht jenes besänftigende Gefühl einer Rückkehr zur Einfachheit, das wir alle haben sollten, wenn wir mal wieder einen Blick auf dieses Wunderland unserer Kindheit werfen dürfen. Aber er hatte auch gar keine Zeit, von dem Paradiese der Kindheit zu träumen, denn er war eilig gerufen worden, um ein praktisches Problem zu lösen, das nicht der Vergangenheit angehörte, sondern jetzt in der unmittelbaren Gegenwart nach sofortiger Lösung schrie. Es gehörte zu jenen unangenehmen Dingen, die manchmal in der sonderbaren Welt hinter den Kulissen passieren, war aber bedeutend genug, um ernst zu sein. Fräulein Maroni, die talentierte junge Schauspielerin italienischer Abkunft, die in dem an diesem Nachmittag zu probenden und am Abend aufzuführenden Stücke eine bedeutende Rolle übernommen hatte, hatte sich im letzten Augenblick plötzlich und sogar heftig geweigert, aufzutreten. Er hatte mit der launischen Dame noch gar nicht gesprochen, und da sie sich in ihrer Garderobe eingeschlossen hatte und der Welt durch die Tür Trotz bot, war es unwahrscheinlich, daß ihm das vorerst gelingen würde. Herr Mundon Mandeville war Engländer genug, um zur

Erklärung dieser ärgerlichen Geschichte vor sich hinzumurmeln, alle Ausländer seien verrückt. Aber der Gedanke, daß ihn ein gütiges Geschick auf die einzig geistig gesunde Insel des Planeten versetzt hatte, besänftigte ihn ebensowenig wie die Erinnerung an den verzauberten Orangenhain. All das mochte sehr ärgerlich sein, und doch hätte in einem aufmerksamen Beobachter der Verdacht aufsteigen können, daß Ärger allein Herrn Mandeville nicht so mitnehmen konnte.

Wenn ein wohlgenährter und gesunder Mann hohl aussehen kann, so sah Herr Mandeville hohl aus. Sein Gesicht war voll, aber seine Augen waren hohl. Seine Lippen zuckten, als versuche er, auf den schwarzen Schnurrbartstreifen zu beißen, der jedoch für solch ein Vorhaben zu kurz war. Man hätte ihn für einen Mann halten können, der begonnen hatte, Betäubungsmittel zu nehmen, aber selbst wenn man das angenommen hätte, mußte man zugleich aus gewissen Anzeichen ersehen, daß er Grund dazu hatte, daß das Gift nicht die Ursache der Tragödie, sondern die Tragödie die Ursache des Giftes war. Was auch immer sein tieferes Geheimnis war, es schien in dem dunklen Ende des langen Ganges zu stecken, wo sich der Eingang zu seinem eigenen kleinen Zimmer befand, und als er den leeren Korridor entlang schritt, warf er dann und wann einen nervösen Blick zurück.

Aber Geschäft ist Geschäft, und er drang entschlossen zum entgegengesetzten Ende des Ganges vor, wo Fräulein Maroni den Weg zu sich mit einer glatten grünen Tür versperrt hatte. Eine Gruppe Schauspieler und anderer in Mitleidenschaft gezogener Personen stand bereits vor der Tür, und die ganze Korona machte eine Miene, als überlegte und beriete sie, ob es nicht angebracht wäre, einen Rammklotz in Tätigkeit treten zu lassen. In der Gruppe fiel eine bekannte Gestalt auf, dessen Photographie auf manchem Kaminsims und dessen Autogramm in manchem Album stand. Denn obgleich Norman Knight jugendlicher Held in einem noch etwas provinzlerischen und altmodischen Theater war, das seine Verdienste nicht gebührend zu schätzen wußte, so befand er sich doch sicher auf dem Wege zu größeren Triumphen. Er war ein hübscher Mann mit langem gespaltenen Kinn und blondem, tief in die Stirn gekämmten Haar, das ihm ein ziemlich neronisches, zu seinen plötzlichen und schnellen Bewegungen jedoch nicht ganz passendes Aussehen gab. In der Gruppe stand auch Ralph Randall, der gewöhnlich ältere Charakterrollen spielte. Sein freundliches Gesicht war bleich von Schminke, nur die Wangen zeigten den bläulichen Schimmer der Rasur. Neben ihm stand Mandevilles zweiter jugendlicher Held, ein dunkler, kraushaariger junger Mann mit etwas semitischem Profil, der den Namen Aubrey Vernon führte.

Ferner befand sich in der Gruppe die Garderobiere oder Ankleidefrau, eine sehr imponierende Person mit dichtem roten Haar und einem hartgeschnittenen unbewegten Gesicht, und zufällig auch Mandevilles Frau, die ruhig im Hintergrunde stand. Sie hatte ein bleiches, geduldiges Gesicht, dessen Linien eine klassische Ebenmäßigkeit und Strenge nicht verloren hatten, das aber um so bleicher aussah, weil ihre Augen bleich waren, und ihr bleiches gelbes Haar ihr in zwei glatten Zöpfen um den Kopf lag, wodurch sie Ähnlichkeit mit einer sehr archaischen Madonna erhielt. Nicht jeder wußte, daß sie ehemals eine bedeutende und erfolgreiche Darstellerin in Ibsenschen Stücken gewesen war. Aber ihr Mann hielt nicht viel von Problemstücken, und in diesem Augenblick konzentrierte sich sicher sein ganzes Interesse auf das Problem, wie man eine ausländische Schauspielerin aus einem verschlossenen Zimmer herausbringen konnte.

„Ist sie noch immer nicht herausgekommen?“ fragte er, mehr zu der geschäftskühlen Ankleidefrau als zu seiner Frau gewandt.

„Nein,“ antwortete Frau Sands düster.

„Wir werden allmählich etwas unruhig,“ sagte der alte Randall. „Sie schien ganz heiter zu sein, aber jetzt fürchten wir, sie könnte sich sogar etwas antun.“

„Zum Teufel noch mal!“ sagte Mandeville in seiner einfachen und ungekünstelten Art. „Reklame ist ganz gut, aber für diese Art Reklame haben wir keine Verwendung. Ist niemand hier mit ihr befreundet? Hat niemand Einfluß auf sie?“

„Jarvis meint, der einzige, der mit ihr fertig werden kann, ist ihr Priester von der Kirche hier ganz in der Nähe," sagte Randall, „und ich dachte, es wäre vielleicht besser, wenn er käme, falls sie wirklich daran geht, sich an einem Kleiderhaken aufzuhängen. Jarvis holt ihn und ... ah, da kommt er ja schon."

Zwei neue Gestalten erschienen in dem unterirdischen Gange unter der Bühne. Der erste war Ashton Jarvis, ein lustiger Geselle, der gewöhnlich Bösewichter darstellte, jetzt aber dieses hohe Fach an den kraushaarigen Jüngling mit der semitischen Nase abgetreten hatte. Der andere war klein und dick und ganz in Schwarz gekleidet. Es war Pater Brown von der nahe gelegenen Kirche.

Pater Brown schien es für ganz natürlich und kaum des Aufhebens wert zu halten, daß er herbeigerufen wurde, um sich das seltsame Betragen eines seiner Schäfchen anzusehen und sich darüber klarzuwerden, ob es als schwarzes Schaf oder nur als verlorenes Lamm zu betrachten sei. Aber von der Möglichkeit eines Selbstmordes schien er nicht viel wissen zu wollen.

„Sie wird wohl ihren Grund dafür haben, daß sie sich eingeschlossen hat," sagte er. „Weiß jemand, worum es sich handeln könnte?"

„Ich glaube, sie ist mit ihrer Rolle unzufrieden," antwortete der ältere Schauspieler.

„Das sind sie immer," brummte Herr Mundon Mandeville. „Ich dachte, meine Frau hätte dafür gesorgt, daß alles klappt."

„Ich kann nur sagen," bemerkte Frau Mandeville mit ziemlich müder Stimme, „daß ich ihr die meiner Meinung nach beste Rolle gegeben habe. Wollen bretterkranke junge Schauspielerinnen nicht gerade die schöne junge Heldin spielen, die in einem Blumenregen und unter dröhnendem Beifall der Galerie den schönen jungen Helden heiratet? Frauen meines Alters müssen sich natürlich damit begnügen, ehrenwerte Matronen darzustellen, und ich habe es mir gar nicht einfallen lassen, andere Wünsche zu hegen."

„Die Rollenbesetzung kann natürlich jetzt nicht mehr geändert werden," sagte Randall.

„Daran ist nicht zu denken," erklärte Norman Knight fest. „Ich könnte kaum eine andere Rolle spielen – jetzt jedenfalls ist's zu spät."

Pater Brown war unauffällig zur Tür gegangen und lauschte.

„Ist nichts zu hören?" fragte der Direktor ängstlich und setzte dann mit leiserer Stimme hinzu: „Glauben Sie, daß sie sich etwas angetan haben kann?"

„Man hört etwas," antwortete Pater Brown ruhig. „Ich möchte aus dem Geräusch wohl entnehmen, daß sie damit beschäftigt ist, Fenster oder Spiegel einzuschlagen, wahrscheinlich mit ihren Füßen. Nein, ich glaube nicht, daß die Gefahr eines Selbstmordes besteht. Das Einschlagen von Spiegeln mit den Füßen ist ein sehr ungewöhnliches Vorspiel zu einem Selbstmord. Wenn sie eine Deutsche wäre, die sich zurückgezogen hätte, um ruhig über Metaphysik und Weltschmerz nachzudenken, wäre ich dafür, die Tür aufzubrechen. Die Italienerinnen sterben nicht so leicht und bringen sich auch nicht regelmäßig in einem Wutanfall um. Jemand anders vielleicht ... ja, möglicherweise ... es dürfte gut sein, die gewöhnlichen Vorsichtsmaßregeln zu treffen, wenn sie mit einem Sprung herausgesetzt kommt."

„So sind Sie nicht dafür, daß man die Tür aufbricht?" fragte Mandeville.

„Wenn Sie wollen, daß sie spielt, nicht," erwiderte Pater Brown. „Wenn Sie die Tür aufbrechen, wird sie das Dach in die Luft sprengen und sich weigern, noch einen Augenblick zu bleiben; wenn Sie sie in Ruhe lassen, wird sie wahrscheinlich aus bloßer Neugierde zum Vorschein kommen. An Ihrer Stelle würde ich die Tür von jemandem bewachen lassen und alles übrige der Zeit anheimstellen, die wohl in einer oder in zwei Stunden eine Entscheidung herbeiführen dürfte."

„In diesem Falle," sagte Mandeville, „können wir nur die Szenen proben, in denen sie nicht auftritt. Meine Frau wird alles Nötige für die Probe arrangieren. Schließlich ist der vierte Akt die Hauptsache. Am besten fangen wir damit an.“

„Keine Kostümprobe,“ sagte Mandevilles Frau.

„Sehr gut,“ bemerkte Knight. „Wozu Kostümprobe? Die Kostüme sind ohnehin lästig genug.“

„Wie heißt das Stück?“ fragte der Priester mit einem Anflug von Neugierde.

„ *Die Lästerschule*,“ antwortete Mandeville. „Es mag Literatur sein, aber ich will Stücke. Meine Frau liebt die sogenannten klassischen Komödien, die weit mehr klassisch als komisch sind.“

In diesem Augenblick watschelte der alte Portier Sam, der einzige Bewohner des Theaters in den Stunden, in denen nicht gespielt und geprobt wurde, auf Mandeville zu, überreichte ihm eine Karte und bestellte, Lady Miriam Marden wünsche ihn zu sprechen. Mandeville ging fort, aber Pater Browns Blick blieb noch ein paar Sekunden auf Mandevilles Frau haften, und er sah auf ihrem bleichen Gesicht ein schwaches Lächeln, kein durchaus angenehmes Lächeln.

Pater Brown ging mit dem Manne fort, der ihn hergeholt hatte und der, wie das bei Schauspielern nicht ungewöhnlich ist, dieselbe Weltanschauung hatte wie er. Als er fortging, hörte er, wie Frau Mandeville Frau Sands die ruhige Anweisung gab, neben der verschlossenen Tür Wache zu halten.

„Frau Mandeville scheint eine intelligente Frau zu sein,“ sagte der Priester zu seinem Begleiter, „obgleich sie sich ziemlich im Hintergrunde hält.“

„Sie war einst eine hochintelligente Frau,“ sagte Jarvis melancholisch, „aber man sagt wohl nicht zuviel, wenn man behauptet, daß sie durch die Heirat mit solch einem Hohlkopf wie diesem Mandeville auf den Hund gekommen ist. Sie hat vom Drama die höchsten Ideale, aber sie kann diese natürlich nur selten bei ihrem Herrn und Meister durchsetzen. Wissen Sie, daß er eine solche Frau tatsächlich in einer Pantomime in einer

Hosenrolle auftreten lassen wollte? Er gab ihre schauspielerischen Qualitäten zu, sagte aber, Pantomimen machten sich besser bezahlt. Danach werden Sie sein Verständnis und sein Einfühlungsvermögen beurteilen können. Aber sie hat sich niemals beklagt. Sie sagte mir einmal: ›Klagen kommen vom Ende der Welt als Echo zurück, aber Schweigen stärkt uns.‹ Wenn sie jemanden geheiratet hätte, der ihre Ideen verstände, hätte sie eine der großen Schauspielerinnen unserer Zeit werden können. Tatsächlich schätzen sie literarisch eingestellte Kritiker noch sehr hoch. Aber nun ist sie mit einem solchen Wrack verheiratet."

Er zeigte auf den breiten schwarzen Rücken Mandevilles. Der Direktor unterhielt sich mit den Damen, die ihn ins Vestibül gebeten hatten. Lady Miriam war eine sehr lange, gelangweilt aussehende, elegante Dame, nach der neuesten, sich hauptsächlich von ägyptischen Mumien herleitenden Mode gekleidet. Ihr schwarzes Haar war helmförmig zugestutzt, ihre stark bemalten und vorstehenden Lippen gaben ihrem Gesicht einen anhaltenden Ausdruck der Verachtung. Ihre Begleiterin war eine sehr lebhafte Dame mit einem in seiner Häßlichkeit anziehendem Gesicht und grau gepudertem Haar. Sie war ein Fräulein Theresa Talbot und schnatterte tüchtig drauflos, während ihre Begleiterin anscheinend zu müde war, um auch nur den Mund aufzutun. Aber gerade als die beiden Männer vorüberkamen, brachte Lady Miriam die Energie auf zu sagen:

„Theaterstücke langweilen mich, aber ich habe noch nie eine Probe in Straßenkleidern gesehen. Die muß ganz hübsch sein. Man kann heutzutage nie etwas finden, was man noch nie gesehen hat."

„Also, Herr Mandeville," sagte Fräulein Talbot, indem sie den Direktor mit freundschaftlichem Nachdruck auf den Arm tätschelte, „zu der Probe müssen Sie uns Zutritt verschaffen. Wir können heute abend nicht kommen und haben auch keine Lust dazu. Wir möchten einmal all die komischen Leute in den falschen Kleidern sehen."

„Ich kann Ihnen natürlich eine Loge zur Verfügung stellen, wenn Sie wollen," sagte Mandeville hastig. „Vielleicht würden Sie die Güte haben, meine Damen, mit mir zu kommen." Und er führte sie durch einen anderen Gang hinweg.

„Nun möchte ich doch mal gern wissen," sagte Jarvis nachdenklich, „ob selbst Mandeville *diese* Art Frauen nicht auf die Nerven geht."

„Haben Sie einen Grund, das Gegenteil anzunehmen?" fragte sein Begleiter.

Jarvis blickte, bevor er antwortete, ihn einen Augenblick fest an.

„Mandeville ist uns allen ein Geheimnis," sagte er ernst. „O ja, ich weiß, daß er sich äußerlich in nichts von irgendeinem Piccadillybummler unterscheidet. Aber trotzdem ist er wirklich ein Geheimnis. Es muß ihn etwas bedrücken. Auf seinem Leben liegt ein Schatten. Und ich glaube, dies hat mit ein paar modischen Liebschaften ebensowenig zu tun wie mit seiner armen vernachlässigten Frau. Wenn aber doch, so ist mehr dahinter als man auf den ersten Blick vermutet. Tatsächlich weiß ich rein zufällig mehr darüber als irgendein anderer. Aber mit dem, was ich weiß, kann ich nichts anfangen, er bleibt mir nach wie vor ein Geheimnis."

Er sah sich um, um sich zu überzeugen, daß sie allein waren, und setzte dann mit gesenkter Stimme hinzu:

„Ihnen kann ich's ja ruhig erzählen, weil ich weiß, daß Sie ein Turm des Schweigens sind; wenn es sich um Geheimnisse handelt. Aber ich erlebte neulich eine merkwürdige Überraschung, die sich seitdem mehrmals wiederholt hat. Sie wissen, daß Mandeville immer in dem kleinen Zimmer am Ende des Ganges, gerade unter der Bühne, arbeitet. Ich kam zufällig ein paarmal an diesem Zimmer vorüber, als jedermann dachte, er sei allein, und was wichtiger ist, als ich bestimmt wußte, daß alle Schauspielerinnen und alle Frauen, die möglicherweise mit ihm zu tun haben konnten, entweder nicht da waren oder sich auf ihrem üblichen Posten befanden."

„Alle Frauen?" fragte Pater Brown.

„Es war nämlich eine Frau bei ihm," sagte Jarvis fast flüsternd. „Es muß eine Frau geben, die ihn ständig besucht, eine Frau, die niemand von uns kennt. Ich weiß nicht einmal, wie sie zu ihm gelangt, da sie nicht hier durch den Gang kommt, aber ich glaube, ich sah einmal eine verschleierte oder verhüllte Gestalt hinten aus dem Theater wie ein Geist in die Dämmerung tauchen. Aber sie kann kein Geist sein. Ich glaube auch nicht, daß es sich um eine gewöhnliche Liebschaft handelt. Es ist meiner Ansicht nach keine Liebesaffäre, sondern eine Erpressungsgeschichte."

„Was bringt Sie auf diesen Gedanken?" fragte Pater Brown.

Jarvis' Gesicht wurde noch ernster. „Ich hörte einmal da drinnen heftige Worte, die nach einem Streit klangen, und dann sagte die fremde Frau mit einer metallischen, drohenden Stimme vier Worte: ›Ich bin deine Frau‹."

„Sie glauben, daß er in Bigamie lebt?" sagte Pater Brown nachsinnend. „Bigamie und Erpressung gehen natürlich oft Hand in Hand. Aber die Frau kann auch exaltiert oder verrückt gewesen sein. Theaterleute haben oft mit solchen Menschen zu tun. Sie mögen recht haben, aber ich würde mit Schlußfolgerungen vorsichtig sein. Aber, wie mir gerade einfällt, Sie sind doch auch ein Theatermensch, und beginnt jetzt nicht die Probe?"

„Ich trete in dieser Szene nicht auf," antwortete Jarvis lächelnd. „Sie proben jetzt nur einen Akt, bis Ihre italienische Freundin wieder zu Verstand kommt."

„Da Sie gerade von meiner italienischen Freundin sprechen, möchte ich doch wissen, ob sie schon wieder bei Verstand ist."

„Wir können ja zurückgehen und nachsehen," sagte Jarvis, und sie stiegen wieder in den langen Korridor hinab, an dessen einem Ende sich Mandevilles Zimmer, an dessen anderem sich die verschlossene Tür der Signora Maroni befand. Die Tür schien noch immer verschlossen zu sein, und Frau Sands saß grimmig vor ihr, bewegungslos wie ein hölzernes Götzenbild.

Sie sahen gerade, wie an diesem Ende des Ganges einige Schauspieler die Treppe zur Bühne hinaufstiegen. Vernon und der alte Randall gingen schnell voraus, aber Frau Mandeville hatte es in ihrer ruhigen, würdevollen Art nicht so eilig, und Norman Knight schien etwas zurückzubleiben, um mit ihr zu sprechen. Ein paar Worte drangen zu den Ohren der unfreiwilligen Lauscher.

„Was ich Ihnen sage," rief Knight aufgeregt, „er hat Frauenbesuch."

„Pst!" sagte die Dame. „Sie dürfen das nicht sagen. Denken Sie daran, daß er mein Mann ist." Ihre silberne Stimme hatte einen stählernen Beiklang.

„Ich wollte, ich könnte es vergessen," sagte Knight und lief die Treppe zur Bühne hinauf.

Die Dame folgte ihm, bleich und ruhig wie immer.

„Es weiß noch jemand davon," sagte der Priester ruhig, „aber ich zweifle, ob dies uns etwas angeht."

„Ja," murmelte Jarvis. „Es scheint, daß jeder etwas und niemand etwas Bestimmtes weiß."

Sie schritten den Gang entlang zu der verschlossenen Tür, vor der Frau Sands starr wie ein Götzenbild saß.

„Nein, sie ist noch nicht zum Vorschein gekommen," sagte die Frau in ihrer mürrischen Art. „Tot ist sie nicht, denn ich hörte sie einigemal auf und ab gehen. Ich möchte nur wissen, was sie eigentlich vorhat."

„Wissen Sie vielleicht," fragte Pater Brown höflich, aber entschieden, „wo Herr Mandeville augenblicklich ist?"

„Ja," antwortete sie prompt. „Ich sah ihn vor einigen Minuten in sein Zimmer gehen, gerade bevor die Probe begann. Er muß noch drinnen sein, denn ich habe ihn nicht herauskommen sehen."

„Sie wollen sagen, daß das Zimmer keinen anderen Eingang hat, nicht wahr?" sagte Pater Brown so ganz nebenbei. „Die Probe scheint ja jetzt in vollem Zuge zu sein, mag auch die Signora noch so schmollen."

„Ja," bemerkte Jarvis nach kurzem Schweigen. „Man kann die Stimmen von der Bühne hier hören. Der alte Randall hat ein ziemlich kräftiges Organ." Sie lauschten beide eine Weile, und in der Stille konnte man die kräftige Stimme des Schauspielers tatsächlich ziemlich deutlich vernehmen. Bevor einer von ihnen wieder den Mund auftat, und bevor sie aus ihrer vorgebeugten lauschenden Stellung wieder in ihre normale Haltung zurückfielen, wurden ihre Ohren von einem anderen Laut erfüllt. Es war ein dumpfer, aber schwerer Fall, der aus Mandevilles Privatzimmer kam.

Pater Brown flog wie ein vom Bogen geschnellter Pfeil den Gang entlang und zerrte heftig an der Türklinke, bevor Jarvis noch Anstalten getroffen hatte, ihm zu folgen.

„Die Tür ist verschlossen," sagte der Priester, dessen Gesicht ein wenig bleich geworden war. „Und ich bin durchaus dafür, daß man diese Tür aufbricht."

„Meinen Sie," fragte Jarvis mit einem ziemlich geisterhaften Blick, „daß die unbekannte Besucherin wieder hier im Zimmer ist? Glauben Sie, daß es ... daß es etwas Ernstliches ist?" Dann setzte er hinzu: „Vielleicht kann ich den Riegel zurückschieben, ich kenne den Mechanismus dieser Schlösser."

Er kniete nieder, zog ein Taschenmesser mit einer langen Stahlklinge heraus und arbeitete eine Weile an dem Schloß herum, bis die Tür aufsprang. Sie sahen sogleich, daß das Zimmer keine andere Tür hatte und nicht einmal ein Fenster vorhanden war, das Licht kam von einer großen, auf dem Tisch stehenden elektrischen Lampe. Aber das war nicht das erste, was sie feststellten, denn zuerst sahen sie, daß Mandeville mitten im Zimmer ausgestreckt mit dem Gesicht nach unten am Boden lag, und daß kleine gewundene Blutbäche, die in dem unnatürlichen unterirdischen Licht in unheimlichem Scharlachrot glitzerten, unter seinem Gesicht wegsickerten.

Sie wußten nicht, wie lange sie einander angeblickt hatten, als Jarvis endlich eine Bemerkung machte, die er bis jetzt zurückgehalten hatte.

„Wenn die Fremde hier war, so ist sie jetzt jedenfalls irgendwie verschwunden."

„Vielleicht denken wir zuviel an die Fremde," sagte Pater Brown. „Es sind hier in diesem Theater so viele merkwürdige und fremde Dinge, daß man leicht einige vergißt."

„Welche Dinge meinen Sie?" fragte der Schauspieler.

„Viele, zum Beispiel die andere verschlossene Tür."

„Aber die andere Tür *ist* verschlossen," rief Jarvis.

„Aber Sie vergaßen sie trotzdem," sagte Pater Brown.

Nach einer Weile setzte er nachdenklich hinzu:

„Diese Frau Sands ist ein ziemlich brummiges und unfreundliches Geschöpf."

„Glauben Sie, daß sie lügt, und daß die Italienerin doch herausgekommen ist?"

„Nein, ich glaube, meine Bemerkung war nur eine mehr oder weniger objektive Charakterstudie."

„Sie wollen doch wohl nicht sagen," rief der Schauspieler, „daß Frau Sands die Täterin ist."

„Ich habe nicht gesagt, daß sich die Charakterstudie auf *sie* bezog."

Während sie diese zusammenhanglosen Bemerkungen austauschten, war Pater Brown neben Mandeville niedergekniet und hatte festgestellt, daß jede Spur von Leben aus dem Körper geflohen war. Neben der Leiche lag, obgleich von der Tür nicht sofort sichtbar, ein Dolch von der Art, wie man sie auf der Bühne verwendet, er lag so, als wäre er aus der Wunde oder der Hand des Mörders gefallen. Wie Jarvis sagte, der den Dolch eingehend in Augenschein nahm, war mit dem Mordwerkzeug nicht viel anzufangen, wenn die Sachverständigen keine Fingerabdrücke finden würden. Es war ein Requisitendolch, der irgendwo herumgelegen hatte, und den jedermann in der Hand gehabt haben konnte. Der Priester stand auf und sah sich ernst im Zimmer um.

„Wir müssen die Polizei verständigen," sagte er, „und einen Arzt holen lassen, obschon der Arzt zu spät kommt ... Wenn ich mir dieses Zimmer ansehe, so verstehe ich nicht, wie die Italienerin das zuwege bringen konnte."

„Die Italienerin?" rief der Schauspieler. „Wieso? Ich meine, wenn irgendeiner von uns ein Alibi hat, so hat sie's. Zwei getrennte Zimmer, beide verschlossen, an den entgegengesetzten Enden eines langen Ganges gelegen, vor der einen Tür eine Wächterin."

„Das Alibi ist nicht ganz lückenlos," sagte Pater Brown. „Die Schwierigkeit ist, wie sie hierher gelangen konnte. Ich glaube, sie ist aus ihrem Zimmer ausgebrochen."

„Und warum?"

„Ich sagte Ihnen doch, daß es sich anhöre, als würde da drinnen Glas zerbrochen, Spiegel oder Fenster. Dummerweise vergaß ich etwas, von dem ich sichere Kenntnis habe, nämlich daß sie ziemlich abergläubisch ist. Es dürfte nicht wahrscheinlich sein, daß sie einen Spiegel zerschlug, darum vermute ich, es war ein Fenster. Die Zimmer liegen allerdings tief im Kellergeschoß, aber sie kann ja ein Fenster am Lichtschacht eingeschlagen haben. Aber hier scheint es keine Lichtschächte zu geben." Und er starrte eine ganze Zeit lang überlegend unter die Decke.

Plötzlich kam er mit einem Ruck wieder in Bewegung. „Wir müssen hinaufgehen, telephonieren und die traurige Nachricht kundgeben. Mein Gott, hören Sie, wie die Schauspieler da oben deklamieren und herumstampfen? Die Probe ist noch immer im Gange. Dies meint man wohl, wenn man von tragischer Ironie spricht."

Als nun nach des Schicksals Bestimmung sich das Theater in einen Ort der Trauer verwandeln sollte, war den Schauspielern eine Gelegenheit geboten, viele der echten Tugenden ihrer Gattung und ihres Standes offen zu zeigen. Sie hatten Mandeville nicht alle gern gehabt oder ihm Vertrauen geschenkt, aber sie wußten nun genau das zu sagen, was die Gelegenheit erforderte. In ihrer Haltung gegenüber Mandevilles Witwe lag nicht nur Sympathie, sondern auch ein großes Zartgefühl. Sie war in einem neuen und andersartigen Sinne eine Tragödin geworden, ihr geringstes Wort war Befehl, und während sie langsam und traurig umherwandelte, suchte ihr jeder einen Wunsch von den Augen abzulesen und lief schon, wenn sie nur einen Finger bewegte.

„Sie war immer ein starker Charakter," sagte der alte Randall mit etwas heiserer Stimme. „Niemand von uns war so gescheit wie sie. Der arme Mandeville konnte es an Bildung und so weiter natürlich nicht mit ihr aufnehmen, aber sie hat immer glänzend ihre Pflicht getan. Es griff einem ans Herz, wenn sie manchmal seufzend den Wunsch äußerte, ein befriedigenderes intellektuelles Leben zu führen, aber Mandeville – nun, nil nisi bonum, wie man sagt." Und der alte Schauspieler wackelte traurig mit dem Kopf.

„Nil nisi bonum, ausgezeichnet!" sagte Jarvis grimmig. „Randall jedenfalls scheint von der Geschichte mit der fremden Dame noch nichts gehört zu haben. Was ich sagen wollte, glauben Sie nicht, daß diese fremde Dame wahrscheinlich die Täterin ist?"

„Das hängt davon ab," sagte der Priester, „wen Sie mit dieser fremden Dame meinen."

„Oh, an die Italienerin denke ich nicht," sagte Jarvis hastig. „Übrigens haben Sie richtig geraten. Als man die Tür erbrach, war das Fenster zum Lichtschacht zertrümmert und das Zimmer leer, aber soweit die Polizei feststellen kann, ist sie ganz einfach heimgegangen. Nein, ich meine die Frau, die ihm bei der geheimen Zusammenkunft drohte, die Dame, die sich als seine Frau bezeichnete. Glauben Sie, daß sie wirklich seine Frau war?"

„Es ist möglich," sagte Pater Brown, ins Leere stierend, „daß sie wirklich seine Frau war."

„Dann würde das Motiv des Mordes klar sein: Eifersucht wegen seiner Wiederverheiratung, denn ein Raubmord liegt nicht vor. Man braucht keine diebischen Bedienten oder abgebrannte Schauspieler in Verdacht zu haben. Denn es wird Ihnen wohl aufgefallen sein, daß sich dieser Fall durch einen besonderen Umstand auszeichnet."

„Ich habe mehrere besondere Umstände bemerkt. Welchen meinen Sie?"

„Ich meine, daß alle Personen ein Alibi haben," sagte Jarvis. „Es dürfte nicht oft vorkommen, daß eine ganze Schauspielgesellschaft ein solches Alibi hat. Die Bühne war hell erleuchtet, und jeder konnte den anderen kontrollieren. Es stellt sich jetzt als ein Glück heraus, daß der arme Mandeville diese beiden spleenigen Westenddamen in eine Loge gesetzt hat, damit sie der Probe beiwohnten. Sie können bezeugen, daß der ganze Akt ohne Unterbrechung heruntergespielt wurde, und alle Darsteller auf der Bühne waren. Die Probe begann, bevor Mandeville in sein Zimmer ging. Sie spielten noch fünf oder zehn Minuten, nachdem wir die Leiche fanden. Und glücklicherweise waren in dem Augenblick, als wir Mandeville fallen hörten, alle auf der Bühne."

„Ja, das ist sicher sehr wichtig und vereinfacht die Sache," stimmte Pater Brown zu. „Wir wollen mal die Personen, auf die dieses Alibi Anwendung findet, an uns vorüberziehen lassen. Zuerst Randall. Ich glaube, daß Randall den Direktor aufrichtig haßte, wenn er auch jetzt seine Gefühle verbirgt. Aber er kommt nicht in Betracht. Wir hörten ja in dem entscheidenden Augenblick seine Stimme über unseren Köpfen. Dann kommt unser jugendlicher Held, Herr Knight. Ich habe guten Grund zu der Annahme, daß er in Mandevilles Frau verliebt war und dieses Gefühl nicht so ganz verbergen konnte, wie er wohl gemocht hätte. Aber er kommt ebenfalls nicht in Betracht, denn er wurde gerade von Randall auf der Bühne angeschrien. Auch dieser liebenswürdige Jude, der sich Aubrey Vernon nennt, scheidet aus. Es bleibt noch Frau Mandeville übrig, die ebenfalls durch dieses gemeinsame Alibi gedeckt wird, das, wie Sie sagen, hauptsächlich von Lady Miriam und ihrer Freundin abhängt, obschon man auch ohne sie vernünftigerweise annehmen könnte, daß der Akt ohne Unterbrechung, wie es bei solchen Proben üblich ist, durchgespielt wurde. Die gesetzlichen Zeuginnen dafür sind jedoch Lady Miriam und Fräulein Talbot. Sie haben doch nichts gegen sie einzuwenden?"

„Gegen Lady Miriam?" fragte Jarvis überrascht. „O ja, ich weiß wohl, Sie meinen, weil sie ein wenig verdächtig aussieht? Aber Sie haben keine

Ahnung, wie selbst die Damen aus den besten Familien heutzutage aussehen. Haben Sie übrigens einen besonderen Grund, ihre Aussagen anzuzweifeln?“

„Nein, nur stellt uns dieses gemeinsame Alibi, das für jeden gleichviel gilt, vor eine kahle Mauer. Diese vier Personen waren zur fraglichen Zeit die einzigen anwesenden Schauspieler. Personal war kaum da, tatsächlich niemand außer dem alten Sam, der den Haupteingang bewacht, und der Frau, die Fräulein Maronis Tür bewachte. Bleiben nur noch wir beiden übrig. Wir könnten gewiß des Verbrechens bezichtigt werden, besonders da wir die Leiche gefunden haben. Sonst ist niemand da, der angeklagt werden kann. Sie haben ihn doch nicht etwa getötet, als ich meine Augen anderswo hatte?“

Jarvis fuhr erschreckt auf und starrte ihn an, dann klärte sich sein Gesicht aber gleich wieder auf. Er schüttelte den Kopf.

„Sie haben es nicht getan,“ sagte Pater Brown, „und wir wollen einmal annehmen, bloß um der Annahme willen, daß ich es auch nicht getan habe. Da die bei der Probe beschäftigten Schauspieler nicht in Betracht kommen, bleiben wirklich nur die Signora hinter der verschlossenen Tür, die Schildwache vor ihrer Tür und der alte Sam übrig. Oder denken Sie an die zwei Damen in der Loge? Sie könnten natürlich die Loge einen Augenblick ungesehen verlassen haben.“

„Nein,“ sagte Jarvis, „ich denke an die unbekannte Dame, die sich als Mandevilles Frau bezeichnete.“

„Vielleicht war sie's,“ sagte der Priester. Seine Stimme hatte einen so sonderbaren Klang, daß Jarvis erneut auffuhr.

„Wir nahmen an,“ bemerkte er leise und aufgeregt, „daß diese erste Frau auf die zweite Frau eifersüchtig gewesen sein könnte.“

„Nein,“ sagte Pater Brown. „Sie hätte vielleicht auf die Italienerin oder auf Lady Miriam Marden eifersüchtig sein können, aber nicht auf die zweite Frau.“

„Und warum nicht?“

„Weil keine zweite Frau da war. Herr Mandeville scheint mir das gerade Gegenteil eines Bigamisten gewesen zu sein, ein höchst monogamisch veranlagter Mensch. Seine Frau war fast zu viel bei ihm, so viel, daß sie alle barmherzigerweise annehmen, es müsse noch eine andere Frau da sein. Aber ich verstehe nicht, wie sie bei ihm sein konnte, als er ermordet wurde, denn wir sind uns darüber einig, daß sie die ganze Zeit auf der Bühne war und dazu noch eine wichtige Rolle spielte ...“

„Meinen Sie wirklich,“ rief Jarvis, „daß die fremde Frau, die zu ihm kam wie ein Geist, nur die bekannte Frau Mandeville war?“ Aber er erhielt keine Antwort, denn Pater Brown starrte mit einem fast idiotischen Ausdruck ins Leere. Er sah immer am idiotischsten aus, wenn er die klügsten Gedanken hatte.

Sein Gesicht wurde immer gequälter und betrübter. „Scheußlich,“ sagte er. „Vielleicht habe ich noch nie eine so verzwickte Sache gehabt. Aber ich muß mit ihr fertig werden. Würden Sie vielleicht Frau Mandeville fragen, ob ich sie einmal unter vier Augen sprechen kann?“

„O gewiß,“ sagte Jarvis und ging auf die Tür zu. „Aber was haben Sie?“

„Ich denke nur darüber nach, was für ein geborener Dummkopf ich bin, eine sehr allgemeine Klage in diesem Tal der Tränen. Wie konnte ich nur vergessen, daß das gespielte Stück *Die Lästerschule* war!“

Er ging unruhig im Zimmer auf und ab, bis Jarvis mit veränderter und sogar beunruhigter Miene wieder in der Tür erschien.

„Ich kann sie nirgendwo finden,“ sagte er. „Niemand scheint sie gesehen zu haben.“

„Norman Knight hat auch niemand gesehen, nicht wahr?“ fragte Pater Brown sarkastisch. „Nun, mir bleibt auf diese Weise wenigstens die peinlichste Unterredung meines Lebens erspart. Gott sei mir gnädig, aber ich hatte beinahe Angst vor dieser Frau. Doch sie hatte auch Angst vor mir, Angst vor etwas, das ich gesehen oder gesagt hatte. Knight lag ihr immer in den Ohren, mit ihm zu fliehen. Jetzt hat sie's getan, und er tut mir wirklich leid.“

„Er?“ fragte Jarvis.

„Nun, es kann gerade kein sehr angenehmes Gefühl sein, mit einer Mörderin davonzulaufen. Aber sie war in Wirklichkeit noch schlimmer als eine Mörderin.“

„Und was gibt es Schlimmeres?“

„Sie war eine Egoistin,“ sagte Pater Brown. „Sie gehörte zu den Menschen, die zuerst in den Spiegel blicken, ehe sie aus dem Fenster schauen, und das ist das schlimmste Unglück, das Sterblichen passieren kann. Der Spiegel hat ihr Unglück gebracht, aber eher deshalb, weil er nicht zerbrochen ist.“

„Ich verstehe nicht, was dies alles bedeuten soll,“ sagte Jarvis. „Jeder hielt sie für eine höchst ideale Frau, die sich auf einer höheren geistigen Ebene bewegte als wir übrigen ...“

„Sie sah sich selbst so an und verstand es gut, allen anderen dieselbe Meinung beizubringen. Vielleicht habe ich sie nicht lange genug gekannt, um mich in ihr zu täuschen. Aber nachdem ich sie fünf Minuten gesehen, wußte ich, was für ein Mensch sie war.“

„Oh, was Sie da sagen!“ rief Jarvis. „Der Italienerin gegenüber hat sie sich nach meiner Überzeugung tadellos benommen.“

„Ihr Benehmen war immer tadellos. Jeder hat mir hier berichtet, wie fein und vornehm und wie geistig überlegen sie Mandeville war. Aber alle diese Feinheit und Geistigkeit scheint mir auf die einfache Tatsache hinauszulaufen, daß sie sicher eine Lady, und er kein Gentleman war. Aber ich bin mir niemals ganz sicher gewesen, daß dieses die einzige Eigenschaft ist, auf die Petrus am Himmelstore Wert legt. Was das übrige anbetrifft,“ fuhr er mit steigender Lebhaftigkeit fort, „so ersah ich aus ihren ersten Worten, daß sie trotz ihrer so fein zur Schau getragenen kalten Hochherzigkeit der armen Italienerin nicht wirklich wohlgesinnt war. Und als ich erfuhr, daß das Stück *Die Lästerschule* war, wurde mir das von neuem klar.“

„Sie gehen mir zu schnell vorwärts," sagte Jarvis verdutzt. „Was hat das Stück damit zu tun?"

„Nun, sie sagte, sie habe der Schauspielerin die Rolle der schönen Heroine gegeben und sich selbst mit der Rolle einer Matrone begnügt. Bei fast jedem anderen Stücke wäre das eine hochherzige Rollenverteilung gewesen, aber gerade bei diesem Stücke werden dadurch die Tatsachen verfälscht. Sie kann nur gemeint haben, daß sie der Italienerin die Rolle der Maria zuteilte, die kaum eine Rolle zu nennen ist. Und die Rolle der unbeachteten und sich selbst in den Hintergrund drängenden verheirateten Frau kann nur die Rolle der Lady Teazle gewesen sein, die einzige, die jede Schauspielerin zu spielen wünscht. Wenn die Italienerin eine erstklassige Schauspielerin war, der man eine erstklassige Rolle versprochen hatte, so gab es wirklich eine Entschuldigung oder wenigstens einen Grund für ihre tolle italienische Wut. Das trifft bei italienischen Wutanfällen meistens zu. Die Lateiner sind eine logische Rasse und haben einen Grund, wenn sie wütend werden. Eben dieser kleine Umstand sagte mir, wie es mit ihrer Großherzigkeit bestellt war. Aber es war noch etwas anderes, was mir gleich auffiel. Sie lachten, als ich sagte, daß das mürrische Gesicht der Frau Sands für mich eine Charakterstudie sei, aber keine Studie über den Charakter der Frau Sands. Das stimmte. Wenn Sie über eine Dame wirklich Bescheid wissen wollen, so müssen Sie nicht sie selbst betrachten, denn sie kann zu schlau für Sie sein. Betrachten Sie auch nicht die Männer, von denen sie umgeben ist, denn sie können zu vernarrt in sie sein. Aber sehen Sie sich eine andere Frau an, die immer in ihrer Nähe ist, und besonders eine, die unter ihr steht. In diesem Spiegel werden Sie ihr wirkliches Gesicht erblicken, und das Gesicht, das sich in Frau Sands spiegelte, war sehr häßlich.

Und wie waren die anderen Eindrücke, die ich empfing? Ich hörte eine Menge über die Unzulänglichkeit des armen Mandeville, aber alle diese Unzulänglichkeit lief darauf hinaus, daß er ihrer nicht wert war, und ich bin überzeugt, daß diese Einschätzung indirekt von ihr herrührte. Aus dem, was jeder sagte, ging offenbar hervor, daß sie bei jedem über ihre geistige Vereinsamung gestöhnt hatte. Sie selbst sagten, sie beklage sich niemals, und zitierten dann ihr Wort über die Seelenstärkung klaglosen Schweigens. Das ist der richtige Ton, der unverkennbare Stil. Leute, die klagen, sind liebenswerte schwache menschliche Wesen, die man bedauern kann. Aber Leute, die klagen, daß sie niemals klagen, sind des Teufels. Sie sind wirklich des Teufels. Ist dieser großtuerische Stoizismus nicht der Angelpunkt des Byronschen Satanskults? Ich habe dies alles vernommen, aber wie sehr ich meine Ohren auch aufmachte, ich konnte nicht entdecken, worüber sie sich denn eigentlich zu beklagen hatte. Niemand behauptete, daß ihr Mann trank oder sie schlug oder ihr kein Geld gab oder untreu war, wenn man nicht das Gerücht über die geheimen Zusammenkünfte so auslegen will, und dieses Gerücht hat sie durch ihre pathetische Gewohnheit verschuldet, ihm in seinem Arbeitszimmer Gardinenpredigten zu halten. Und wenn man, abgesehen von dem vagen Eindruck des Martyriums, den sie hervorzurufen suchte, die Tatsachen betrachtete, so erhielt man ein ganz anderes Bild. Mandeville hörte auf, mit Pantomimen Geld zu verdienen, um ihr einen Gefallen zu tun, er opferte Geld für die Aufführung klassischer Dramen, ihr zu Gefallen. Sie richtete Stück und Ausstattung ganz nach ihrem Belieben ein. Sie wollte Sheridans Stück haben, und sie hatte es, sie wollte die Rolle der Lady Tearzle spielen, und sie spielte sie, sie wünschte gerade zu dieser Stunde eine Probe ohne Kostüme, und die Probe fand statt. Besonders dieser letzte Wunsch verdient Aufmerksamkeit."

„Aber was soll diese ganze Tirade?" fragte der Schauspieler, der kaum jemals seinen geistlichen Freund so viel Worte hatte machen hören. „Wir kommen mit all diesem psychologischen Zeug immer weiter vom Morde weg. Sie mag mit Knight davongelaufen sein, sie mag Randall und mich zu Narren gehalten haben, aber ihren Mann kann sie nicht ermordet haben, denn es steht doch fest, daß sie während der ganzen Szene auf der Bühne war. Sie mag schlecht und durchtrieben sein, aber eine Zauberin ist sie nicht."

„Nun, so sicher würde ich das nicht behaupten," sagte Pater Brown lächelnd. „Aber Zauberei brauchte sie in diesem Falle nicht anzuwenden.

Ich weiß jetzt, daß sie die Tat ausführte, und die Ausführung ganz einfach war."

„Warum sind Sie dessen so sicher?" fragte Jarvis und sah ihn verwundert an. „Weil das Stück *Die Lästerschule* war," erwiderte Pater Brown. „Und dann gerade dieser Akt der *Lästerschule*. Ich möchte Sie daran erinnern, daß sie das Stück nach ihrem Belieben inszenierte, so daß sie die Möbel stellen konnte, wie sie wollte. Ich möchte Sie ferner daran erinnern, daß die Bühne für Pantomimen gebaut und benutzt wurde, so daß also sicher Falltüren und allerlei Versenkungen vorhanden sind. Und wenn nach Ihrer Meinung die beiden Damen bezeugen können, daß alle Darsteller auf der Bühne waren, so möchte ich Sie daran erinnern, daß in der Hauptszene des Stückes eine der Hauptpersonen eine beträchtliche Zeit auf der Bühne bleibt, *aber nicht sichtbar ist*. Nach der Anweisung des Autors ist sie auf der Bühne, aber in Wirklichkeit kann sie ganz anderswo sein. Das ist das Versteck der Lady Teazle und das Alibi der Frau Mandeville." Nach einer Pause des Erstaunens sagte der Schauspieler: „Sie glauben, daß sie aus ihrem Versteck durch eine Falltür nach unten zum Zimmer des Direktors gelangt ist?"

„Wahrscheinlich," sagte Pater Brown. „Das erscheint mir schon aus dem Grunde als wahrscheinlich, weil sie eine Probe ohne Kostüme veranstaltete, denn in den Reifröcken des achtzehnten Jahrhunderts wäre es wohl schwieriger gewesen, durch eine Falltür zu steigen. Es sind natürlich noch viele kleine Unklarheiten vorhanden, aber ich glaube, sie lassen sich alle aufklären."

„Am unklarsten ist mir," sagte Jarvis, „daß eine solche Frau derartig ihr körperliches Gleichgewicht verlieren konnte, von ihrem moralischen Gleichgewicht ganz zu schweigen. Lag denn ein so starkes Motiv vor? War sie denn so in Knight verliebt?"

„Ich hoffe es," erwiderte Pater Brown, „denn das würde die menschlichste Entschuldigung sein. Aber ich muß leider sagen, daß ich meine Zweifel habe. Sie wollte ihren Mann los sein, der ihr zu provinzlerisch war und ihr nicht einmal genug Geld verdiente. Sie wollte als die Frau eines glänzenden und rasch berühmt werdenden Schauspielers Karriere machen. Sie hat ihren Mann nicht aus einer menschlichen Leidenschaft heraus ermordet, sondern aus der kühlen Überlegung, daß sie an seiner Seite nicht die Rolle spielen konnte, die sie sich erträumt hatte. Sie setzte ihrem Mann ständig im geheimen zu, er solle sich scheiden lassen oder ihr sonst aus dem Wege gehen, und da er sich weigerte, mußte er schließlich für seine Weigerung büßen. Sie müssen sich auch noch etwas anderes vor Augen halten. Sie verehrten diese Frau wegen ihrer literarischen und philosophischen Neigungen. Aber ihre ganze Philosophie drehte sich nur um den Willen zur Macht und das Recht auf Leben und Erlebnisse ... alles verdammter Unsinn und mehr als das – Unsinn, der zur Verdammnis führt."

Pater Brown runzelte zornig die Stirn, was bei ihm sehr selten vorkam, und seine Stirn war noch immer bewölkt, als er den Hut aufsetzte und in den Abend hinausging.

Vaudreys Verschwinden

Sir Arthur Vaudrey in seinem hellgrauen Sommeranzug, auf seinem grauen Haupte keck den weißen Hut, an dem man ihn schon von weitem erkannte, ging schnell die Straße an der Themse entlang, die von seinem Hause zu der kleinen Gruppe winziger, fast wie Nebengebäude der prächtigen Villa Sir Arthurs wirkender Häuschen führte, betrat den kleinen Weiler und verschwand dann völlig, als wäre er in den Boden versunken. Dieses plötzliche Verschwinden erschien um so unerklärlicher, als die Örtlichkeit gar nichts Geheimnisvolles an sich hatte und die Begleitumstände von äußerster Einfachheit waren. Man konnte den Weiler beim besten Willen kein Dorf nennen, er war eigentlich nur ein auf weiter Flur seltsam isoliert liegendes Sträßchen. Er stand inmitten flacher Ackerfelder und Wiesen und setzte sich nur aus den vier oder fünf Läden zusammen, die die Bewohner der Gegend, das heißt ein paar Farmer und die Insassen des großen Hauses, für ihre Bedürfnisse dringend benötigten. Gleich an der Ecke befand sich ein Metzgerladen, vor dem, wie sich zeigte, Sir Arthur zuletzt gesehen worden war, und zwar von zwei jungen, in seinem Hause wohnenden Männern, Evan Smith, der als sein Sekretär fungierte, und John Dalmon, der, wie man allgemein annahm, sich demnächst mit Sir Arthurs Mündel verheiraten sollte. Dem Metzgerladen zunächst lag eine Art kleinen Warenhauses, wie man sie oft in Dörfern findet, in dem eine kleine alte Frau Schokolade und Bonbons, Spazierstöcke, Golfbälle, Leim, Bindfadenknäuel und eine sehr vergilbte Sorte Schreibpapier verkaufte. Es folgte der Tabakladen, zu dem sich die beiden jungen Männer begaben, als sie Sir Arthur zum letztenmal vor dem Metzgerladen erblickten. Hinter dem Tabakladen betrieben in einem schummerig dunklen Raume zwei unscheinbare Damen ein Konfektionsgeschäft. Die Reihe wurde abgeschlossen durch einen ähnlich dunklen Laden, der in einem schimmernden Schaufenster den Passanten große Gläser sehr blasser, grüner Limonade darbot, denn das einzige richtige Gasthaus der ganzen Gegend stand noch ein Stück weiter an der Landstraße abwärts. Zwischen dem Gasthaus und dem Weiler war eine Wegkreuzung, an der ein Polizist und ein uniformierter Angestellter eines Automobilklubs die Verkehrsordnung aufrechterhielten, und beide sagten übereinstimmend aus, daß Sir Arthur diesen Punkt der Straße nicht passiert habe.

Es war ein strahlender Sommermorgen, an dem der alte Herr, fröhlich ausschreitend, seinen Spazierstock schwingend und seine gelben Handschuhe durch die Luft schwenkend, die Straße entlang auf den Weiler zuschritt. Er hatte viel von einem Dandy an sich, aber wenn er auch stutzerhaft war, so war er zugleich sehr kräftig und forsch, besonders für sein Alter. Seine körperliche Kraft und Gewandtheit waren noch sehr bemerkenswert, und man hätte die Farbe seines krausen Haares ebensogut ein zu Weiß verblichenes Gelb wie ein ins Gelbliche verblichenes Weiß nennen können. Sein glattrasiertes Gesicht war männlich schön, er hatte eine Adlernase wie der Herzog von Wellington, aber das hervorstechendste Merkmal an ihm waren seine Augen. Sie stachen nicht nur bildlich gesprochen hervor, sie wölbten sich geradezu aus den Höhlen vor und waren vielleicht die einzige Unregelmäßigkeit in seinen regelmäßigen Gesichtszügen. Seine Lippen waren voll und wie durch einen Willensakt etwas zusammengepreßt. Ihm gehörte das ganze Land ringsumher und auch der kleine Weiler. In einer solchen Gegend kennt nicht nur jeder jeden anderen, sondern ein jeder weiß auch im allgemeinen, wo jeder andere sich in jedem gegebenen Augenblick befindet. Sir Arthurs Spaziergang wäre normalerweise so verlaufen: er wäre ins Dorf gegangen, hätte dem Metzger oder sonst wem gesagt, was er zu sagen hatte, und wäre in einer halben Stunde wieder zu Hause gewesen, wie die beiden jungen Männer, die sich in dem Tabakladen Zigaretten gekauft hatten. Aber diese sahen bei ihrer Rückkehr keinen Menschen auf der Straße außer einem anderen Gast Sir Arthurs, einem gewissen Doktor Abbott, der am Flußufer sitzend ihnen seinen breiten Rücken zukehrte und geduldig angelte.

Als die drei Gäste zum Frühstück zurückkehrten, schienen sie sich kaum Gedanken darüber zu machen, daß Sir Arthur noch nicht da war, aber als er im Laufe des Tages noch immer nicht zu den üblichen Mahlzeiten erschien, begannen sie natürlich sich den Kopf zu zerbrechen, und Sybil Rye, die dem Haushalt vorstand, fing an, sich ernstlich zu ängstigen. Es wurden mehrere Entdeckungsreisen zum Dorfe veranstaltet, auf denen man jedoch keine Spur von dem Verschwundenen entdeckte, und als es schließlich Abend wurde, herrschte im Hause ängstliche Spannung. Sybil hatte Pater Brown, der ihr sehr nahestand und ihr schon einmal aus einer Schwierigkeit geholfen hatte, um seinen Beistand gebeten, und, da die Sache offenbar eine bedenkliche Wendung nahm, hatte er eingewilligt, bis zur Lösung des Rätsels bei ihr zu bleiben.

So kam es, daß Pater Brown, als der neue Tag ohne neue Nachrichten anbrach, schon am frühen Morgen draußen auf der Suche war. Seine schwarze, untersetzte Gestalt tauchte auf dem Gartenwege dicht am Flußufer auf. Mit seinen kurzsichtigen Augen spähte er die Landschaft ab. Er bemerkte, daß noch ein anderer, unruhiger noch als er selbst, am Ufer auf und ab ging, und rief Evan Smith, den Sekretär, laut an. Evan Smith war ein großer, blonder junger Mann, der ziemlich besorgt und betrübt aussah, wie es bei einer solchen beunruhigenden Ungewißheit vielleicht natürlich war. Aber etwas von dieser Besorgnis und Betrübtheit hatte er immer an sich. Vielleicht fiel das an ihm besonders auf, weil er die athletische Gestalt, das ruhige Wesen und das gelbblonde Löwenhaar hatte, die nun einmal (immer in Romanen und manchmal in Wirklichkeit) zu einem frischfröhlichen „englischen Jüngling" hinzugehören. Bei ihm aber kontrastierten diese äußeren Merkmale eines frischfröhlichen Jünglings mit tiefumränderten Augen und unruhig flatterndem Blick, und dieser Kontrast zu der konventionellen athletischen Gestalt und dem blonden Haar, die in Romanen eine so große Rolle spielen, hätte auf einen Fremden wohl unheimlich wirken können. Aber Pater Brown lächelte ihn freundlich an und sagte dann in ernsterem Ton:

„Dies ist eine sehr heikle Sache."

„Es ist eine sehr heikle Sache für Fräulein Rye," antwortete der junge Mann düster. „Ich sehe nicht ein, warum ich verbergen sollte, was mir an der ganzen Geschichte als das Schlimmste erscheint, selbst wenn Fräulein Rye mit Dalmon verlobt ist. Nun sind Sie wohl entsetzt, wie?"

Pater Brown sah nicht sehr entsetzt aus, aber sein Gesicht war oft ziemlich ausdruckslos. Er sagte bloß nachsichtig:

„Natürlich geht uns allen ihre Angst zu Herzen. Sie haben wohl auch keine Neuigkeiten, oder haben Sie sich bereits etwa eine eigene Ansicht über Sir Arthurs Verschwinden gebildet?"

„Nein, mit neuen Nachrichten kann ich nicht aufwarten," antwortete Smith, „wenigstens nicht mit solchen, die von außen kommen. Was meine Ansicht anbelangt ..." Er verfiel in nachdenkliches Schweigen.

„Ich möchte gern Ihre Ansicht hören," sagte der kleine Priester freundlich. „Ich hoffe, Sie werden es mir nicht übelnehmen, wenn ich sage, daß Sie mir etwas auf dem Herzen zu haben scheinen."

Der junge Mann nahm einen Anlauf, blieb aber wieder stecken und sah den Priester mit zusammengezogenen Brauen, die über seine hohlen Augen einen tiefen Schatten warfen, fest an.

„Ja, Sie haben recht," sagte er schließlich. „Ich glaube, ich werde mich über kurz oder lang doch jemandem eröffnen müssen, und bei Ihnen scheint ein Geheimnis sicher aufgehoben zu sein."

„Wissen Sie, was Sir Arthur zugestoßen ist?" fragte Pater Brown ruhig, als wenn es sich um die gleichgültigste Sache von der Welt handelte.

„Ja," sagte der Sekretär heiser, „ich glaube, ich weiß, was Sir Arthur zugestoßen ist."

„Ein schöner Morgen," sagte eine weiche Stimme ganz in der Nähe. „Ein schöner Morgen, der gar nicht zu so einer melancholischen Zusammenkunft paßt."

Der Sekretär sprang wie angeschossen beiseite, als der breite Schatten Doktor Abbotts in dem bereits starken Sonnenschein über den Weg fiel. Doktor Abbott steckte noch in seinem Schlafrock, einem prächtigen orientalischen Schlafrock, über und über bedeckt mit farbigen Blumen und Drachen, der eher aussah wie eines der in der glühenden Sonne glitzernden üppigen Blumenbeete. Er trug große Pantoffeln ohne Absätze, darum hatten offenbar die beiden anderen sein Kommen nicht bemerkt. Von ihm am wenigsten hätte man so eine leichte und luftige Annäherung erwarten sollen, denn er war ein sehr großer, breiter und schwerer Mann mit einem mächtigen, gütigen, sehr sonnenverbrannten, von altmodischem Kinn- und Backenbart umrahmten Gesicht, und ebenso üppig wie sein Barthaar ringelten sich die langen grauen Locken seines ehrfurchtgebietenden Hauptes um sein Gesicht. Seine langgeschlitzten Augen blickten ziemlich schläfrig drein, was bei einem so alten Herrn, der sich zu so früher Stunde erhoben hatte, gar nicht verwunderlich war, aber dabei sah er sehr robust und wetterhart aus, wie ein alter Bauer oder Seemann, der einst bei jedem Wetter draußen gewesen ist. Er war von allen, die im Hause weilten, der einzige alte Kamerad und Altersgenosse Sir Arthurs.

„Es erscheint einem wirklich ganz unfaßbar,“ sagte er kopfschüttelnd. „Diese kleinen Häuser sind wie Puppenstuben, vorn und hinten jederzeit offen, es ist kaum Platz in ihnen, um jemanden zu verbergen, selbst wenn man ihn verbergen wollte. Und ich bin überzeugt, eine solche Absicht liegt allen Bewohnern ganz fern. Dalmon und ich haben sie gestern alle verhört, es sind meistens kleine alte Frauen, die keiner Fliege etwas zuleide tun könnten. Die Männer sind fast alle bei der Ernte, außer dem Metzger, und Arthur wurde zum letztenmal gesehen, als er aus dem Metzgerladen herauskam. Und auf dem Rückwege kann ihm nichts zugestoßen sein, denn ich habe den ganzen Morgen am Flusse gesessen und geangelt.“

Dann sah er Smith an, und seine langen Augen blickten für den Augenblick nicht nur schläfrig, sondern etwas scheu.

„Ich denke, Sie und Dalmon können bezeugen,“ sagte er, „daß Sie mich, als Sie hingingen und zurückkamen, dort sitzen sahen.“

„Ja,“ antwortete Evan Smith kurz und schien über die lange Unterbrechung ziemlich ungeduldig zu sein.

„Das einzige, was ich mir denken kann,“ fuhr Doktor Abbott langsam fort – und dann wurde die Unterbrechung selbst unterbrochen. Mit zugleich leichtem und festem Schritt kam jemand schnell zwischen den leuchtenden Blumenbeeten her über den grünen Rasen, und John Dalmon erschien unter ihnen, ein Stück Papier in der Hand haltend. Er war elegant gekleidet, sein markantes napoleonisches Gesicht hatte eine tiefbraune Farbe, und seine Augen waren so traurig, daß sie einem fast tot vorkamen. Er schien noch sehr jung zu sein, aber sein schwarzes Haar war an den Schläfen vorzeitig ergraut.

„Ich habe soeben von der Polizei dieses Telegramm erhalten,“ sagte er. „Ich habe gestern abend depeschiert, man teilt mir mit, daß man sofort jemanden hersenden wird. Herr Doktor Abbott, wissen Sie vielleicht, an wen wir sonst noch depeschieren müßten? Etwaige Verwandte und Bekannte und so weiter?“

„In erster Linie natürlich an seinen Neffen Vernon Vaudrey," sagte Doktor Abbott. „Wenn Sie mit mir kommen wollen, so kann ich Ihnen, glaube ich, seine Adresse geben – und Ihnen etwas ganz Besonderes von ihm erzählen."

Doktor Abbott und Dalmon schritten auf das Haus zu, und als sie außer Hörweite waren, sagte Pater Brown einfach, als hätte gar keine Unterbrechung stattgefunden:

„Ja?"

„Sie haben einen kühlen Kopf," sagte der Sekretär. „Das kommt wohl vom Beichtehören. Mir ist zumute, als stände ich im Begriff, eine Beichte abzulegen. Dieser alte Elefant, der wie eine Schlange herankroch, hätte einen wohl aus der Stimmung, in der man zu Geständnissen geneigt ist, aufschrecken können. Aber es ist doch vielleicht besser, wenn ich mich nicht abhalten lasse, obschon es in Wirklichkeit nicht meine Beichte, sondern die eines anderen ist." Er stockte einen Augenblick, zog die Brauen zusammen, zupfte an seinem Schnurrbart und stieß dann hervor:

„Ich glaube, Sir Arthur ist entflohen, und ich glaube, ich weiß auch, warum."

Pater Brown sagte kein Wort, und Evan Smith fuhr nach einer Pause hastig fort:

„Ich bin in einer scheußlichen Lage, und viele würden mein Handeln verurteilen. Ich werde in der Rolle eines hinterhältigen Angebers erscheinen, und doch glaube ich, meine Pflicht zu tun."

„Das müssen Sie selbst am besten wissen," sagte Pater Brown ernst. „Was hat es mit Ihrer Pflicht auf sich?"

„Ich bin in der ganz scheußlichen Lage, einen Nebenbuhler und dazu noch einen erfolgreichen Nebenbuhler anschwärzen zu müssen," sagte der junge Mann bitter, „aber ich weiß nicht, wie ich anders handeln könnte. Sie haben mich gefragt, ob ich mir Vaudreys Verschwinden erklären könne. Ich bin fest überzeugt, daß Dalmon die Erklärung ist."

„Sie meinen," sagte der Priester gefaßt, „daß Dalmon Sir Arthur ermordet hat?"

„Nein!" wehrte Smith heftig und verwundert ab. „Nein, hundertmal nein! Was Dalmon auch sonst verbrochen haben mag, das hat er nicht getan. Was er sonst auch sein mag, ein Mörder ist er nicht. Er hat das beste aller Alibis, die günstige Aussage eines Mannes, der ihn haßt. Es ist nicht sehr wahrscheinlich, daß ich aus Liebe zu Dalmon einen Meineid leisten werde, und ich könnte vor jedem Gericht schwören, daß er gestern dem alten Mann nichts zuleide getan hat. Dalmon und ich waren den ganzen Tag zusammen oder wenigstens den Teil des Tages, auf den es ankommt, und er hat im Dorfe nichts getan als Zigaretten gekauft, die er dann hier in der Bibliothek geraucht hat. Nein. Für einen Verbrecher halte ich ihn zwar, aber ermordet hat er Vaudrey nicht. Ich möchte sogar sagen: weil er ein Verbrecher ist, hat er Vaudrey nicht ermordet."

„Jawohl," sagte Pater Brown geduldig, „und was soll das heißen?"

„Das soll heißen," antwortete der Sekretär, „daß er ein anderes Verbrechen begeht, das nur verübt werden kann, wenn Vaudrey am Leben bleibt."

„Ja, ja, ich verstehe," sagte Pater Brown.

„Ich kenne Sybil Rye ziemlich gut, und ihr Charakter spielt bei dieser Geschichte eine große Rolle. Sie ist in der doppelten Bedeutung des Wortes ein sehr feiner Charakter, das heißt, von vornehmer und nur zu zarter Art. Sie gehört zu jenen Menschen, die schrecklich gewissenhaft sind, ohne doch den aus Gewohnheit und nüchternem Verstand geschmiedeten Panzer zu besitzen, den viele gewissenhafte Leute sich mit der Zeit zulegen. Sie ist fast krankhaft empfindlich und zugleich ganz selbstlos. Ihre Lebensgeschichte ist seltsam genug. Sie war eine Waise, die wie ein Findelkind buchstäblich keinen Pfennig besaß, und Sir Arthur nahm sie in sein Haus auf und behandelte sie mit Hochachtung, worüber sich viele wunderten, denn, ohne Sir Arthur etwas Böses nachzusagen, es lag nicht sehr in seiner Art. Aber als sie etwa siebzehn Jahre war, erhielt sie plötzlich für Sir Arthurs Verhalten eine überraschende Erklärung, denn ihr Vormund hielt um ihre Hand an. Nun kommt der sonderbare Teil ihrer Geschichte. Irgendwie hatte Sybil von jemandem gehört (ich nehme an vom alten Abbott), daß Sir Arthur Vaudrey in seinen wilden Jugendjahren eine Untat begangen oder wenigstens jemanden schwer verletzt hatte, wodurch er mit dem Gesetz in ernstlichen Konflikt geraten war. Ich weiß nicht, was es war. Aber dem jungen gefühlvollen Mädchen erschien die Tat ganz schrecklich, Sir Arthur kam ihr wie ein Ungeheuer vor, und sie konnte sich nicht vorstellen, daß sie mit ihm eine Ehe eingehen sollte. Es war typisch für sie, wie sie sich aus dieser schwierigen Situation heraushalf. In hilflosem Schrecken und mit heroischem Mut sagte sie ihm mit zitternden Lippen die Wahrheit. Sie gab zu, daß ihre Abneigung vielleicht krankhaft sei, sie bekannte sie wie eine geheime Verrücktheit. Zu ihrem Trost und ihrer Überraschung nahm er ihr Geständnis ruhig und höflich entgegen und kam niemals wieder auf seinen Antrag zurück. Sie erhielt durch sein späteres Verhalten einen noch stärkeren Eindruck von seinem Edelmut. In ihrem einsamen Leben machte sich der Einfluß eines ebenso einsamen Mannes bemerkbar. Er wohnte wie ein Einsiedler draußen auf einer der Flußinseln, und ich glaube, sein geheimnisvolles Wesen zog sie an, obwohl ich zugebe, daß er schon an und für sich anziehend genug ist. Ein feiner und geistreicher Mann und dazu noch sehr melancholisch, was wohl den romantischen Eindruck noch verstärkte. Ich spreche natürlich von Dalmon. Bis heute bin ich nicht sicher, wie weit sie ihn eigentlich wirklich in ihr Herz aufgenommen hat, aber jedenfalls hat sie ihm die Erlaubnis gegeben, bei ihrem Vormund um ihre Hand anzuhalten. Ich kann mir vorstellen, daß sie das Ergebnis der Aussprache mit Zittern und Beben erwartete und sich fragte, wie der alte Geck wohl das Auftauchen eines Nebenbuhlers aufnehmen würde. Aber auch jetzt entdeckte sie, daß sie ihm offenbar unrecht getan hatte. Er nahm den jüngeren Mann mit der größten Herzlichkeit bei sich auf und schien sich über das zukünftige Glück des jungen Paares zu freuen. Er und Dalmon gingen zusammen auf die Jagd und zum Fischen und waren die besten Freunde. Da erlebte sie eines Tages eine neue Überraschung. Dalmon ließ in der Unterhaltung zufällig die Bemerkung fallen, der Alte habe sich in dreißig Jahren nicht sehr verändert, und plötzlich kam ihr die Ursache der sonderbaren Vertrautheit der beiden zum Bewußtsein. Das ganze Kennenlernen und die gastfreundliche Aufnahme waren eine Maskerade gewesen, die beiden kannten sich offenbar von früher her. Darum war der Jüngere so geheim in die Gegend gekommen. Darum hatte der Ältere sich schnell herbeigelassen, zu der Verbindung seine Zustimmung zu geben. Was denken Sie nun?"

„Was Sie denken, weiß ich," sagte Pater Brown lächelnd, „und Ihr Schluß scheint ganz logisch zu sein. Auf der einen Seite haben wir Vaudrey mit einem dunklen Punkt in seiner Vergangenheit, auf der anderen einen geheimnisvollen Fremden, der sich an ihn heranpirscht und von ihm bekommt, was er haben will. In klaren Worten, Sie halten Dalmon für einen Erpresser."

„Ja," sagte Smith, „und das ist ein scheußlicher Gedanke."

Pater Brown überlegte einen Augenblick und sagte dann: „Ich möchte jetzt hereingehen und ein Wörtchen mit Doktor Abbott reden."

Als er nach ein paar Stunden wieder aus dem Hause trat, konnte er zwar mit Doktor Abbott gesprochen haben, aber er kam nicht mit ihm, sondern mit Sybil Rye heraus, einer blassen Dame mit rötlichem Haar und zartem, vor Zartheit beinahe zitterndem Gesicht. Wenn man sie sah, konnte man sofort verstehen, was der Sekretär von ihrer mimosenhaften Feinfühligkeit erzählt hatte. Man mußte an Godiva und an gewisse Legenden jungfräulicher Märtyrerinnen denken, nur die Schüchternen können aus Schamhaftigkeit so frech sein. Smith ging ihnen entgegen, und sie blieben eine Weile auf dem Rasen stehen. Die Sonne, die vom frühen Morgen an hell gestrahlt hatte, brannte jetzt glühend hernieder, aber Pater Brown trug sowohl sein schwarzes Bündel von einem Regenschirm wie auch seinen schwarzen Hut, den man ebensogut für einen Regenschirm halten konnte. Er schien sich für ein Unwetter gerüstet zu haben und sah auch im übrigen aus, als ginge er einem Sturm entgegen. Aber vielleicht war er sich dieses Eindrucks gar nicht bewußt, und vielleicht war der Sturm nicht materieller Art.

„Was ich am meisten hasse, ist das Gerede, das bereits beginnt," sagte Sybil mit leiser Stimme. „Jeder wird verdächtigt. John und Evan können für einander einstehen, aber Doktor Abbott hat eine scheußliche Szene mit dem Metzger gehabt. Der Metzger glaubt, er stehe im Verdacht, und streut nun seinerseits alle möglichen Verdächtigungen aus."

Evan Smith machte ein sehr unbehagliches Gesicht und platzte dann heraus:

„Ich kann nicht viel sagen, Sybil, aber wir halten das alles für unnötig. Die Sache ist schlimm genug, aber – aber an eine Gewalttat glauben wir nicht."

„Sie haben also schon eine Theorie aufgestellt?" sagte Sybil Rye, ihre Augen sofort zu dem Priester wendend.

„Ich habe eine Theorie gehört," sagte dieser, „die mir sehr überzeugend scheint."

Er sah in Gedanken verloren auf den Fluß hin, während Smith und Sybil fast flüsternd eine schnelle Zwiesprache miteinander führten. Der Priester ging langsam und sinnend das Flußufer entlang und tauchte dann auf einem fast überhängenden Teil des Ufers in ein Gebüsch. Die glühende Sonne prallte auf den dünnen Schleier kleiner tanzender Blätter, so daß sie aussahen wie grüne Flämmchen. Alle Vögel sangen, als wenn die Bäume hundert Zungen hätten. Ein paar Minuten später hörte Evan Smith vorsichtig und doch klar aus den grünen Tiefen des Dickichts seinen Namen rufen. Er schritt rasch in der Richtung, aus der der Ruf kam, auf das Gebüsch zu und sah Pater Brown herauskommen. Sehr leise und geheimnisvoll sagte der Priester zu ihm:

„Sorgen Sie dafür, daß Fräulein Rye nicht hierher kommt. Können Sie sich nicht frei von ihr machen? Bitten Sie sie, zu telephonieren oder dergleichen, und dann kommen Sie sofort hierher zurück ..."

Evan Smith ließ sich bei seiner Rückkehr zu Fräulein Rye nicht das geringste anmerken, sondern versuchte sein Glück, und da sie nicht zu jenen Menschen gehörte, die man nur schwer mit kleinen Aufträgen auf die Beine bringen kann, war sie sehr bald im Haus verschwunden. Pater Brown war bereits wieder ins Gebüsch gegangen, als Smith zurückkehrte. Gerade hinter diesem Gebüsch war eine Art kleiner Bucht, wo sich das rasige Steilufer in einer flachen Spalte bis zum Flußsande gesenkt hatte. Oben an dieser Spalte stand Pater Brown und sah auf den Sand nieder, aber trotz der heißen Sonne, die ihm glühend auf den Kopf brannte, hielt er entweder zufällig oder absichtlich seinen Hut in der Hand.

„Es ist besser, wenn zwei Zeugen dies sehen," sagte er mit schwerer Stimme. „Aber machen Sie sich auf etwas Schreckliches gefaßt."

„Auf etwas Schreckliches?" fragte der andere.

„Auf den schrecklichsten Anblick, den ich je in meinem Leben gehabt habe," sagte Pater Brown.

Evan Smith trat an den Rand des rasigen Ufers und unterdrückte mit Mühe einen Schrei des Entsetzens.

Sir Arthur Vaudrey glotzte und grinste zu ihm hinauf. Das Gesicht war dicht vor ihm, so daß er seinen Fuß hätte darauf setzen können, der Kopf war zurückgeworfen, der Schopf weißlich gelben Haares dem Beschauer zugekehrt, so daß man das Gesicht von oben nach unten sah. Das machte den ganzen Anblick noch viel grausiger, es war, als sähe man einen Mann mit verkehrt aufgesetztem Kopf umherwandeln. Was tat er nur da? War es möglich, daß Vaudrey wirklich so umherkroch, sich in den Rissen und Spalten des Ufers verbarg und in dieser unnatürlichen Stellung zu ihnen emporsah? Der übrige Teil des Körpers erschien wie zusammengekrümmt, man hätte ihn für verkrüppelt oder verstümmelt halten können, aber wenn man näher zusah, schien dieser Eindruck nur von der natürlichen Verkürzung eines plötzlich zusammengesunkenen Körpers herzukommen. War er etwa verrückt geworden? Je mehr ihn Smith ansah, desto steifer und unnatürlicher kam ihm die ganze Stellung vor.

„Sie können es von hier aus nicht richtig sehen," sagte Pater Brown, „aber man hat ihm die Kehle durchschnitten."

Smith schauderte plötzlich zusammen. „Ich kann wohl verstehen, daß es der schrecklichste Anblick ist, den Sie in Ihrem Leben gehabt haben," sagte er. „Ich glaube, die schreckliche Wirkung kommt davon her, daß man das Gesicht von oben nach unten erblickt. Ich habe dieses Gesicht zehn Jahre lang Tag für Tag bei den üblichen Mahlzeiten gesehen, und es sah immer freundlich und liebenswürdig aus. Man braucht so ein Gesicht nur in umgekehrter Richtung zu erblicken, und es erscheint böse wie das Gesicht eines bösen Menschen."

„Das Gesicht trägt ein Lächeln," sagte Pater Brown trocken, „was vielleicht nicht der kleinste Teil des Rätsels ist. Es gibt nicht viele Leute, die lächeln, wenn man ihnen die Kehle durchschneidet, selbst dann nicht, wenn sie es selbst tun. Dieses Lächeln zusammen mit den rund gewölbten stachelbeerartigen Augen, die ihm immer aus dem Kopf zu treten schienen, genügt zweifellos, den Ausdruck zu erklären. Aber es stimmt, umgekehrt sehen die Dinge manchmal anders aus. Künstler stellen ihre Bilder oft auf den Kopf, um zu prüfen, ob die Zeichnung richtig ist. Wenn es Schwierigkeiten macht, den Gegenstand selbst auf den Kopf zu stellen (wie zum Beispiel beim Matterhorn), pflegen sie sich selbst auf den Kopf zu stellen oder sie versuchen wenigstens, zwischen den Beinen durchzusehen."

Der Priester, der so leichthin sprach, um des anderen Nerven zu beruhigen, schloß in ernsterem Ton mit den Worten: „Ich verstehe recht gut, daß der Tatbestand Sie innerlich umgeworfen haben muß. Unglücklicherweise hat er auch noch etwas anderes umgeworfen."

„Etwas anderes? Wieso?"

„Unsere ganze schöne Theorie, die so überzeugend zu sein schien," antwortete Pater Brown und kletterte das Ufer hinab zu der kleinen Sandbank nieder.

„Vielleicht hat er selbst Hand an sich gelegt," sagte Smith. „Ein solcher Ausweg liegt schließlich gar nicht so fern und paßt sehr gut zu unserer Theorie. Er suchte einen ruhigen Platz, kam hierher und schnitt sich die Kehle durch."

„Er kam nicht hierher," sagte Pater Brown, „wenigstens nicht lebend, und nicht vom Lande her. Hier wurde er nicht getötet, dafür sind die Blutspuren nicht groß genug. Die heiße Sonne hat bereits sein Haar und seine Kleidung getrocknet, aber hier an dem Sand sieht man noch, wie hoch das Wasser gestanden hat. Bis hierher etwa kommt die Flut vom Meere herauf und erzeugt einen Strudel, der den Leichnam in diese kleine Bucht hineintrieb, wo er dann liegen blieb, als sich der Wasserspiegel bei eintretender Ebbe senkte. Aber der Körper muß zuerst den Fluß hinuntergespült worden sein, wahrscheinlich vom Dorfe her, denn die Häuschen stehen unmittelbar am Fluß. Dort muß der arme Vaudrey zu Tode gekommen sein. Daß er Selbstmord begangen hat, glaube ich nicht, aber das Rätsel ist: wer könnte ihn in jenem winzigen Weiler ermordet haben?"

Er begann mit der Spitze seines kurzen Regenschirmes allerlei Striche und Linien in den Sand zu zeichnen.

„Wir wollen mal sehen. Wie folgen die Läden aufeinander? Zuerst kommt der Metzgerladen. Ein Metzger mit einem langen Schlachtmesser würde natürlich ein geradezu idealer Halsabschneider sein. Aber Sie sahen Vaudrey aus dem Laden kommen, und es ist nicht sehr wahrscheinlich, daß er ruhig stehen blieb, während der Metzger sagte: ›Guten Morgen. Gestatten Sie bitte, daß ich Ihnen die Kehle durchschneide. So, danke sehr. Der nächste bitte.‹ Sir Arthur scheint mir nicht der Mann zu sein, der so etwas mit freundlichem Lächeln hätte geschehen lassen. Er war ein starker und kräftiger Mann mit ziemlich heftigem Temperament. Wer hätte es außer dem Metzger mit ihm aufnehmen sollen? Die Bedienung im nächsten Laden besorgt eine alte Frau. Dann kommt der Tabakladen. Der Inhaber ist zwar ein Mann, aber wie ich höre, ein kleines und ängstliches Kerlchen. Dann kommt das Konfektionsgeschäft, das durch die beiden unverheirateten Damen geführt wird, und dann ein Laden mit Erfrischungen, den die Frau des Inhabers besorgt, da der Mann im Krankenhaus liegt. Die zwei oder drei Burschen, die als Gehilfen und Laufjungen beschäftigt werden, machten zufällig alle auswärts Besorgungen. Der Erfrischungsladen schließt die

Straße ab. Darüber hinaus liegt nur noch das Wirtshaus, und in der Mitte zwischen beiden steht ein Polizist."

Er drückte mit der eisernen Spitze seines Regenschirms ein Loch in den Sand, das den Polizisten darstellen sollte, und blickte nachsinnend den Fluß hinauf. Dann machte er eine leichte Bewegung mit der Hand, trat schnell zu dem Leichnam und beugte sich über ihn.

„Ah!" sagte er sich aufrichtend und tief Atem holend. „Der Tabakladen! Wie konnte mir das nur nicht einfallen?"

„Was ist damit?" fragte Smith ungeduldig, denn Pater Brown rollte seine Augen und murmelte unverständliche Worte vor sich hin, aber das Wort „Tabakladen" hatte einen unheimlichen Klang gehabt, als enthielte es einen vernichtenden Urteilsspruch.

„Ist Ihnen an seinem Gesicht nicht etwas Sonderbares aufgefallen?" fragte der Priester nach einer Pause.

„Etwas Sonderbares? Allerdings!" sagte Evan Smith schaudernd. „Wenn einem die Kehle durchschnitten ist ..."

„Ich sagte, an seinem Gesicht," bemerkte Pater Brown ruhig. „Bemerken Sie übrigens nicht, daß er sich die Hand verletzt hat und einen kleinen Verband trägt?"

„Oh, das hat nichts mit der Sache zu tun," sagte Evan Smith schnell. „Die kleine Wunde hat er ganz zufällig vor seiner Ermordung empfangen. Er verletzte sich die Hand an einem zerbrochenen Tintenfaß, während wir zusammen arbeiteten."

„Und doch hat das etwas mit seinem Tode zu tun," erwiderte Pater Brown.

Es trat ein langes Schweigen ein. Der Priester ging sinnend, seinen Regenschirm hinter sich herziehend auf der Sandbank auf und ab, wobei er manchmal das Wort Tabakladen herausstieß, bis Smith kalte Furcht überrieselte, so unheimlich wirkte das Wort auf ihn. Dann hob er plötzlich den Regenschirm und zeigte auf ein zwischen den Binsen stehendes Bootshaus:

„Es wäre mir lieb, wenn Sie mich den Fluß hinauf rudern würden. Ich möchte mir die Häuser von hinten ansehen. Es ist keine Zeit zu verlieren. Man wird vielleicht die Leiche finden, aber darauf müssen wir es ankommen lassen."

Smith ruderte bereits das kleine Boot den Fluß hinauf, ehe Pater Brown wieder den Mund auftat.

„Ich habe übrigens vom alten Abbott erfahren," sagte er, „was der arme Vaudrey sich früher hat zuschulden kommen lassen. Eine höchst seltsame Geschichte. Ein ägyptischer Beamter hatte ihm gegenüber die beleidigende Äußerung getan, ein guter Moslem würde Schweinefleisch und Engländer meiden, wenn er aber zwischen beiden wählen müßte, so würde er den Schweinen den Vorzug geben, oder irgendeine ähnliche taktvolle Bemerkung. Dieser Streit lebte anscheinend einige Jahre später, als der Ägypter nach England kam, wieder auf, und Vaudrey schleppte den Mann in seiner leidenschaftlichen Rachsucht zu einem Schweinestall und warf ihn mit solcher Gewalt hinein, daß er einen Arm und ein Bein brach. In diesem Zustande ließ er ihn bis zum nächsten Morgen liegen. Die Geschichte erregte natürlich großes Aufsehen, aber viele waren der Meinung, Vaudrey habe in einer verzeihlichen patriotischen Aufwallung gehandelt. Jedenfalls ist die Tat nicht derart, daß ein Mann ihretwegen stillschweigend jahrzehntelang Erpressungen hinnähme."

„Sie glauben also nicht, daß sie für unsere Theorie in Betracht käme?"

„Ich glaube, für die Theorie, die ich jetzt habe, kommt sie sehr in Betracht," sagte Pater Brown.

Sie zogen an der niedrigen Mauer vorüber, die den von der Hinterfront der Häuser steil abfallenden Streifen Gartenland zum Ufer hin abschloß. Pater Brown zählte die einzelnen Gartenstücke mit erhobenem Regenschirm, und als er zum dritten kam, sagte er:

„In dem Hause ist der Tabakladen. Ich möchte zu gern wissen, ob der Inhaber ... Aber das werde ich ja wohl leicht erfahren können. Ich will Ihnen nur sagen, was mir an Sir Arthurs Gesicht auffiel."

„Und was war das?“ fragte sein Begleiter und ließ die Ruder einen Augenblick ruhen.

„Er war ein großer Dandy,“ sagte Pater Brown, „und *das Gesicht war nur halb rasiert* .... Könnten Sie hier einen Augenblick halten? Wir könnten das Boot an den Pfosten da binden.“

Ein paar Minuten später waren sie schon über die kleine Mauer gestiegen und kletterten die steilen, mit Kieselsteinen gepflasterten Pfade des kleinen Gartens hinauf, an denen sich rechteckige Blumen- und Gemüsebeete hinzogen.

„Dachte ich es mir doch,“ sagte Pater Brown, „der Tabakhändler zieht wirklich Kartoffeln. Da gibt's eine Menge Kartoffeln und sicher auch eine Menge Kartoffelsäcke. Diese kleinen ländlichen Geschäftsleute haben noch nicht alle Gewohnheiten der Bauern aufgegeben, sie üben gleichzeitig zwei oder drei Berufe aus. Aber in ländlichen Tabakläden wird meistens noch ein ganz besonderer Beruf ausgeübt, an den ich erst dachte, als ich Vaudreys Kinn sah. Man kann in ihnen nicht nur Tabak kaufen, sondern sich auch rasieren lassen. Sir Arthur hatte sich in die Hand geschnitten und konnte sich nicht selbst rasieren. Darum ging er hierher. Fällt Ihnen hierbei nicht etwas anderes ein?“

„Man kann auf alle möglichen Gedanken kommen,“ erwiderte Smith, „aber ich glaube, Sie werden einem dabei weit voraus sein.“

„Fällt einem dabei zum Beispiel nicht ein, daß es nur eine Gelegenheit gibt, bei der ein kräftiger und ziemlich temperamentvoller Mann ein freundliches Lächeln zur Schau tragen könnte, wenn man ihm die Kehle durchschnitte?“

Im nächsten Augenblick hatten sie schon den dunklen Flur des Hinterhauses durchschritten und gelangten in den hinteren Raum des Ladens, der nur spärlich durch matt von draußen hereinsickerndes Licht und einen trüben und zerbrochenen Spiegel erhellt wurde. Das Licht erinnerte an das grüne Zwielicht eines Brunnenschachtes, aber es war doch hell genug, um in Umrissen die Einrichtung einer Barbierstube und das bleiche, sogar von Schrecken verzerrte Gesicht eines Barbiers unterscheiden zu lassen.

Pater Browns Auge schweifte im Zimmer umher, das anscheinend erst vor kurzem gereinigt und aufgeräumt worden war, bis sein Blick in einer staubigen Ecke gerade hinter der Tür etwas entdeckte. An einem Pflock hing dort ein Hut. Es war ein weißer Hut, ein Hut, der dem ganzen Dorfe wohlbekannt war. Aber wenn man ihn auch draußen auf der Straße immer schon von weitem hatte sehen können, so erschien er hier nur als ein Beispiel für jene unbedeutenden kleinen Dinge, die gewisse Leute manchmal ganz vergessen, wenn sie aufs sorgfältigste den Boden geschrubbt oder Blutspuren in Kleidern und Tüchern beseitigt haben.

„Sir Arthur Vaudrey ist hier gestern morgen rasiert worden," sagte Pater Brown, ohne die Stimme zu erheben.

Dem Barbier, einem kleinen, kahlköpfigen, bebrillten Mann namens Wicks kam das plötzliche Auftauchen dieser beiden Gestalten wie das Erscheinen zweier Geister vor, die sich vor seinen Augen aus einem Grabe erhoben hatten. Aber es war sofort offenbar, daß eine abergläubische Einbildung ihn nicht so hätte erschrecken können, wenn er ein gutes Gewissen gehabt hätte. Er schwand, man könnte fast sagen, schrumpfte in eine Ecke des dunklen Zimmers zusammen, bis von dem ganzen Männlein nur noch die großen Brillengläser übrig zu sein schienen.

„Sagen Sie mir eins," fuhr der Priester ruhig fort, „hatten Sie Grund, Sir Arthur Vaudrey zu hassen?"

Das Männlein in der Ecke stammelte etwas, das Smith nicht verstehen konnte, aber der Priester nickte.

„Ich wußte es," sagte er. „Sie haßten ihn, und darum weiß ich auch, daß Sie ihn nicht ermordet haben. Wollen Sie uns erzählen, was sich zugetragen hat, oder soll ich es tun?"

Der Barbier schwieg, man vernahm nur das schwache Ticken einer Uhr aus der Küche, dann fuhr Pater Brown fort:

„Der Hergang war so: Als Sie vorn in den Tabakladen gingen, verlangte Herr Dalmon Zigaretten, die im Schaufenster lagen. Sie traten einen Augenblick auf die Straße, wie Geschäftsleute es oft tun, um sich zu vergewissern, welche Zigaretten Herr Dalmon meinte, und in diesem Augenblick sah er hier im Hinterzimmer das Rasiermesser, das Sie gerade niedergelegt hatten, und den über die Lehne des Sessels zurückgebogenen, gelbweißen Kopf Sir Arthurs. Beide glitzerten wahrscheinlich im Lichte des kleinen Fensters da drüben. Er brauchte nur einen Augenblick, um das Rasiermesser zu ergreifen, die Kehle zu durchschneiden und in den Laden zurückzutreten. Weder das Messer noch die Hand, die es führte, schreckten Sir Arthur aus seiner Träumerei auf. Er starb, während er über seine Gedanken schmunzelte, und über was für Gedanken! Auch Dalmon, glaube ich, war völlig ruhig. Er hatte die Tat so schnell und geräuschlos vollbracht, daß Herr Smith hier hätte vor Gericht beschwören können, die ganze Zeit mit ihm zusammen gewesen zu sein. Aber einer war mit Recht erschreckt und aufgeregt, und das waren Sie. Sie hatten mit Sir Arthur wegen rückständiger Pacht einen Streit gehabt, Sie kamen in die Rasierstube zurück und entdeckten, daß Ihr Feind in Ihrem Sessel mit Ihrem Messer ermordet worden war. Es war durchaus nicht unnatürlich, daß Sie daran verzweifelten, sich von dem Verdacht reinigen zu können, und daß Sie es vorzogen, die Spuren der Tat zu beseitigen, den Boden zu schrubben und den Leichnam, in einen Kartoffelsack eingebunden, in die Themse zu werfen. Es traf sich glücklich, daß Ihre Barbierstube nur zu bestimmten Stunden geöffnet ist. Sie hatten also genug Zeit. Sie scheinen an alles gedacht zu haben, nur nicht an den Hut ... Oh, haben Sie keine Angst, ich werde alles vergessen, auch den Hut.“

Und damit schritt er ruhig durch den Tabakladen auf die Straße, gefolgt von dem erstaunten Smith, während der Barbier ihm fassungslos nachstarrte.

„Sehen Sie,“ sagte Pater Brown zu seinem Begleiter, „dies ist einer jener Fälle, wo ein Motiv zu schwach ist, einen Menschen zu überführen, und doch stark genug, ihn aller Schuld ledig zu sprechen. Ein kleiner nervöser

Mann wie dieser würde der letzte sein, der einen großen starken Mann wegen einer Streitigkeit um Geldsachen *wirklich* töten würde. Aber er würde als erster Angst haben, er könnte beschuldigt werden, die Tat begangen zu haben … Ah, der wirkliche Täter hatte ein ganz anderes Motiv." Und er fiel wieder in tiefes Nachdenken und blickte oder glotzte fast ins Leere.

„Es ist einfach entsetzlich," stöhnte Evan Smith. „Ich habe Dalmon vor einigen Stunden als Erpresser und Schurken bezeichnet, und doch kann ich den Gedanken kaum ertragen, daß er dies wirklich getan hat."

Der Priester schien noch in einer Art Trancezustand zu sein, wie ein Mensch, der in einen Abgrund starrt. Schließlich bewegten sich seine Lippen, und er murmelte, als wenn er ein Gebet zum Himmel sandte: „Barmherziger Gott, *was für eine schreckliche Rache*!"

Evan Smith konnte sich bei diesen Worten nichts denken und ersuchte seinen Begleiter um eine Erklärung, aber dieser schien ihn gar nicht zu hören und fuhr wie in einem Selbstgespräch fort.

„Was für ein entsetzlicher Haß! Wie kann nur ein sterblicher Wurm an einem anderen eine solche Rache nehmen! Werden wir jemals auf den Grund dieses grundlosen Menschenherzens kommen, wo solch schreckliche Gedanken reifen können! Gott bewahre uns alle vor Hochmut, aber ich kann mir in meinem Kopfe noch kein rechtes Bild von solchem Haß und solcher Rache ausmalen."

„Und ich kann mir nicht ausmalen," sagte Smith, „warum Dalmon überhaupt Vaudrey getötet hat. Wenn er ein Erpresser war, so würde es natürlicher erscheinen, daß Vaudrey ihn beseitigt hätte. Wie Sie sagen, die Halsabschneiderei war entsetzlich, aber –"

Pater Brown fuhr auf und blinzelte wie jemand, der aus tiefem Schlaf erwacht.

„Oh, *daran* dachte ich nicht," sagte er schnell. „Ich hatte *nicht den Mord* in der Barbierstube im Sinne. Ich dachte an etwas *noch* Entsetzlicheres, obschon dieser Mord ja an und für sich schon entsetzlich genug ist. Aber er ist viel begreiflicher, ihn hätte fast jeder begehen können. Tatsächlich war er beinahe ein Akt der Notwehr."

„Wie?" rief der Sekretär ungläubig aus. „Ein Mensch schleicht sich von hinten an einen anderen heran, während dieser andere in einem Barbierstuhl still zur Decke emporschmunzelt, und schneidet ihm die Kehle durch, und Sie nennen das Notwehr!"

„Ich sage nicht, daß es gerechte Notwehr war," erwiderte Pater Brown. „Ich sage nur, daß viele zu dieser Tat hätten getrieben werden können, um sich vor einem furchtbaren Unglück zu bewahren – das dazu ein furchtbares Verbrechen war. An dieses *andere* Verbrechen dachte ich. Um mit der Frage zu beginnen, die Sie eben stellten: Warum sollte der Erpresser der Mörder sein? Nun, über einen Punkt wie diesen herrschen viele falsche Vorstellungen." Er hielt ein, als wenn er nach dem schrecklichen Blick, den er soeben in den Abgrund des menschlichen Herzens getan hatte, seine Gedanken sammelte, und fuhr dann in seinem gewöhnlichen Ton fort:

„Sie beobachten, daß zwei Männer, ein älterer und ein jüngerer, viel beisammen sind und sich über ein Heiratsprojekt einig werden, aber der Ursprung ihrer Vertrautheit liegt lange zurück und wird geheimgehalten. Der eine ist reich, der andere arm, und Sie schließen auf Erpressung. Sie haben ganz recht, wenigstens bis hierher. Nur suchen Sie den Erpresser in der falschen Person. Sie nehmen an, daß der Arme Erpressung an dem Reichen verübte. In Wirklichkeit war es umgekehrt."

„Aber das scheint doch unsinnig zu sein," warf der Sekretär ein.

„Es ist viel schlimmer als Unsinn, aber es ist nicht ganz ungewöhnlich," erwiderte Pater Brown. „Die moderne Politik besteht zur Hälfte aus Erpressungen, die reiche Leute am Volke verüben. Ihre Meinung, daß das unsinnig ist, beruht auf zwei Illusionen, die beide unsinnig sind. Die eine ist, daß reiche Leute niemals reicher zu sein wünschen, die andere, daß man von jemandem nur Geld erpressen kann. Aber Geld kommt hier erst in letzter Linie in Frage. Sir Arthur Vaudrey handelte nicht aus Habsucht, sondern aus Rachsucht. Und er plante die häßlichste Rache, von der ich jemals gehört habe."

„Aber warum hätte er sich an John Dalmon rächen sollen?" fragte Smith.

„Nicht an John Dalmon wollte er sich rächen," antwortete der Priester ernst.

Es trat Schweigen ein, und als Pater Brown fortfuhr, schien er das Thema ändern zu wollen. „Als wir den Leichnam fanden, sahen wir das Gesicht so, wie man es sonst niemals sieht, und Sie sagten, es sähe aus wie das Gesicht eines bösen Menschen. Haben Sie daran gedacht, daß der Mörder, als er hinter den Barbierstuhl trat, das Gesicht ebenso sah?"

„Aber das ist eine krankhafte Übertreibung, die durch den ersten Eindruck verursacht wurde," erwiderte sein Begleiter. „Das Gesicht hatte gar nichts Ungewöhnliches für mich, wenn ich es im täglichen Verkehr sah."

„Vielleicht haben Sie es niemals richtig gesehen," sagte Pater Brown. „Ich sagte Ihnen, daß Künstler ein Bild auf den Kopf stellen, wenn sie es richtig sehen wollen. Vielleicht hatten Sie sich in all diesen Jahren an das Gesicht eines bösen Menschen gewöhnt."

„Worauf wollen Sie nur hinaus?" fragte Smith ungeduldig.

„Ich spreche in Gleichnissen," sagte Pater Brown in ziemlich düsterem Ton.

„Natürlich war Sir Arthur kein gewöhnlicher Hasser, sein Charakter wurde durch eine Anlage bestimmt, die ihn auch zum Guten hätte führen können. Aber diese hervorstehenden, argwöhnischen Augen, dieser zusammengepreßte, nervös zitternde Mund hätten Ihnen etwas erzählen können, wenn Sie an diese verräterischen Anzeichen nicht so gewöhnt gewesen wären. Es gibt Körper, an denen Wunden nicht heilen. Sir Arthur hatte einen solchen Geist. Sein Geist war gleichsam ohne Haut. Seine Eitelkeit lag unaufhörlich auf der Wacht. Aus diesen gewölbten Augen spähte unablässig der Egoismus und erlaubte ihnen nicht, sich friedlich und ruhig zu schließen. Empfindlichkeit braucht keine Selbstsucht zu sein. Sybil Rye zum Beispiel hat dieselbe dünne Haut und ist dabei eine Art Heilige. Aber bei Vaudrey wurde alles zu giftigem Hochmut, einem Hochmut, der nicht einmal von sich selbst überzeugt und befriedigt war. Jeder Riß an der Oberfläche seiner Seele wurde zum eiternden Geschwür. Und *das* rückt erst diese alte Geschichte von dem Ägypter und dem Schweinestall ins rechte Licht. Wenn er den Ägypter nach dessen Äußerung sofort hineingeworfen hätte, so hätte man das als eine verzeihliche leidenschaftliche Aufwallung bezeichnen können. Aber es war gerade kein Schweinestall da, und so fehlte die rechte Pointe. Vaudrey vergaß die Beleidigung viele Jahre hindurch nicht und wartete auf den unwahrscheinlichen Augenblick, wo der Orientale auf einem englischen Gutshof in der Nähe eines Schweinestalles war, und dann erst nahm er die Rache, die er als die einzig angemessene und sinnreiche betrachtete ... O Gott, so wollte er seine Rache immer haben."

Smith sah ihn gespannt an. „Sie denken jetzt nicht an die Geschichte mit dem Schweinestall," sagte er.

„Nein, an die andere," antwortete Pater Brown.

Pater Brown kämpfte das Zittern in seiner Stimme nieder und fuhr fort:

„In diesem einen Falle richtete Vaudrey jahrelang sein Sinnen und Trachten darauf, die Rache der Beleidigung anzupassen. Hat ihm Ihres Wissens vielleicht noch jemand etwas zugefügt, das in seinen Augen eine tödliche Beleidigung war? Ja. Ein weibliches Wesen hat ihn beleidigt."

In Evan Smiths Augen begann ein noch unbestimmtes Entsetzen aufzudämmern. Er lauschte gespannt.

„Ein Mädchen, wenig mehr als ein Kind, weigerte sich, ihn zu heiraten, weil er einmal wegen der dem Ägypter zugefügten Körperverletzung kurze Zeit im Gefängnis gesessen hatte. Und dieser Wahnsinnige beschloß in seiner Wut bei sich: ›Sie soll einen Mörder heiraten‹."

Sie gingen eine Zeitlang schweigend am Fluß entlang auf das große Haus zu, bis Pater Brown seine Erklärung fortsetzte.

„Vaudrey war der Erpresser, denn er wußte, daß Dalmon, der eine Zeit lang mit wilden Kameraden zusammengelebt hatte, einen Mord auf dem Gewissen hatte. Wahrscheinlich war dieser Mord in wilder Leidenschaftlichkeit begangen, aber diese Morde sind nicht immer die schlimmsten. Und Dalmon sieht mir aus wie ein Mensch, der Reue kennt und der sogar bereuen wird, Vaudrey getötet zu haben. Er war in Vaudreys Gewalt, und beide lockten das Mädchen sehr geschickt in eine Verlobung hinein, Dalmon ohne böse Absicht, denn er liebte Sybil, aber der andere tat so, als ob er großmütig ihr Glück beförderte. Dalmon wußte nicht, niemand außer dem Teufel selbst wußte, was der alte Mann wirklich vorhatte. Vor einigen Tagen machte Dalmon dann eine schreckliche Entdeckung. Er hatte Vaudrey nicht ganz wider Willen gehorcht, er war ein Werkzeug gewesen und entdeckte plötzlich, daß das Werkzeug zerbrochen und weggeworfen werden sollte. Er fand in der Bibliothek gewisse Aufzeichnungen Vaudreys, die ihm, obwohl sie sehr vorsichtig abgefaßt waren, doch verrieten, daß Vaudrey die Polizei auf ihn aufmerksam machen wollte. Er begriff plötzlich Vaudreys Absicht und war ebenso vor den Kopf geschlagen wie ich, als sie mir zuerst klar wurde. Sobald das Paar verheiratet war, sollte der Mann verhaftet und gehängt werden. Die anspruchsvolle Dame, die einen Mann nicht zum Gatten nehmen wollte, weil er im Gefängnis gesessen hatte, sollte nur einen Mann haben, der am Galgen baumelte. Das hielt Sir Arthur Vaudrey für eine sinnreiche künstlerische Abrundung der Geschichte."

Evan Smith war totenbleich und sagte kein Wort. In der Ferne auf der leeren Straße sahen sie die breite Gestalt und den großen Hut Doktor Abbotts auf sich zukommen. Trotz der Entfernung konnten sie erkennen, daß er sich in einiger Aufregung befand. Aber sie waren noch zu stark erschüttert, um sehr darauf zu achten.

„Sie haben recht, Haß ist etwas Fürchterliches," sagte Evan Smith schließlich, „und ich atme auf, weil ich fühle, daß mein ganzer Haß gegen den armen Dalmon von mir gewichen ist – *jetzt da ich weiß, daß er zweifacher Mörder ist.*"

Den Rest des Weges legten sie schweigend zurück. Doktor Abbott, dessen grauer Bart im Winde wehte, streckte seine großen behandschuhten Hände in einer Gebärde der Verzweiflung in die Luft.

„Ich muß Ihnen eine schreckliche Nachricht mitteilen," sagte er. „Man hat Arthurs Leiche gefunden. Er scheint im Garten Selbstmord verübt zu haben."

„Was Sie sagen!" entgegnete Pater Brown ziemlich mechanisch. „Wie schrecklich!"

„Und noch mehr," rief Doktor Abbott atemlos. „John Dalmon ist abgereist, um Vernon Vaudrey, Arthurs Neffen, aufzusuchen, aber Vernon Vaudrey hat nichts von ihm gehört, und Dalmon scheint völlig verschwunden zu sein."

„Ist es möglich?" sagte Pater Brown. „Wie seltsam!"

Das schlimmste aller Verbrechen

Pater Brown wanderte durch eine Gemäldegalerie, aber sein Gesichtsausdruck ließ darauf schließen, daß er nicht hergekommen war, um sich die Bilder anzusehen. Er trug in der Tat gar kein Verlangen darnach, die Bilder zu betrachten, obschon er im allgemeinen ein großer Kunstliebhaber war. Nicht daß an diesen hochmodernen Malstudien etwas Unmoralisches oder Unziemliches war. Wer durch die Darstellung unterbrochener Spiralen, umgestülpter Kegel und gebrochener Zylinder, mit denen die Kunst der Zukunft die Menschheit beglückte oder bedrohte, etwa zu einer heidnischen Leidenschaft angeregt wurde, mußte in der Tat ein leicht entzündliches Temperament haben. Pater Brown suchte nach einer jungen Freundin, die ihm diesen etwas eigenartigen Treffpunkt angegeben hatte, da sie selbst etwas futuristisch veranlagt war. Diese junge Freundin war zugleich eine junge Verwandte, eine der wenigen Verwandten, die er besaß. Ihr Name war Elisabeth Fane, vereinfacht Betty. Sie war das Kind einer Schwester, die in eine vornehme, aber verarmte Landadelsfamilie eingeheiratet hatte. Da der Landjunker nunmehr außer der Verarmung auch den Tod kennengelernt hatte, erhielt Pater Browns verwandtschaftliches Verhältnis zu seiner Nichte noch eine außerverwandtschaftliche Festigung, er war nicht nur ihr Onkel, sondern auch ihr Seelsorger, Beschützer und Vormund. In diesem Augenblick jedoch betätigte er sich in keiner dieser vier Rollen, sondern richtete seine kurzsichtigen Augen auf die einzelnen in der Galerie umherstehenden oder umherspazierenden Gruppen, ohne das vertraute braune Haar und das freundliche Gesicht seiner Nichte zu erblicken. Trotzdem sah er einige Leute, die er kannte, und viele, die er nicht kannte, und unter diesen wieder einige, gegen die er, ohne sie zu kennen, eine instinktive Abneigung empfand, und die er daher gar nicht kennenzulernen wünschte.

Unter den Leuten, die er nicht kannte, und die doch sein Interesse erweckten, war ein schlanker und behender junger Mann. Er war sehr elegant gekleidet und sah wie ein Ausländer aus. Während sein Bart spatenförmig zugestutzt war wie bei einem alten Spanier, war sein schwarzes Haar so kurz geschnitten, daß man es für eine eng anliegende schwarze Tuchmütze hätte halten können. Unter den Leuten, deren Bekanntschaft der Priester nicht besonders gern gemacht hätte, befand sich eine sehr imponierend aussehende, auffallend in Rot gekleidete Dame mit einer Mähne gelben Haares, das zu lang war, um kurzgeschnitten genannt zu werden, aber zu wirr und lose, um ihm irgendeine andere Bezeichnung zu geben. Sie hatte ein mächtiges, ziemlich dickes Gesicht von bleicher, ungesunder Farbe, und wenn sie jemanden betrachtete, so bemühte sie sich, den Zauber eines Basiliskenblickes zu erzeugen. Als gehorsamen Diener zog sie einen kleinen dicken Mann mit mächtigem Bart, sehr breitem Gesicht und langgeschlitzten, schläfrigen Augen hinter sich her. Der Ausdruck seines Gesichtes war heiter und wohlwollend, wenn man auch das Gefühl hatte, der Mann sei noch nicht richtig wach, aber von hinten sah sein Stiernacken etwas brutal aus.

Pater Brown betrachtete die Dame, bis er das Gefühl hatte, daß das Erscheinen seiner Nichte ein angenehmer Kontrast sein würde. Aber trotzdem betrachtete er sie aus einem gewissen Grunde weiter, bis er das Gefühl hatte, das Erscheinen eines jeden beliebigen Menschen würde ein angenehmer Kontrast sein. Er drehte sich daher, als er seinen Namen nennen hörte, mit einer gewissen Erleichterung, wenn auch mit dem plötzlichen Auffahren eines aufgeschreckten Träumers um und sah ein anderes bekanntes Gesicht vor sich.

Es war das scharfgeschnittene, aber nicht unfreundliche Gesicht eines Rechtsanwalts namens Granby, dessen graugestreiftes Haar man beinahe für eine gepuderte Perücke hätte halten können, so wenig paßte es zu der jugendlichen Energie seiner Bewegungen. Er war einer jener Citymänner, die in ihren Büros und auf der Straße wie Schuljungen einher stürzen. Ganz in dieser Art konnte er sich in der hochmodernen Gemäldegalerie nicht umhertummeln, aber er sah so aus, als ob er große Lust dazu hätte, und blickte ärgerlich nach rechts und links, offenbar nach einem bekannten Gesicht suchend.

„Ich wußte nicht," sagte Pater Brown lächelnd, „daß Sie ein Anhänger der neuen Kunst sind."

„Ebensowenig wußte ich das von Ihnen," entgegnete der andere. „Ich bin hierher gekommen, um jemanden zu treffen."

„Hoffentlich haben Sie Glück," antwortete der Priester. „Ich habe dieselbe Absicht."

„Sagte mir, er sei auf der Durchreise nach dem Kontinent," brummte der Anwalt, „ich möchte ihn in dieser verrückten Bude hier treffen." Er überlegte einen Augenblick und sagte dann plötzlich: „Ich weiß, daß Sie ein Geheimnis bewahren können. Kennen Sie Sir John Musgrave?"

„Nein," antwortete der Priester. „Aber ich hätte kaum geglaubt, daß er ein Geheimnis ist, obgleich man sagt, er vergrabe sich in seinem Schloß. Ist er nicht der sagenhafte Alte, von dem man all diese Geschichten erzählt – er soll in einem Turm hinter einem wirklichen Fallgitter und einer Zugbrücke leben und sich beharrlich weigern, aus dem dunklen

Mittelalter ans helle Licht der Neuzeit zu tauchen. Gehört er zu Ihren Klienten?“

„Nein,“ erwiderte Granby kurz, „aber sein Sohn, Hauptmann Musgrave. Der Alte spielt jedoch in dieser Sache eine wichtige Rolle, und ich kenne ihn nicht. Das ist der springende Punkt. Die Sache ist vertraulicher Natur, wie ich Ihnen schon sagte, aber ich kann mich auf Sie verlassen.“ Er dämpfte seine Stimme und zog den Priester in eine verhältnismäßig leere Seitengalerie, in der Darstellungen verschiedener wirklicher Gegenstände hingen.

„Der junge Musgrave,“ sagte er, „will von uns eine große Summe entleihen, die er nach dem Tode seines alten, in Northumberland lebenden Vaters zurückzahlen will. Der alte Musgrave hat die Siebzig schon weit überschritten und wird voraussichtlich eines Tages das Zeitliche segnen. Die Frage ist nur, ob er seinen Sohn segnet. Was wird nach seinem Tode mit seinem Barvermögen, seinen Schlössern, Fallgittern und dem übrigen Zeug geschehen? Es ist ein sehr schönes altes Besitztum, das noch eine Menge wert ist, aber sonderbarerweise ist es kein Fideikommiß. Sie sehen also, wie wir stehen, und die Frage ist, wie steht der Alte zu seinem Sohn?“

„Steht er gut mit ihm, so steht es mit Ihnen um so besser,“ bemerkte Pater Brown. „Nein, ich fürchte, ich kann Ihnen nicht helfen. Ich bin nie mit Sir John Musgrave zusammengekommen, und er soll ja mit den Jahren immer menschenscheuer geworden sein. Aber Sie müssen sich natürlich über diesen Punkt vergewissern, bevor Sie dem jungen Herrn das Geld Ihrer Firma leihen. Hat er etwa Aussicht, enterbt zu werden?“

„Das weiß ich eben nicht,“ antwortete der Advokat. „Er ist sehr bekannt und als guter Gesellschafter geschätzt, aber er ist viel auf Reisen, und dann ist er Journalist gewesen.“

„Nun, das ist kein Verbrechen.“

„Reden Sie keinen Unsinn!“ fuhr Granby drein. „Sie wissen ganz gut, was ich sagen will. Er ist ein rollender Stein, ist Journalist, Vortragskünstler,

Schauspieler und alles mögliche gewesen. Ich muß wissen, wie ich dran bin ... da ist er ja."

Und der Anwalt, der ungeduldig in der ziemlich leeren Galerie auf und ab gegangen war, drehte sich plötzlich zur Tür und stürzte in den besuchteren Hauptraum. Er lief auf den großen und elegant gekleideten jungen Mann mit dem kurzen Haar und dem spanischen Bart zu.

Die beiden gingen, in einer Unterhaltung begriffen, zusammen fort, und Pater Brown folgte ihnen mit seinen zusammengekniffenen, kurzsichtigen Augen nach. Sein Blick wurde jedoch durch die stürmische und sogar lärmende Ankunft seiner Nichte Betty von ihnen abgelenkt. Zur Überraschung ihres Onkels führte sie ihn in den leereren Raum zurück und pflanzte ihn auf einen Stuhl, der wie eine Insel aus diesem Parkettmeer ragte.

„Ich muß dir etwas erzählen," sagte sie. „Es ist so sonderbar, daß es ein anderer gar nicht verstehen wird."

„Du überwältigst mich," sagte Pater Brown. „Handelt es sich um die Sache, die mir deine Mutter angedeutet hat? Verlobungen und dergleichen?"

„Du weißt," sagte sie, „daß sie mich mit Hauptmann Musgrave verloben will."

„Keine Ahnung," sagte Pater Brown resigniert, "aber Hauptmann Musgrave scheint ein sehr beliebtes Gesprächsthema zu sein."

„Wir sind sehr arm, und es hat keinen Zweck, vor dieser Tatsache die Augen zu verschließen."

„Möchtest du ihn gern heiraten?" fragte Pater Brown, sie mit halbgeschlossenen Augen ansehend.

Sie zog die Brauen zusammen, blickte auf den Boden und sagte mit leiserer Stimme:

„Ich dachte, er wäre mir sympathisch. Wenigstens denke ich, daß ich das dachte. Aber ich habe soeben einen Schrecken bekommen."

„Was für einen Schrecken?"

„Ich hörte ihn lachen."

„Ein ausgezeichnetes Gesellschaftsspiel," bemerkte Pater Brown.

„Du verstehst nicht recht," fuhr die Nichte fort. „Es war eben kein Gesellschaftsspiel. Das ist's ja eben – er lachte nicht in Gesellschaft."

Sie hielt einen Augenblick inne.

„Ich kam ziemlich früh her und sah ihn ganz allein in jenem Saale sitzen, in dem die neuen Bilder hängen. Der Saal war noch leer. Er ahnte nicht, daß jemand in der Nähe war. Er saß ganz allein und lachte."

„Nun, das ist nicht weiter erstaunlich," sagte Pater Brown. „Ich bin kein Kunstkritiker, aber wenn man sich die Bilder so ansieht –"

„Oh, du *willst* mich nicht verstehen," sagte sie fast wütend. „So klang das Lachen nicht. Er sah gar nicht auf die Bilder. Er starrte zur Decke empor, aber seine Augen schienen sich nach innen zu kehren, und er lachte so, daß mich gruselte."

Der Priester hatte sich erhoben und ging, die Hände auf den Rücken gelegt, im Saale auf und ab. „Du darfst in einem solchen Falle nicht voreilig sein," begann er. „Es gibt zwei Arten von Menschen – aber wir können jetzt kaum über ihn sprechen, denn da ist er."

Hauptmann Musgrave trat rasch in den Saal und überflog ihn mit einem Lächeln. Der Advokat Granby war dicht hinter ihm, und sein strenges Juristengesicht trug einen neuen Ausdruck der Erleichterung und Befriedigung.

„Ich nehme alles, was ich über Musgrave gesagt habe, zurück," sagte er zu dem Priester, als sie zusammen zur Tür gingen. „Er ist ein sehr vernünftiger Mann und versteht meinen Standpunkt durchaus. Er fragte mich selbst, warum ich nicht nach Northumberland führe und mit seinem alten Vater spräche, dann könnte ich aus dessen eigenem Munde hören, wie es mit der Erbschaft bestellt sei. Einen einwandfreieren Vorschlag konnte er mir doch nicht machen. Aber er hat es mit dem Geld so eilig, daß er mir anbot, mich in seinem eigenen Auto nach Schloß Musgrave zu fahren. Ich machte ihm den Vorschlag, daß wir vielleicht zusammen fahren könnten, wenn er nichts dagegen hätte. Und morgen früh soll es losgehen."

Während sie sprachen, erschienen Betty und der Hauptmann in der Tür und gaben in diesem Rahmen wenigstens ein Bild, das sentimentale Seelen vielleicht den Kegeln und Zylindern vorziehen konnten. Was die beiden auch sonst gemeinsam haben mochten, sie sahen beide gut aus. Der Rechtsanwalt wollte gerade über diese nicht wegzuleugnende Tatsache eine Bemerkung machen, als sich das Bild plötzlich änderte.

Hauptmann James Musgrave sah in den Hauptsaal, und seine lachenden und triumphierenden Augen blieben an etwas haften, das ihn von Kopf bis zu Fuß zu verwandeln schien. Pater Brown blickte wie in einer bangen Vorahnung in dieselbe Richtung und sah das gesenkte Gesicht der in Rot gekleideten Frau, das unter der gelben Löwenmähne fast totenbleich erschien. Sie stand da, leichtgebeugt wie ein Stier, der seine Hörner senkt, und der Ausdruck ihres bleichen, teigigen Gesichts war so bedrückend und so hypnotisch bannend, daß man den neben ihr stehenden kleinen Mann mit dem großen Barte kaum bemerkte.

Musgrave ging fast wie eine aufgezogene, wandelnde Wachsfigur auf sie zu. Er flüsterte ihr etwas zu, das man nicht hören konnte. Sie antwortete nicht, aber sie gingen zusammen durch den langen Saal und schienen miteinander zu debattieren, der kleine stiernackige Mann schlich wie ein grotesker, koboldartiger Page hinterdrein.

„Gott sei uns gnädig!" murmelte Pater Brown, der ihnen mit zusammengezogenen Brauen nachsah. „Wer ist diese Frau?"

„Ist mir glücklicherweise völlig unbekannt," erwiderte Granby mit grimmigem Humor. „Sieht so aus, als ob ein kleiner Flirt mit ihr unheilvoll enden könnte, nicht wahr?"

„Ich glaube nicht, daß er mit ihr flirtet," sagte Pater Brown.

Kaum hatte er das gesagt, so ging die kleine Gruppe am Ende des Saals auseinander, und Hauptmann Musgrave kehrte mit hastigen Schritten zu ihnen zurück.

„Zu meinem größten Bedauern," sagte er in ganz natürlichem Ton, dem jedoch seine veränderte Gesichtsfarbe nicht entsprach, „kann ich morgen mit Ihnen nicht nach Norden fahren, Herr Granby. Sie können natürlich trotzdem meinen Wagen haben. Bitte nehmen Sie ihn, ich brauche ihn nicht. Ich muß einige Tage in London bleiben. Wenn Sie Gesellschaft haben wollen, so nehmen Sie jemanden mit."

„Mein Freund, Pater Brown –" begann der Rechtsanwalt.

„Wenn Sie nichts dagegen haben, bin ich gern bereit," sagte Pater Brown ernst. „Ich darf vielleicht zur Erklärung bemerken, daß ich meinerseits an Herrn Granbys Nachforschungen ein wenig interessiert bin, und es würde mir eine große Beruhigung sein, wenn ich mitfahren könnte."

So kam es, daß am anderen Tage ein sehr eleganter Wagen mit einem ebenso eleganten Chauffeur über die weiten Moorflächen Yorkshires schoß, besetzt mit zwei recht ungleichen Fahrgästen, einem Priester, der wie ein schwarzes Stoffbündel aussah, und einem Rechtsanwalt, der gewohnt war, anstatt auf anderer Leute Rädern einherzujagen, auf seinen eigenen Füßen zu laufen.

Sie unterbrachen ihre Reise sehr angenehm in einem der großen Flachtäler von West Riding, speisten und schliefen in einem guten Gasthof, brachen am nächsten Morgen sehr früh auf und fuhren an der northumbrischen Küste entlang, bis sie eine Landschaft erreichten, die ein tolles Durcheinander von Sanddünen und üppigen Weiden war; irgendwo im Herzen dieser Landschaft lag das alte Grenzschloß, das als ein so einzigartiges und doch so verborgenes Denkmal der alten Grenzkriege übrig geblieben war. Nach langem Suchen fanden sie es schließlich, indem sie einem sich weit ins Land erstreckenden Meeresarm und schließlich einem Wasserlauf folgten, der wie ein nicht fertiggewordener Kanal aussah und in dem Wallgraben des Schlosses endigte. Das Schloß war eine richtige viereckige, zinnenbewehrte Burg von der typischen Art, in der die Normannen überall von Palästina bis nach Schottland ihre festen Plätze erbauten. Es hatte wirklich und wahrhaftig ein Fallgitter und eine Zugbrücke, auf diese Tatsache wurden die Ankömmlinge durch einen Zwischenfall, der ihren Eintritt verzögerte, in sehr drastischer Weise hingewiesen.

Sie wateten durch langes hartes Gras und Disteln zum Rande des Grabens, der, von welken Blättern und Schaumteilchen bedeckt, wie ein Band aus goldgeschmücktem Ebenholz die Mauern umschloß. Der Wassergraben war etwa zwei Meter breit, auf der anderen Seite ragten jenseits des grünen Rasenstreifens die großen Pfeiler des Torweges auf. Aber dieses einsame weite Gebäude stand anscheinend so wenig mit der Außenwelt in Verbindung, daß die auf das ungeduldige Rufen Granbys hinter dem Fallgitter undeutlich sichtbar werdenden Gestalten die größte Mühe zu haben schienen, die rostige Zugbrücke niederzulassen. Sie ratterte halbwegs herunter, schwankte wie ein großer fallender Turm über dem Graben und blieb dann stecken.

Granby, der vor Ungeduld am Graben tanzte, rief seinem Begleiter zu:

„Oh, diese langsame Zugbrückenwirtschaft geht mir auf die Nerven. Es ist einfacher, wenn wir hinüberspringen."

Und mit charakteristischem Ungestüm setzte er zum Sprunge an und landete mit leichtem Straucheln am anderen Ufer. Pater Brown mit seinen kurzen Beinen war weniger zum Springen geschaffen, um so mehr aber dazu, mit tüchtigem Plumps in sehr schlammiges Wasser zu fallen. Durch schnelles Zufassen seines Begleiters entging er einem allzu nassen Bade. Aber als er auf das grüne glitschige Ufer gezogen wurde, bückte er sich nieder und starrte eine Weile auf einen Fleck des Uferabhanges.

„Botanisieren Sie?" fragte Granby ärgerlich. „Nach Ihrem mißglückten Versuch, als Taucher die Wunder der Tiefe zu erforschen, haben wir keine Zeit mehr, seltene Pflanzen zu sammeln. Kommen Sie, dreckig oder nicht dreckig, wir müssen dem Baron unsere Aufwartung machen."

Als sie ins Schloß eingedrungen waren, wurden sie von einem alten Diener, dem einzigen lebenden Wesen, das zu sehen war, mit geziemender Höflichkeit empfangen und, nachdem sie ihm den Zweck ihres Besuches auseinandergesetzt hatten, in ein eichengetäfeltes Zimmer geleitet, dessen mittelalterliche Fenster vergittert waren. Waffen aus verschiedenen Jahrhunderten hingen, immer in zwei sich entsprechenden Exemplaren, an den dunklen Wänden, und eine vollständige Rüstung aus dem vierzehnten Jahrhundert stand wie eine Schildwache neben dem großen Kamin. In einem anstoßenden großen Raum konnte man durch die halboffene Tür die stark nachgedunkelten Porträts der Ahnengalerie sehen.

„Es ist mir zumute, als wäre ich in einen Ritterroman und nicht in ein Haus geraten," sagte der Rechtsanwalt. „Ich hatte keine Ahnung, daß es derartige Illustrationen zu den ›Geheimnissen Udolphos‹ gab."

„Ja, der alte Herr führt seinen historischen Spleen mit großer Konsequenz durch," antwortete der Priester. „Und alle diese Sachen sind echt. Man sieht, sie sind nicht von jemandem aufgestellt, der glaubt, alle mittelalterlichen Menschen hätten zur selben Zeit gelebt. Manchmal sind Rüstungen aus verschiedenen Stücken zusammengesetzt und bedecken nur einzelne Körperteile, aber die da nahm einen ganzen Mann auf und bedeckte ihn vom Kopf bis zu den Füßen. Es ist eine richtige Turnierrüstung."

„Der Baron scheint uns in einer solchen Rüstung empfangen zu wollen, so lange läßt er uns warten," brummte Granby.

„An einem solchen Orte muß man auf Langsamkeit in allen Dingen gefaßt sein," sagte Pater Brown. „Es ist dem alten Herrn schon hoch anzurechnen, daß er uns überhaupt empfängt: zwei Menschen, die ihm gänzlich fremd sind und ihn über Dinge sehr persönlicher Natur ausfragen wollen."

Und wirklich, als der Herr des Hauses endlich erschien, konnten sie sich über ihren Empfang nicht beklagen, sie waren erstaunt zu sehen, daß er in dieser barbarischen Einsamkeit und nach so vielen Jahren ländlicher Zurückgezogenheit und griesgrämigen Brütens die angeborene und überlieferte Kultur des Umgangs mit Menschen würdevoll und mühelos zum Ausdruck bringen konnte. Der Baron schien über den seltenen Besuch weder überrascht noch verwirrt zu sein. Es mochte sein, daß er ein halbes Menschenalter hindurch keinen Gast mehr im Hause gehabt hatte, und doch betrug er sich, als wenn er erst im Augenblick zuvor Herzoginnen zur Tür hinauskomplimentiert hätte. Er zeigte weder Verschlossenheit noch Ungehaltenheit, als sie den sehr heiklen und sehr privaten Grund ihres Kommens berührten. Nach kurzer, ruhiger Überlegung schien er ihre Neugierde unter den vorliegenden Umständen als gerechtfertigt anzuerkennen. Er war ein hagerer, scharfäugiger alter Herr mit schwarzen Augenbrauen und einem langen Kinn, und wenn auch sein sorgfältig gekräuseltes Haar zweifellos eine Perücke war, so war er doch so verständig, die graue Perücke eines älteren Mannes zu tragen.

„Was die Frage anbetrifft, die Sie unmittelbar berührt," sagte er, „so ist die Antwort in der Tat sehr einfach. Ich habe die feste Absicht, mein Eigentum meinem Sohn zu hinterlassen, wie es mein Vater mir hinterlassen hat, und nichts – ich sage ausdrücklich nichts – könnte mich veranlassen, meinen Entschluß zu ändern."

„Ich bin Ihnen für diese Aufklärung zu tiefem Dank verpflichtet," antwortete der Rechtsanwalt. „Aber Ihre Liebenswürdigkeit ermutigt mich, Sie darauf aufmerksam zu machen, daß die Bedingungslosigkeit Ihrer Zusage außerordentlich ist. Ich will es gewiß nicht im geringsten als wahrscheinlich hinstellen, daß das Benehmen Ihres Sohnes Sie veranlassen könnte, Ihren Entschluß zu ändern, weil er Ihnen als Erbe nicht geeignet erschiene. Aber er könnte doch –"

„Ganz richtig," sagte Sir John Musgrave sarkastisch, „er *könnte*! Der Potentialis dürfte in diesem Falle sogar eine Unterschätzung vorhandener Möglichkeiten sein. Wollen Sie die Güte haben, mit mir einen Augenblick in das nächste Zimmer zu treten."

Er führte sie in das lange Zimmer mit der Ahnengalerie, die sie schon flüchtig gesehen hatten, und blieb voll feierlichem Ernst vor einer Reihe der geschwärzten, rissigen Porträts stehen.

„Dies hier ist Sir Roger Musgrave," sagte er und zeigte auf einen Mann mit langem Gesicht und schwarzer Perücke. „Er war einer der gemeinsten Lügner und Schurken in der schurkischen Zeit Wilhelms von Oranien. Er hat zwei Könige verraten und zwei Frauen ermordet oder wenigstens zu Tode befördert. Dies hier ist sein Vater, Sir Robert, ein alter Kavalier ohne Furcht und Tadel. Dies hier ist sein Sohn, Sir James, einer der edelsten Streiter, die unter Jakob dem Zweiten für ihren Glauben ihr Leben gelassen haben, und einer der ersten, die den Versuch gemacht haben, für die Kirche und die Armen eine Wiedergutmachung der ihnen zugefügten Schäden zu erlangen. Bedeutet es etwas, daß die Macht, die Ehre, das Ansehen des Hauses Musgrave von einem guten Menschen zum anderen durch das Verbindungsglied eines schlechten übergegangen sind? Eduard der Erste regierte England gut. Eduard der Dritte bedeckte England mit Ruhm. Und doch stand zwischen beiden der schändliche und unfähige zweite Eduard, der vor Gaveston kroch und vor Bruce flüchtete. Glauben Sie mir, Herr Granby, die Größe eines großen Hauses und einer großen Geschichte ist etwas mehr als diese zufälligen Einzelpersonen, die sie fortsetzen, wenn sie auch beiden keine Ehre machen. Unser Besitz ist stets vom Vater auf den Sohn übergegangen, und so soll es weiter bleiben. Sie können versichert sein, meine Herren, und Sie können auch meinem Sohn diese Versicherung geben, daß ich mein Geld nicht in die vier Winde hinausstreuen, sondern dem legitimen Erben vermachen werde. Bis der Himmel einstürzt, soll es jeder Musgrave einem Musgrave hinterlassen."

„Ja," sagte Pater Brown nachdenklich. „Ich verstehe, was Sie sagen wollen."

„Und es wird uns ein besonderes Vergnügen sein," fügte der Anwalt hinzu, „eine solch frohe Botschaft Ihrem Sohn zu übermitteln."

„Jawohl, Sie können ihm das ausrichten," sagte der Baron ernst. „Er wird auf jeden Fall das Schloß, den Titel, das Land und das Geld bekommen. Unter dieses Abkommen ist nur eine kleine Fußnote rein privater Natur zu setzen. Unter keinen Umständen werde ich, solange ich lebe, ihn jemals empfangen oder mit ihm sprechen."

Der Rechtsanwalt verharrte in derselben respektvollen Haltung, aber in seinen Augen machte sich ein respektvolles Erstaunen bemerkbar.

„Aber was hat er denn nur –"

„Außer dem Bewahrer einer großen Erbschaft," sagte Musgrave, „bin ich auch noch mit oder ohne Erbschaft Gentleman. Und mein Sohn hat etwas so Entsetzliches getan, daß er aufgehört hat – das Wort Gentleman will ich in diesem Zusammenhang gar nicht in den Mund nehmen – daß er aufgehört hat, ein menschliches Wesen zu sein. Er hat das schlimmste aller Verbrechen begangen. Erinnern Sie sich, was Douglas sagte, als Marmion, sein Gast, ihm die Hand geben wollte?"

„Ja," sagte Pater Brown.

„Meine Schlösser gehören von der Zinne bis zum Grundstein meinem König, aber meine Hand gehört mir," sagte Musgrave.

Er führte seine ziemlich verdutzten Gäste wieder in das andere Zimmer.

„Darf ich Ihnen etwas anbieten?" sagte er in derselben gleichmütigen Art. „Wenn Sie nicht sofort wieder abfahren wollen, würde es mir ein Vergnügen sein, Sie für die Nacht im Schloß zu beherbergen."

„Wir danken Ihnen, Sir John," sagte der Priester mit tonloser Stimme, „aber ich glaube, es ist besser, wenn wir gehen."

„Ich werde sofort die Brücke niedersenken lassen," sagte Sir John, und nach ganz kurzer Zeit füllte das Quietschen dieses mächtigen und lächerlich veralteten Apparates das Schloß, es schien sich plötzlich in eine Mühle verwandelt zu haben. So rostig die Brücke auch war, dieses Mal funktionierte sie ohne Störung, und bald standen sie wieder auf dem grasigen Ufer jenseits des Festungsgrabens.

Granby wurde plötzlich von einem Schauder geschüttelt.

„Was kann sein Sohn nur getan haben?" rief er.

Pater Brown gab keine Antwort. Aber als sie in ein nicht weit abgelegenes Dorf namens Graystones gekommen waren und dort im Gasthof zu den Sieben Sternen Halt machten, war der Rechtsanwalt denn doch ein wenig überrascht, als er merkte, daß der Priester nicht die Absicht hatte, weiterzufahren, daß er mit anderen Worten anscheinend die Absicht hatte, in der Nähe zu bleiben.

„Ich kann mich mit dieser Auskunft nicht begnügen," sagte er ernst. „Ich werde den Wagen zurücksenden. Sie werden natürlich möglichst schnell mit ihm nach Hause kommen wollen. Ihre Frage ist beantwortet. Bei Ihnen handelt es sich darum, ob Ihre Firma dem jungen Musgrave das Geld leihen kann. Aber meine Frage ist nicht beantwortet, ich muß wissen, ob er sich als Mann für meine Nichte Betty eignet. Ich muß zu entdecken suchen, ob er wirklich ein Verbrechen begangen hat, oder ob dieses Verbrechen nur in der Einbildung eines Wahnsinnigen besteht."

„Aber wenn Sie über ihn etwas entdecken wollen," warf der Rechtsanwalt ein, „wäre es doch besser, den Spuren des jungen Musgrave zu folgen, anstatt in diesem öden Neste zu bleiben, das er kaum betreten wird."

„Was hätte es für einen Zweck, hinter ihm herzulaufen?" sagte Pater Brown. „Soll ich etwa in Bond Street auf ihn zugehen und ihn fragen: ›Verzeihung, haben Sie vielleicht ein so entsetzliches Verbrechen begangen, daß man Sie nicht mehr als Mensch ansehen kann?‹ Wenn er schlecht genug ist, ein solches Verbrechen zu begehen, so ist er sicher schlecht genug, es zu leugnen. Wir wissen nicht, was er verbrochen hat. Das kann mir nur einer verraten, und vielleicht wird er das in einem neuen Ausbruch der Entrüstung tun. In seiner Nähe werde ich mich vorläufig aufhalten."

Und tatsächlich hielt sich Pater Brown in der Nähe des exzentrischen Barons und traf ihn mehr als einmal, wobei auf beiden Seiten mit der äußersten Höflichkeit operiert wurde. Der Baron war trotz seiner Jahre sehr kräftig und ging viel spazieren. Man sah ihn oft im Dorf und auf dem Felde. Schon einen Tag nach seiner Ankunft bemerkte Pater Brown, als er aus dem Gasthof auf den Marktplatz trat, seine große vornehme Gestalt, die sich in der Richtung auf das Postamt zu bewegte. Er war sehr einfach in Schwarz gekleidet, aber sein scharfgeschnittenes Gesicht trat in dem starken Sonnenschein markant hervor; mit dem silbernen Haar, den dunklen Augenbrauen und dem langen Kinn erinnerte der Baron an Henry Irving oder einen anderen berühmten Schauspieler. Trotz des altersgrauen Haares machte seine Gestalt sowohl wie sein Gesicht den Eindruck jugendlicher Kraft, er trug seinen Stock wie einen Knüttel, nicht wie eine Krücke. Er begrüßte den Priester und trug gar kein Bedenken, auf den Punkt zurückzukommen, bei dem er am Tage vorher bei seinen Enthüllungen stehengeblieben war.

„Wenn Sie sich noch für meinen Sohn interessieren," sagte er, das Wort mit eisiger Gleichgültigkeit aussprechend, „so werden Sie nicht viel von ihm zu sehen bekommen. Er hat soeben England verlassen. Unter uns gesagt, er ist aus England geflohen."

„Was Sie sagen!" erwiderte Pater Brown und sah ihn ernst und durchdringend an.

„Leute, von denen ich niemals gehört habe, Grunow mit Namen, wollten von mir seinen Aufenthalt wissen, und ich will ihnen gerade ein Telegramm schicken und ihnen mitteilen, daß er, soviel ich weiß, in Riga ist und Briefschaften nur postlagernd empfängt. Selbst jetzt macht er einem noch Scherereien. Ich wollte gestern schon depeschieren, kam aber fünf Minuten zu spät zur Post. Bleiben Sie länger hier? Hoffentlich werden Sie mich noch einmal besuchen."

Als der Priester dem Rechtsanwalt von dieser Unterredung mit dem alten Musgrave berichtete, war Granby erstaunt und interessiert zugleich.

„Warum ist der junge Musgrave geflohen?" fragte er. „Was sind das für Leute, die sich nach ihm erkundigen? Wer sind diese Grunows?"

„Warum er geflohen ist, weiß ich nicht," erwiderte Pater Brown. „Möglicherweise ist sein geheimnisvolles Verbrechen ans Licht gekommen. Ich möchte wohl die Vermutung wagen, daß die Leute, die ihn suchen, Erpresser sind. Wer diese Grunows sind, glaube ich zu wissen. Diese scheußliche fette Frau mit dem gelben Haar ist wohl Frau Grunow, und der kleine Mann, der sie begleitete, ist vielleicht ihr Gatte."

Am nächsten Tage kam Pater Brown ziemlich abgespannt nach Hause und legte seinen kurzen Regenschirm nieder wie ein Pilger seinen Stab. Er sah etwas niedergeschlagen aus. Aber das war oft bei ihm zu beobachten, wenn er ein geheimnisvolles Verbrechen der Aufklärung nahegebracht hatte. Er war nicht niedergeschlagen, weil ihm die Aufklärung mißlungen, sondern weil sie ihm gelungen war.

„Es ist furchtbar," sagte er mit matter Stimme, „aber ich hätte es gleich ahnen sollen. Mir hätte schon ein Licht aufgehen sollen, als ich ins Zimmer trat und das Ding da stehen sah."

„Als Sie was sahen?" fragte Granby ungeduldig.

„Als ich sah, daß nur eine Rüstung vorhanden war," antwortete Pater Brown.

Der Rechtsanwalt starrte ihn mit halboffenem Munde an. Nach einer Weile fuhr Pater Brown fort:

„Neulich in der Galerie war ich gerade dabei, meiner Nichte zu sagen, daß die Menschen, die allein lachen können, von zweierlei Art sind. Man könnte fast sagen, der Mensch, der allein lacht, ist entweder sehr gut oder sehr schlecht. Er vertraut den Spaß entweder Gott oder dem Teufel an. Aber jedenfalls hat er ein inneres Leben. Es gibt wirklich Menschen, die ihren Spaß mit dem Teufel teilen. Es liegt ihnen nicht nur daran, daß kein anderer Mensch an dem Spaß teilnimmt, darf doch ein anderer diesen Spaß nicht einmal ahnen. Der Spaß an und für sich genügt ihnen, wenn er genügend unheimlich und böse ist."

„Aber wovon sprechen Sie denn überhaupt?" fragte Granby. „Von wem sprechen Sie? Wer teilt einen unheimlichen Spaß mit Seiner satanischen Majestät?"

Pater Brown sah ihn mit einem geisterhaften Lächeln an.

„Ah," sagte er, „das ist eben der Spaß!"

Das Schweigen, das jetzt einsetzte, war bedrückend, es schien sie zu umgeben wie das Zwielicht, das langsam immer dunkler und dunkler wurde. Pater Brown saß unbeweglich da, die Ellbogen auf dem Tisch, und als er fortfuhr zu sprechen, war auch in seiner Stimme keine Bewegung.

„Ich bin die Reihe der Musgraves durchgegangen," sagte er. „Sie sind eine kräftige und langlebige Rasse, und ich glaube, selbst bei natürlichem Verlauf müßten Sie ziemlich lange auf Ihr Geld warten."

„Darauf sind wir gefaßt," antwortete der Rechtsanwalt, „aber ewig kann es ja nicht dauern. Der alte Mann ist fast achtzig, obgleich er noch umherläuft und die Leute hier sagen, sie glauben nicht, daß er jemals sterben wird."

Pater Brown sprang mit einer seiner seltenen, aber schnellen Bewegungen auf, ließ jedoch die Hände auf dem Tisch, beugte sich vor und blickte dem Rechtsanwalt ins Gesicht.

„Das ist's," rief er mit leiser, aber erregter Stimme. „Das ist das ganze Problem. Das ist die einzige wirkliche Schwierigkeit. Wie wird er sterben? Wie um Himmelswillen soll er sterben?"

„Ich verstehe Sie nicht, was wollen Sie damit sagen?" fragte Granby.

„Ich will sagen," tönte die Stimme des Priesters aus dem Dunkel, „daß ich das von James Musgrave begangene Verbrechen kenne."

Seine Stimme klang so unheimlich, daß Granby kaum einen Schauder unterdrücken konnte, er murmelte noch eine Frage.

„Es war wirklich das schlimmste Verbrechen, das es auf der Welt gibt," sagte Pater Brown. „Wenigstens hielten es verschiedene Völker und verschiedene Zeiten für das schlimmste aller Verbrechen. Seit den frühesten Zeiten wurde es bei Stämmen und Völkern auf das schrecklichste bestraft. Ich weiß jetzt, was der junge Musgrave getan hat und warum er es tat."

„Und was hat er getan?" fragte der Rechtsanwalt.

„Er hat seinen Vater ermordet," antwortete der Priester.

Nun erhob sich auch der Rechtsanwalt und blickte mit zusammengezogenen Brauen über den Tisch.

„Aber sein Vater ist im Schlosse,“ rief er in scharfem Ton.

„Sein Vater liegt im Wassergraben,“ sagte der Priester, „und ich begreife nicht, daß ich das nicht gleich erkannt habe, als mir etwas an dieser Rüstung auffiel. Erinnern Sie sich, wie das Zimmer aussah? Wie sorgfältig alles angeordnet und gestellt war? Zwei gekreuzte Schlachtäxte hingen an der einen Seite des Kamins, zwei an der anderen. An einer Wand hing ein runder schottischer Schild, ein gleicher Schild an der anderen. An einer Seite des Kamins stand eine vollständige Rüstung, die andere Seite war leer. Nichts wird mich glauben lassen, daß ein Mann, der das ganze Zimmer in solch einer übertriebenen Symmetrie ausstattete, diesen einen Platz, der dazu noch sehr in die Augen fiel, unsymmetrisch ließ. Es war sicher noch eine andere Rüstung vorhanden. Und was ist aus ihr geworden?“

Er hielt einen Augenblick ein und fuhr dann mehr in der sachlichen Art eines Berichterstatters fort.

„Wenn Sie sich alles überlegen, so war der Plan gut angelegt und löste das kitzlige Problem der Entfernung der Leiche. Der Tote konnte stunden-, ja tagelang in der geschlossenen Rüstung stehen, während Diener ein- und ausgingen, bis der Mörder ihn in dunkler Nacht herausschleppen und ihn im Graben versenken konnte, ohne über die Brücke zu müssen. Und wie gut war er dann gegen Entdeckung geschützt! Sobald der Körper in dem stehenden Wasser verfault war, blieb nichts mehr übrig als ein Skelett in einer Rüstung aus dem vierzehnten Jahrhundert, und was konnte man anders in dem Wassergraben einer alten Grenzburg erwarten! Es war unwahrscheinlich, daß jemand dort nach etwas suchte, aber wenn man suchte, so würde man über diesen Fund nicht in Erstaunen geraten. Mir war noch etwas anderes aufgefallen. Als ich über den Graben gesprungen war und auf den Boden blickte, fragten Sie mich, ob ich botanisierte. Ich sah die Eindrücke zweier Füße, die so tief in den festen Rasen eingesunken waren, daß ich überzeugt war, der Mann müsse entweder sehr schwer gewesen sein oder einen sehr schweren Gegenstand getragen haben. Ich habe aber auch aus meinem prächtigen katzengleichen Sprunge über den Graben noch etwas anderes gelernt."

„Mein Kopf dreht sich," sagte Granby, „aber ich verstehe jetzt langsam, um was es sich handelt. Und was ist es mit Ihrem Sprung?"

„Am Postamt habe ich mich heute erkundigt," sagte Pater Brown, „wann dort geschlossen wird, und da der Baron mir gestern sagte, er habe an dem Tage, als wir ankamen, ein Telegramm aufgeben wollen, sei aber einige Minuten zu spät gekommen, so habe ich festgestellt, daß er zur selben Zeit dort gewesen sein muß, als wir vor der halb herabgelassenen Zugbrücke standen. Verstehen Sie, was das bedeutet? Es bedeutet, daß er nicht im Schloß war, als wir ankamen, und daß er eintraf, als wir warteten. Darum mußten wir so lange warten. Und als ich mir hierüber klar wurde, sah ich plötzlich ein Bild, das mir die ganze Geschichte enthüllte."

„Ja, und was für ein Bild?" fragte der andere ungeduldig.

„Ein alter Mann von achtzig Jahren kann spazieren gehen," sagte Pater Brown. „Ein alter Mann kann sogar ziemlich weite Wege zurücklegen. Aber ein alter Mann kann nicht springen. Er würde sogar noch weniger elegant über den Graben setzen als ich. Aber wenn der Baron zurückkam, während wir warteten, muß er auf demselben Wege hineingelangt sein wie wir – durch Überspringen des Wassergrabens – denn die Brücke wurde erst später niedergelassen. Ich glaube, er hatte den Mechanismus selbst in Unordnung gebracht, um unbequeme Besucher aufzuhalten, denn sonst hätte sie nicht so schnell repariert werden können. Aber das ist nicht von Wichtigkeit. Als ich dieses Bild vor meinen Augen sah – die schwarze Gestalt mit dem grauen Haar zum Sprunge über den Graben ansetzend – wußte ich sofort, daß der Springer ein junger Mann war, der sich als Greis verkleidet hatte. Da haben Sie die ganze Geschichte."

„Sie meinen," sagte Granby leise, „daß dieser nette junge Mann seinen Vater ermordete, den Leichnam in der Rüstung verbarg, diese in den Wassergraben warf, sich verkleidete und so weiter?"

„Sie hatten eine große Ähnlichkeit," sagte der Priester. „Sie konnten an den Familienporträts sehen, wie stark die Ähnlichkeit war. Sie sprechen von seiner Verkleidung. Aber in gewissem Sinne ist jedermanns Kleidung eine Verkleidung. Der alte Mann verkleidete sich mit einer Perücke, und der junge mit einem spanisch zugestutzten Bart. Als er sich rasierte und die Perücke auf seinen kurzgeschorenen Kopf stülpte, sah er genau aus wie sein Vater, wenn er seine Züge mit ein wenig Schminke ins Greisenhafte verzog. Sie verstehen nun seine höfliche Einladung, zur Reise seinen Wagen zu benutzen. Er bot Ihnen den Wagen an, weil er selbst am Abend mit dem Zuge fahren wollte. Er kam eher an als Sie, beging sein Verbrechen, verkleidete sich und war für die Verhandlung bereit."

„Sie meinen also," sagte Granby, „daß der alte Baron diese Verhandlung ganz anders geführt hätte?"

„Er würde Ihnen offen erklärt haben, daß sein Sohn niemals einen Pfennig von ihm zu erwarten hätte. Der Mord war, so seltsam es klingt, wirklich der einzige Weg, Ihnen diese Aufklärung vorzuenthalten. Aber bedenken Sie die listige Verschlagenheit, die in seiner Erzählung lag. Sein Plan erfüllte zugleich verschiedene Zwecke. Diese Russen preßten wegen irgendeiner Schurkerei, von der sie Kenntnis hatten, Geld aus ihm heraus. Vielleicht hat er während des Krieges Landesverrat getrieben. Er entzog sich ihnen blitzartig, und wahrscheinlich suchen sie ihn jetzt in Riga. Aber das größte Raffinement lag darin, daß er seinen Sohn zwar als Erben, aber nicht als menschliches Wesen anerkannte. Das verschaffte ihm nicht nur das Geld, sondern bot auch eine Art Ausweg aus der größten Schwierigkeit, der er sich bald gegenüber sehen mußte."

„Ich sehe verschiedene Schwierigkeiten," sagte Granby, „welche meinen Sie?"

„Wenn er den Sohn nicht enterbte, so mußte es sehr sonderbar erscheinen, daß Vater und Sohn niemals zusammenkamen. Die Theorie eines persönlichen Abscheus behob diese Schwierigkeit. So blieb nur noch die eine übrig, die ihm wahrscheinlich jetzt Kopfzerbrechen macht. Wie um Himmelswillen soll der alte Mann sterben?"

„Ich weiß, wie er sterben sollte," sagte Granby.

Pater Brown schien in träumerisches Nachsinnen zu verfallen und fuhr dann in abstrakterer Art fort. „Und doch hat die Sache noch einen tieferen Hintergrund," sagte er. „An dieser Theorie gefiel ihm etwas, das mehr – nun, mehr theoretisch ist. Es verschaffte ihm ein perverses intellektuelles Vergnügen, Ihnen in der Rolle des Vaters zu erzählen, daß er als Sohn ein Verbrechen begangen hatte – wo er wirklich seinen Vater ermordet hatte. Das ist die höllische Ironie, der Spaß, den er mit dem Teufel teilte. Was ich jetzt sage, klingt wie ein Paradox. Manchmal macht es teuflische Freude, die Wahrheit zu sagen, und vor allem sie so zu sagen, daß jeder sie mißversteht. Darum gefiel ihm die Possenrolle, sich als einen anderen auszugeben und sich dann schwarz zu malen – wie er in Wirklichkeit war. Darum hörte ihn meine Nichte in der Gemäldegalerie vor sich hin lachen."

Granby fuhr auf wic jemand, der aus unwahrscheinlichen Regionen in den Alltag zurückversetzt wird.

„Ihre Nichte," rief er. „Wollte ihre Mutter sie nicht mit Musgrave verheiraten? Sie glaubte wohl, ihre Tochter reich und vornehm zu verheiraten?"

„Ja," sagte Pater Brown sarkastisch, „die Mutter wollte gern, daß Betty eine gute Partie machte."

Der rote Mond von Meru

Alle waren sich darüber einig, daß der Wohltätigkeitsbazar in Mallowood Abbey (über den Lady Mounteagle in liebenswürdiger Weise das Protektorat übernommen hatte) zur allgemeinen Zufriedenheit ausgefallen war. Es gab Karussells, Schaukeln und Buden, auf und in denen sich die Leute prächtig amüsierten. Ich würde auch der Wohltätigkeit Erwähnung tun, die doch der Hauptzweck der ganzen Veranstaltung war, wenn irgendeiner der zahlreichen Anwesenden mir nur hätte sagen können, wem diese Wohltätigkeit zugute kam.

Wir haben es hier jedoch nur mit einigen dieser zahlreichen Personen zu tun, und besonders mit dreien, einer Dame und zwei Herren, die heftig diskutierend zwischen zweien der Hauptzelte oder Pavillons einher schritten. Zu ihrer Rechten befand sich das Zelt des Meisters vom Berge, des weltberühmten Wahrsagers, Kristallsehers und Handliniendeuters, ein prächtiges, purpurrotes Zelt, auf das in Schwarz und Gold die bizarren Umrisse asiatischer Götter gemalt waren. Wahrscheinlich hatten sie acht Arme, denn in zweien hätten sie kaum eine solche Menge Waffen schwingen können. Vielleicht sollten sie versinnbildlichen, wie leicht drinnen göttliche Hilfe zu haben war, vielleicht brachten sie auch bloß zum Ausdruck, daß ein idealer Handliniendeuter möglichst viele Hände haben sollte. Auf der anderen Seite stand das einfachere Zelt Phrosos, des Phrenologen. Als Dekoration trug es die geometrisch konstruierten Köpfe von Sokrates und Shakespeare, die anscheinend ziemlich klobig waren, jedenfalls wirkte diese Dekoration lange nicht so heiter und farbenprächtig wie die asiatischen Götter des Meisters vom Berge. Sie waren bloß in Schwarz und Weiß dargestellt und mit Zahlen und Bemerkungen versehen, wie es sich für die starre Würde einer rein rationalistischen Wissenschaft geziemte. Das Purpurzelt hatte eine Öffnung wie eine schwarze Höhle, und drinnen war es mäuschenstill, wie es sich gehörte. Phroso, der Phrenologe, indessen, ein magerer, schäbiger Kerl mit sonnenverbranntem Gesicht und einem fast unwahrscheinlich üppigen schwarzen Schnurrbarte nebst ebensolchen Koteletten stand draußen vor seinem Tempel und pries seine Kunst aus Leibeskräften an, selbst wenn niemand da war, der ihn hörte, und versicherte allen Vorüberkommenden, daß ihre Köpfe sich bei genauer Untersuchung zweifellos als ebenso knorrig erweisen würden wie der Kopf Shakespeares. Sobald die Dame zwischen den beiden Zelten sichtbar wurde, sprang der wachsame Phroso auf sie zu und fragte mit tiefer altmodischer Verbeugung, ob er ihre Höcker befühlen dürfe.

Ihre höfliche Ablehnung wirkte vor lauter Bestimmtheit fast verletzend, aber man muß zu ihrer Entschuldigung anführen, daß sie in einer hitzigen Diskussion begriffen war. Sie mußte ferner entschuldigt werden oder wurde jedenfalls entschuldigt, weil sie Lady Mounteagle war. Sie war jedoch deshalb keineswegs eine Null. Hübsch, aber verstört aussehend, hatte sie in ihren tiefen dunklen Augen eine flackernde Unruhe, und ihr Lächeln hatte etwas Leidenschaftliches, fast Ungestümes an sich. Ihre bizarre Kleidung erinnerte an das purpurne Zelt; sie war halb orientalisch, mit geheimnisvollen exotischen Zeichen bedeckt. Aber jeder wußte ja, daß die Mounteagles verrückt waren. So jedenfalls drückte das Volk die Tatsache aus, daß Lady Mounteagle und ihr Mann sich für die Religionen und die Kultur des Ostens interessierten.

Die exotische Eigenartigkeit der Dame stand in starkem Kontrast zu der bürgerlichen Wohlanständigkeit der beiden Herren, die von den Fingerspitzen ihrer Handschuhe bis zu ihren leuchtenden Zylinderhüten vor Steifheit und Zugeknöpftheit glänzten. Aber sogar zwischen ihnen machte sich ein Unterschied bemerkbar, denn während James Hardcastle es zuwege brachte, korrekt und vornehm auszusehen, sah Tommy Hunter nur korrekt und gewöhnlich aus. Hardcastle war ein vielversprechender Politiker, der sich in Gesellschaft für alles mögliche außer Politik zu interessieren schien. Jemand könnte hier in den Bart knurren, daß jeder Politiker vielversprechend ist, aber um Hardcastle Gerechtigkeit widerfahren zu lassen, muß man erwähnen, daß er schon oft Proben seiner Kunst abgelegt hatte. Bei dem Bazar war jedoch kein Purpurzelt für ihn aufgeschlagen, in dem er seine Kunst hätte zeigen können.

„Ich meinerseits glaube," sagte er, indem er das Monokel einklemmte, das der einzige Lichtpunkt in seinem hartgeschnittenen Juristengesicht war, „daß wir zuerst alle Möglichkeiten der Hypnose erschöpfen müssen, ehe wir von Magie reden. Zweifellos gibt es selbst bei anscheinend rückständigen Völkern bemerkenswerte psychische Kräfte. Wunderbare Dinge sind von Fakiren ausgeführt worden."

„Meines Wissens auch von Schwindlern," sagte der andere junge Mann mit der unschuldigsten Miene von der Welt.

„Tommy, schwätz doch nicht so dummes Zeug," sagte Lady Mounteagle. „Warum willst du dich in Dinge mischen, die du nicht verstehst? Du brüstest dich wie ein Schuljunge damit, daß du weißt, wie ein Taschenspielerkunststück zustandekommt. Wenn du nur wüßtest, wie altmodisch dieser jungenhafte Skeptizismus ist! Was die Hypnose anbelangt, so glaube ich nicht, daß sie zur Erklärung –"

Lady Mounteagle schien jemanden zu erblicken, den sie gesucht hatte, eine schwarze untersetzte Gestalt, die vor einer Bude stand, wo Kinder mit Reifen nach schrecklich aussehenden Figuren warfen. Sie eilte schnell hinüber und rief:

„Pater Brown, Sie habe ich gesucht, ich möchte Sie etwas fragen. Glauben Sie an Wahrsagerei?"

Der Angeredete blickte ziemlich hilflos auf den kleinen Reifen nieder, den er in der Hand hielt und sagte schließlich:

„Ich weiß nicht, in welchem Sinne Sie das Wort ›glauben‹ gebrauchen. Wenn die Sache natürlich auf einen Betrug hinausläuft –"

„Oh, der Meister vom Berge ist kein Betrüger," rief sie. „Er ist kein gewöhnlicher Zauberer oder Wahrsager. Es kostet ihn große Überwindung, wenn er sich herabläßt, meinen Gästen wahrzusagen, denn er ist in seinem Lande ein großer religiöser Führer, ein Prophet und ein Seher. Er verspricht den Leuten nicht wie gewöhnliche Wahrsager Glück und Geld. Er offenbart uns große geistige Wahrheiten über uns selbst und unsere Ideale."

„Das ist's ja eben," erwiderte Pater Brown. „Dagegen erhebe ich Einspruch. Ich wollte eben sagen, daß ich nicht viel einzuwenden habe, wenn die Sache auf einen Betrug hinausläuft. Der Betrug kann nicht schlimmer sein als bei den meisten Sachen, die auf Wohltätigkeitsbazaren feilgehalten werden, er ist gleichsam ein unterhaltendes Zauberkunststück. Aber wenn die Wahrsagerei sich als Religion maskiert und geistige Wahrheiten offenbart – dann ist sie ein böses Teufelswerk, und ich würde ihr in großem Bogen aus dem Wege gehen."

„Das klingt wie ein Paradox," sagte Hardcastle lächelnd.

„Dann möchte ich gern wissen, was ein Paradox ist," bemerkte der Priester nachdenklich. „Die Sache scheint mir ganz klar zu sein. Ich meine, es würde nicht viel schaden, wenn sich jemand als Spion verkleidete und behauptete, dem Feinde alles mögliche dumme Zeug aufgebunden zu haben. Aber wenn jemand in Wirklichkeit mit dem Feinde verhandelt – dann allerdings! – Ich meine daher, wenn ein Wahrsager –"

„Sie glauben wirklich –" begann Hardcastle grimmig.

„Ja, ich glaube, er verhandelt mit dem Feinde."

Tommy Hunter lachte auf. „Nun, wenn Pater Brown die Wahrsager für gut und harmlos hält, solange sie Betrüger sind, so dürfte er diesen kupferbraunen Propheten wohl als Heiligen ansehen."

„Mein Vetter Tom ist unverbesserlich," sagte Lady Mounteagle. „Er ist darauf aus, Adepten hereinzulegen, wie er das nennt. Ich glaube, er kam schleunigst her, als er hörte, daß der Meister anwesend sein würde. Er würde den Versuch gemacht haben, Buddha oder Moses hereinzulegen."

„Ich dachte, du würdest nichts dagegen haben, wenn ich ihm ein bißchen auf die Finger sähe," sagte der junge Mann, während sein rundes Gesicht ein Lächeln ausstrahlte. „Ich machte mich also auf den Weg. Es gefällt mir nicht, daß dieser braune Affe hier herumkriecht."

„Laß doch diese Ausfälle!" sagte Lady Mounteagle. „Als ich vor Jahren in Indien war, hatten wir alle diese dummen Vorurteile gegen braune Menschen. Aber jetzt, da ich ihre wunderbaren geistigen Kräfte kenne, gestehe ich gern, daß ich über diese Vorurteile erhaben bin."

„Unsere Vorurteile scheinen nach entgegengesetzten Richtungen zu gehen," sagte Pater Brown. „Sie verzeihen ihm seine braune Farbe, weil er Brahmane ist, und ich verzeihe ihm das Brahmanische, weil er braun ist. Offen gestanden, ich selbst gebe nicht viel auf geistige Kräfte. Ich habe viel mehr Sympathie für geistige Schwächen. Aber ich verstehe nicht, warum man Abscheu vor ihm haben soll, weil er dieselbe schöne Farbe wie Kupfer oder Kaffee oder nußbraunes Bier oder wie diese lieblichen Moorbäche im Norden hat. Ich glaube," setzte er, Lady Mounteagle mit schelmisch zusammengekniffenen Augen ansehend, hinzu, „ich bin von vornherein für alles, was braun heißt, eingenommen."

„Da kommt's endlich heraus!" rief Lady Mounteagle triumphierend. „Ich wußte ja, daß Sie nur Unsinn sprachen!"

„Aber wenn man vernünftig spricht, nennst du das schuljungenhaften Skeptizismus," murrte der gekränkte junge Mann mit dem runden Gesicht. „Wann soll denn das Kristallsehen losgehen?"

„Wann du willst," antwortete die Lady. „Übrigens ist es gar kein Kristallsehen, sondern Handwahrsagerei. Du wirst natürlich sagen, das sei derselbe Unsinn."

„Ich glaube, zwischen diesen schroffen Gegensätzen gibt es einen Mittelweg," sagte Hardcastle lächelnd. „Es gibt für die erstaunlichsten Vorgänge natürliche Erklärungen. Kommen Sie herein und erproben Sie die Sache. Ich gestehe, ich bin sehr neugierig."

„Oh, ich würde solchen Unsinn niemals unterstützen," erwiderte der skeptische junge Mann hastig, dessen rundes Gesicht in der hitzigen Bezeugung seiner Verachtung und seiner Ungläubigkeit ganz rot geworden war. „Verschwenden Sie nur Ihre Zeit bei diesem braunen Schwindler, ich werfe lieber nach Kokosnüssen."

Der Phrenologe, der immer noch in der Nähe herumscharwenzelte, ließ sich diesen Anknüpfungspunkt nicht entgehen.

„Menschenköpfe, mein lieber Herr," sagte er. „haben weit sanftere Konturen als Kokosnüsse. Keine Kokosnuß kann den Vergleich mit Ihrem eigenen sehr –"

Hardcastle war bereits in dem dunklen Eingang des roten Zeltes verschwunden. Man hörte drinnen ein leises Stimmengemurmel. Tom Hunter fertigte den Phrenologen mit einer ungeduldigen Antwort ab, wobei er eine bedauernswerte Gleichgültigkeit gegen die Grenzlinie zwischen natürlichen und übernatürlichen Wissenschaften zeigte, während Lady Mounteagle gerade die Diskussion mit dem kleinen Priester fortsetzen wollte, aber sie sah statt dessen erstaunt nach dem Zelte.

James Hardcastle war wieder aus dem Zelte hervorgekommen, und sein zusammengekniffenes Gesicht und sein blinkendes Monokel drückten ein noch lebhafteres Erstaunen aus.

„Er ist nicht da," meldete der Politiker kurz. "Er ist fort. Ein alter Neger, der sein Gefolge zu bilden scheint, quasselte mir vor, der Meister habe es für besser gehalten, zu verschwinden, als heilige Geheimnisse für Geld zu verkaufen."

Lady Mounteagle wandte sich strahlend den anderen zu. „Was habe ich gesagt? Ich sagte Ihnen, daß er erhabener sei als Sie sich vorstellen könnten! Er haßt Gewühl und Gedränge, er hat sich wieder in seine Einsamkeit begeben."

„Es tut mir leid," sagte Pater Brown, „vielleicht habe ich ihm unrecht getan. Wissen Sie, wohin er sich begeben hat?"

„Ich glaube wohl," antwortete Lady Mounteagle mit demselben Ernst. „Wenn er allein sein will, geht er immer in den Kreuzgang, am Ende des linken Flügels, wo mein Mann sein Studierzimmer und sein Museum hat. Sie wissen vielleicht, daß unser Haus ehemals eine Abtei war."

„Ich habe mir davon erzählen lassen," antwortete der Priester mit schwachem Lächeln.

„Wenn Sie wollen, werden wir hingehen. Sie sollten sich wirklich einmal die Sammlungen meines Mannes ansehen, auf jeden Fall aber den Roten Mond. Haben Sie jemals von dem Roten Mond von Meru gehört? Ja, es ist ein Edelstein."

„Ich möchte gern die Sammlungen sehen," sagte Hardcastle ruhig, „inbegriffen den Meister vom Berge, wenn dieser Prophet ein Schaustück des Museums ist." Und sie schlugen alle die Richtung auf das Haus ein.

„Trotzdem,“ murmelte der ungläubige Thomas, der den Zug beschloß, „möchte ich sehr gern wissen, warum dies braune Aas überhaupt hergekommen ist, wenn er nicht wahrsagen wollte.“

Als er sich zum Gehen wandte, sprang der unerschütterliche Phroso noch einmal hinter ihm her und packte ihn fast bei den Rockschößen.

„Ihre Höcker, mein Herr –“ begann er.

„Rutsch mir den Buckel hinab und nimm meine Schulden mit. Die sind der einzige Höcker, den ich habe, und zwar jedesmal, wenn ich Mounteagle besuche.“ Und er machte sich schleunigst auf die Strümpfe, um den hartnäckigen Bemühungen des Mannes der Wissenschaft zu entgehen.

Auf ihrem Wege zu dem Kreuzgang kamen die Besucher durch den langen Saal, in dem Lord Mounteagle seine asiatischen Sammlungen aufgestellt hatte. Ihnen gerade gegenüber konnten sie durch eine offene Tür die gotischen Bogen und zwischen ihnen das helle Tageslicht des viereckigen offenen Platzes sehen, um dessen überdachten Rand in alter Zeit die Mönche gewandelt waren. Aber zuerst kamen sie an etwas vorüber, das auf den ersten Blick außerordentlicher erschien als der Geist eines Mönches.

Es war ein älterer Herr, von Kopf bis zu Fuß in Weiß gekleidet, mit einem blaßgrünen Turban, aber mit einer sehr rosigen und weißen Gesichtsfarbe und dem glatten weißen Schnurrbart eines netten anglo-indischen Obersten. Es war Lord Mounteagle, der seinen orientalischen Zeitvertreib melancholischer oder wenigstens ernster genommen hatte als seine Frau. Er konnte über nichts anderes sprechen als über orientalische Religion und Philosophie und hatte es sogar für nötig gehalten, sich nach Art eines orientalischen Eremiten zu kleiden. Als er entzückt seine Schätze vorzeigte, schien er sie viel mehr wegen der angeblich in ihnen versinnbildlichten Wahrheiten zu schätzen als wegen ihres Sammlerwertes, vom Geldwert ganz zu schweigen. Selbst als er den großen Rubin hervorholte, vielleicht den einzigen Gegenstand des Museums, der im reinen Geldsinn einen großen Wert repräsentierte, schien er sich viel mehr für dessen Namen als für dessen Größe zu interessieren, vom Preis ganz zu schweigen. Die anderen starrten alle mit weit offenen Augen auf den erstaunlich großen roten Stein, der wie ein durch Blutregen gesehenes Feuer brannte. Aber Lord Mounteagle rollte ihn leicht in seiner Handfläche, ohne ihn anzusehen, er blickte zur Decke und erzählte eine lange Geschichte von dem legendären Charakter des Berges Meru, der nach der gnostischen Mythologie der Kampfplatz namenloser urzeitlicher Kräfte gewesen wäre.

Gegen Ende des Vortrages über den Demiurgos der Gnostiker (dessen Zusammenhang mit der parallelen Auffassung des Manichäus nicht zu übersehen war), hielt sogar der taktvolle Herr Hardcastle den Augenblick für gekommen, eine Ablenkung herbeizuführen. Er bat um die Erlaubnis, sich den Stein näher ansehen zu dürfen, und da der Abend herannahte, und die Dämmerung in dem langen Saal mit seiner einzigen Tür ständig zunahm, trat er in den Kreuzgang hinaus, um den Edelstein bei besserem Lichte zu mustern. Erst dann wurden sie sich langsam und fast schleichend der lebendigen Gegenwart des Meisters vom Berge bewußt.

Der Kreuzgang selbst war noch in seiner ursprünglichen Form erhalten, aber die gotischen Pfeiler und Spitzbogen, die das innere offene Viereck begrenzten, waren durch eine niedrige, etwa einen Meter hohe Mauer miteinander verbunden, welche die gotischen Tore in gotische Fenster verwandelte, so daß jedes von diesen eine Art flacher Fensterschwelle erhielt. Diese Veränderung war wahrscheinlich schon sehr früh vorgenommen, aber es gab andere Veränderungen seltsamerer Art, welche die ziemlich ungewöhnliche Schwärmerei der jetzigen Besitzer der alten Abtei bezeugten. Zwischen den Pfeilern hingen dünne, aus Glasperlen oder leichtem Rohr verfertigte Vorhänge oder vielmehr Schleier, wie man sie auf dem Kontinent oder in südlichen Ländern sieht, und auf diesen konnte man wieder die farbigen Umrisse asiatischer Drachen oder Götzen feststellen, die mit dem grauen gotischen Mauerwerk seltsam kontrastierten. Aber obgleich das verblassende Tageslicht durch sie noch blasser wurde, war diese Eigentümlichkeit doch der geringste der Kontraste, welche die kleine Gesellschaft mit unterschiedlichen Gefühlen wahrnahm.

Auf dem durch den Kreuzgang umschlossenen offenen Platze lief wie ein Kreis in einem Viereck ein runder mit mattfarbigen Steinen gepflasterter und mit einer Art grünen Emails eingefaßter Pfad, der wie künstlich nachgeahmter Rasen wirkte. Innerhalb dieses Pfades, gerade in der Mitte, erhob sich das dunkelgrüne Bassin einer Fontäne oder eines hochgelegten Teiches, in dem Wasserlilien schwammen und Goldfische hin und herflitzten, und über ihnen stand eine große grüne Statue, deren Umrisse sich dunkel gegen das matt und matter werdende Tageslicht abhoben. Die Ankömmlinge sahen von der Statue nur den Rücken, das Gesicht war bei der gebückten Haltung so völlig unsichtbar, daß man sie beinahe für kopflos hätte halten können. Aber an dem bloßen dunklen Umriß erkannte man selbst bei dem matten Zwielicht sofort, daß die Statue nicht die Form eines christlichen Wesens hatte.

Ein paar Meter abseits, auf dem kreisrunden Pfad, das Gesicht zu dem großen grünen Gott gewandt, stand der Mann, den man den Meister vom Berge nannte. Seine scharfgeschnittenen und fein ziselierten Gesichtszüge glichen einer von einem geschickten Künstler geformten Kupfermaske. Sein dunkelgrauer Bart sah im Kontrast dazu fast indigoblau aus. Er begann in einem schmalen Schopf auf dem Kinn und breitete sich dann wie ein großer Fächer oder ein Vogelschwanz seitwärts aus. Der Meister war in pfauengrünen Stoff gekleidet und trug auf seinem kahlen Kopfe eine hohe Mütze, einen Kopfputz von ungewöhnlicher, nie zuvor erblickter Form, der jedoch eher ägyptisch als indisch aussah. Die starren, weitoffenen, fischartigen Augen des Mannes waren so regungslos, daß sie den auf Mumienschreine gemalten Augen glichen. Aber obgleich die Gestalt des Meisters vom Berge sonderbar genug aussah, wandten einige aus der Gesellschaft, unter ihnen Pater Brown, ihm nicht ihre Aufmerksamkeit zu, sie blickten immer noch auf den dunkelgrünen Götzen, den er selbst betrachtete.

„Das scheint mir doch sonderbar,“ sagte Hardcastle mit leichtem Stirnrunzeln, „so ein merkwürdiges Ding inmitten des Kreuzganges einer alten Abtei aufzustellen.“

„Nun seien Sie doch nicht kindisch,“ sagte Lady Mounteagle. „Das war gerade unsere Absicht. Wir wollten die großen Religionen des Ostens und des Westens, Buddha und Christus, miteinander verbinden. Sie begreifen doch sicherlich, daß alle Religionen gleich sind.“

„Wenn sie es sind,“ sagte Pater Brown nachsichtig, „so scheint es mir ziemlich unnötig, sich eine mitten aus Asien zu holen.“

„Lady Mounteagle will sagen, daß sie verschiedene Seiten ein und derselben Sache sind, so wie dieser Stein verschiedene Facetten hat,“ begann Hardcastle, und Interesse an dem neuen Gesprächsthema gewinnend, legte er den großen Rubin auf den Mauerrand oder die Schwelle unter dem gotischen Bogen. „Aber daraus folgt nicht, daß wir die künstlerischen Stile, die jede Religion hervorgebracht hat, miteinander vermischen können. Man kann Christentum und Islam vermischen, aber nicht den gotischen und sarazenischen Stil, vom indischen ganz zu schweigen.“

Während dieser Worte schien der Meister vom Berge wie ein Starrsüchtiger wieder zum Leben zu kommen und schritt ernst und gewichtig ein Viertel Segment des Kreises weiter, so daß er in die Nähe ihrer eigenen Bogenreihe kam, ihnen den Rücken zukehrte und wie sie selbst im Rücken des Götzenbildes stand. Es war offensichtlich, daß er sich langsam um den ganzen Kreis bewegte wie ein Zeiger um eine Uhr und dann und wann betend oder in Betrachtung versunken stehen blieb.

„Was hat er für eine Religion?“ fragte Hardcastle mit einem leichten Anflug von Ungeduld.

„Er sagt,“ antwortete Lord Mounteagle ehrfürchtig, „daß sie älter als der Brahmanismus und reiner als der Buddhismus ist.“

„Oh!“ sagte Hardcastle und starrte weiter, die Hände in den Rocktaschen, durch sein Monokel.

„Man sagt," bemerkte Lord Mounteagle in seinem sanften, aber lehrhaften Ton, „daß die Gottheit, die den Namen Gott der Götter führt, in kolossaler Gestalt in die Höhlung des Berges Meru eingemeißelt ist –"

Selbst das Wohlgefallen seiner Lordschaft an belehrenden Vorträgen wurde jäh durch die über seine Schulter dringende Stimme unterbrochen. Sie kam aus der Dunkelheit des Museums, aus dem sie soeben in den Kreuzgang getreten waren. Beim Lautwerden dieser Stimme blickten die beiden jüngeren Männer zuerst ungläubig, dann wütend drein und wanden sich dann beinahe vor Lachen.

„Hoffentlich störe ich nicht," ließ sich die höfliche und verführerische Stimme des Professors Phroso vernehmen, dieses unerschütterlichen Wahrheitssuchers, „aber ich dachte mir, Sie würden vielleicht etwas Zeit übrig haben für die zu Unrecht verachtete Wissenschaft der Phrenologie. Ihre Höcker, meine Herren –"

„Ich habe keine Höcker," rief der ungestüme Tommy, „aber Sie werden gleich Beulen haben, Sie –"

Hardcastle hielt ihn zurück, als er sich durch die Tür auf Herrn Phroso stürzen wollte. Die ganze Gruppe hatte sich herumgedreht und blickte in den Saal.

In diesem Augenblick passierte die Geschichte. Wieder war es der ungestüme Tommy, der zuerst in Bewegung geriet, und dieses Mal mit besserem Erfolg. Bevor noch irgend jemand etwas gesehen hatte, als Hardcastle eben kaum mit Schrecken zum Bewußtsein kam, daß er den Stein auf der Mauer hatte liegen lassen, war Tommy schon mit katzenartigem Sprunge an der Einfassungsmauer und hatte schon, während er mit Kopf und Schultern zwischen zwei Pfeilern aus der Öffnung lehnte, mit einer in dem ganzen Kreuzgang widerhallenden triumphierenden Stimme gerufen: „Ich habe ihn!"

In diesem blitzartigen Augenblick, gerade als sie sich herumgedreht hatten, und gerade bevor sie den triumphierenden Ruf hörten, hatten sie alle den Vorgang beobachtet. Um die Ecke eines der beiden Pfeiler war eine braune oder vielmehr bronzene Hand, von der ihnen nicht mehr ganz unbekannten Farbe matten Goldes, hervorgeglitten und ebenso schnell wieder zurückgehuscht. Die Hand hatte so schnell zugefaßt wie eine zuschnappende Schlange, war so plötzlich hervorgeschnellt wie die lange Zunge eines Ameisenbären. Aber sie hatte den Edelstein aufgeleckt. In dem bleichen verlöschenden Licht sah man nur noch die bloße leere Steinplatte der Fensterschwelle.

„Ich habe ihn," keuchte Tommy Hunter, „aber er will sich losreißen. Springt schnell über die Mauer – er muß ihn noch haben."

Die anderen gehorchten. Einige liefen den Gang entlang, andere sprangen über die niedrige Mauer, mit dem Ergebnis, daß eine kleine Schar, bestehend aus Hardcastle, Lord Mounteagle, Pater Brown und sogar dem nicht abzuschüttelnden Phrenologen Phroso, den gefangenen Meister vom Berge umgab. Hunter hatte ihn mit einer Hand verzweifelt beim Kragen gefaßt und schüttelte ihn in einer für die Würde eines Propheten unerträglichen Weise heftig hin und her.

„Jedenfalls haben wir ihn," sagte Hunter, indem er tief Atem holte und ihn losließ. „Wir brauchen ihn nur zu durchsuchen. Der Stein muß da sein."

Dreiviertel Stunden später standen sich Hunter und Hardcastle, deren Zylinderhüte, Krawatten, Handschuhe und Fußgamaschen von ihrer gerade beendeten anstrengenden Tätigkeit arg mitgenommen waren, Aug in Auge gegenüber und sahen sich ziemlich dumm an.

„Nun," fragte Hardcastle bedachtsam, „können Sie sich dieses Geheimnis erklären?"

„Zum Teufel noch mal," erwiderte Hunter, "man kann das doch kein Geheimnis nennen. Wir haben doch alle gesehen, wie er den Stein nahm."

„Ja," sagte der andere, „aber wir haben nicht alle gesehen, wie er ihn verlor. Und das Geheimnis ist: wo kann er ihn so verloren haben, daß wir ihn nicht finden können?"

„Irgendwo muß er sein," sagte Hunter. „Haben Sie den Brunnen durchsucht und das Fundament, auf dem dieser verdammte Götzenkerl aufgestellt ist?"

„Ich habe den kleinen Fischen noch nicht den Bauch aufgeschlitzt," antwortete Hardcastle, indem er sein Monokel zurechtrückte und den anderen musterte. „Denken Sie an den Ring des Polykrates?"

Anscheinend überzeugte ihn die Musterung des runden Gesichtes vor ihm, daß es keine Meditationen über griechische Legenden maskierte.

„Ich gebe zu, daß er ihn nicht bei sich hat," sagte Hunter plötzlich, „wenn er ihn nicht verschluckt hat."

„Sollen wir auch den Propheten aufschlitzen?" fragte der andere lächelnd. „Aber da kommt Lord Mounteagle."

„Eine sehr betrübliche Sache," sagte Lord Mounteagle, indem er mit nervöser und sogar zitternder Hand an seinem weißen Schnurrbart zupfte. „Scheußlich, einen Dieb im Hause zu haben, noch scheußlicher der Gedanke, daß der Meister der Dieb sein könnte. Aber ich gestehe, ich kann aus der Art, wie er über den Diebstahl spricht, nicht klug werden. Kommen Sie doch herein und sagen Sie mir, was Sie darüber denken."

Hardcastle ging mit hinein, während Hunter zurückblieb und mit Pater Brown ins Gespräch kam, der im Kreuzgang auf und ab ging.

„Sie müssen sehr stark sein," sagte der Priester in freundlichstem Ton. „Sie hielten ihn mit einer Hand, und wir hatten noch Mühe, ihn mit acht Händen zu halten, als wir achtarmig waren wie einer dieser indischen Götter."

Sie gingen einigemal im Kreuzgang auf und ab und sprachen allerlei, dann gingen auch sie in den Saal, wo der Meister vom Berge als Gefangener auf einer Bank saß, jedoch eine hoheitsvollere Miene als ein König zur Schau trug.

Lord Mounteagle hatte ganz recht, als er sagte, daß seine Miene und sein Ton nicht leicht zu verstehen waren. In seinen Worten kam ein heiteres und doch nicht offen geäußertes Machtgefühl zum Ausdruck.

Wenn seine Wärter sich den Kopf zerbrachen, wo er den Edelstein wohl verborgen haben könnte, so schien er sich über ihr Rätselraten zu belustigen, jedenfalls zeigte er keine Spur von Empfindlichkeit. Er schien in einer noch unergründlichen Art all ihrer Bemühungen, um die Auffindung des Gegenstandes, den sie ihn doch alle hatten wegnehmen sahen, zu spotten.

„Sie lernen jetzt ein wenig," sagte er mit unverschämter Herablassung, „von den Gesetzen der Zeit und des Raumes. Ihre jüngste Wissenschaft bleibt da um Tausende von Jahren hinter unserer ältesten Religion zurück. Sie wissen nicht einmal, was das eigentlich heißt, einen Gegenstand verstecken. Ja, meine armen lieben Freunde, Sie wissen nicht einmal, was das heißt, einen Gegenstand *sehen*, sonst würden Sie ihn vielleicht genau so deutlich sehen wie ich."

„Wollen Sie damit sagen, daß er hier ist?" fragte Hardcastle barsch.

„›Hier‹ ist ein Wort, das viele Bedeutungen hat," antwortete der Magier. „Aber ich habe nicht gesagt, daß er hier ist. Ich habe nur gesagt, ich könnte ihn sehen."

Alle schwiegen empört, und er fuhr schläfrig fort.

„Wenn Sie völlig, abgründig still wären, würden Sie vielleicht einen Ruf vom anderen Ende der Welt hören, den Ruf eines einsamen Andächtigen aus jenen Bergen, wo das Urbild steht, selbst einem Berge gleichend. Man sagt, daß sogar Juden und Mohammedaner dieses Bild verehren könnten, weil es nicht von Menschenhand verfertigt ist. Ohren auf! Hören Sie den Ruf, mit dem er sein Haupt hebt und in der Steinhöhle, hohl seit Urzeiten, den roten Mond, das Auge des Berges sieht?"

„Meinen Sie wirklich," rief Lord Mounteagle zitternd, „daß Sie den Stein von hier auf den Berg Meru verhexen könnten? Ich habe bisher geglaubt, daß Sie große geistige Kräfte besitzen, aber –"

„Vielleicht besitze ich mehr," erwiderte der Meister, „als Sie jemals glauben werden."

Hardcastle stand ungeduldig auf und begann, die Hände in den Taschen, auf- und abzugehen.

„Mein Glaube ist niemals so stark gewesen wie der Ihrige, aber ich gebe zu, daß gewisse Kräfte existieren ... Mein Gott!"

Seine hohe, schneidende Stimme brach plötzlich ab, er blieb stehen und starrte zur Tür hinaus, das Monokel fiel ihm aus dem Auge. Alle Gesichter wandten sich nach derselben Richtung, und auf jedem Gesichte schien dieselbe verhaltene Erregung zu liegen.

Der Rote Mond von Meru lag genau dort, wo sie ihn zuletzt gesehen hatten, auf der Mauer. Er hätte ein roter Funken sein können, der von einem Feuer dorthin verweht worden war, oder ein rotes Rosenblatt, das von einer abgebrochenen Rose auf die Mauer gefallen war, aber er war genau auf denselben Platz gefallen, wo Hardcastle ihn achtlos niedergelegt hatte.

Hardcastle machte gar keinen Versuch, den Stein wieder aufzunehmen, sein Verhalten war eigentümlich. Er drehte sich langsam herum und begann wieder durch den Saal zu schreiten, aber in seinen Bewegungen lag jetzt etwas Beherrschtes, während sie vorher nur unruhig gewesen waren. Schließlich blieb er vor dem Meister stehen und verbeugte sich mit etwas sardonischem Lächeln.

„Meister," sagte er, „wir alle müssen Sie um Verzeihung bitten, aber, was wichtiger ist, Sie haben uns eine Lektion erteilt. Glauben Sie mir, wir wissen diese Lektion ebenso zu würdigen wie den kleinen Spaß, den Sie uns bereitet haben. Ich werde mich stets erinnern, welche bemerkenswerte Kräfte Sie in Wirklichkeit besitzen, und wie Sie diese gebrauchen. Lady Mounteagle," fuhr er fort, indem er sich ihr zuwandte, „Sie werden mir verzeihen, daß ich mich zuerst an den Meister gewandt habe, aber Sie werden sich erinnern, daß ich die Ehre hatte, Ihnen diese Erklärung zuerst anzubieten. Ich darf wohl sagen, daß ich den Vorgang erklärte, bevor er passiert war. Ich sagte Ihnen, daß die meisten Vorgänge dieser Art durch eine hypnotische Beeinflussung erklärt werden könnten. Viele glauben, daß dieses auch die Erklärung für das indische

Zauberkunststück mit dem Mangobaum und dem Knaben ist, der an einem in die Luft geworfenen Seile hochklettert. In Wirklichkeit geschieht gar nichts, aber die Zuschauer werden so hypnotisiert, daß sie den Vorgang in ihrer Phantasie sehen. So wurden auch wir so hypnotisiert, daß wir uns alle einbildeten, der Diebstahl sei wirklich geschehen. Die braune Hand, die hinter dem Pfeiler zum Vorschein kam und den Edelstein wegnahm, war eine Sinnestäuschung, eine Hand in einem Traum. Als wir aber den Stein verschwinden sahen, fiel es uns nicht mehr ein, ihn an seinem ursprünglichen Platze zu suchen. Wir sprangen in den Teich und drehten jedes Blatt der Wasserlilien herum, wir hätten beinahe den Goldfischen Brechmittel eingegeben. Aber der Stein hat die ganze Zeit ruhig dort gelegen."

Und er blickte in die schillernden Augen und auf den lächelnden bärtigen Mund des Meisters und sah, daß das Lächeln noch breiter geworden war als vorher. Dieses Lächeln war so, daß die anderen aufsprangen und befreit aufatmeten.

„Ich freue mich, daß sich die Sache so glücklich aufgeklärt hat," sagte Lord Mounteagle etwas verlegen. „Es ist zweifellos so, wie Sie sagen. Es war eine sehr peinliche Episode, und ich weiß wirklich nicht, welche Entschuldigung –"

„Ich beklage mich nicht," sagte der Meister vom Berge noch immer lächelnd. „An mich kommt das alles nicht heran."

Während die übrigen mit Hardcastle, der der Held der Stunde war, über den glücklichen Ausgang frohlockten, schlich der kleine Phrenologe zu seinem famosen Schädelzelt zurück. Als er sich umblickte, sah er zu seiner Überraschung, daß Pater Brown ihm folgte.

„Kann ich Ihre Höcker fühlen?" fragte der gelehrte Mann in seinem mildsarkastischen Ton.

„Ich glaube nicht, daß Sie Lust haben, noch welche zu fühlen," sagte der Priester gut gelaunt. „Sie sind ein Detektiv, nicht wahr?"

„Richtig geraten," erwiderte der andere. „Lady Mounteagle bat mich, ein wachsames Auge auf den Meister zu haben, denn bei all ihrem Mystizismus ist sie doch keine Törin, und als er sein Zelt verließ, konnte ich ihm nur folgen, indem ich mich wie ein Blödrian und Besessener benahm. Wenn jemand in mein Zelt gekommen wäre, hätte ich mich erst in einem Lexikon über meine Wissenschaft orientieren müssen."

„Die Hauptsache ist, daß man gleich weiß, wo man nachzuschlagen hat," bemerkte Pater Brown in Gedanken verloren. „Sie paßten in diesen Wohltätigkeitsrummel ganz gut hinein."

„Sonderbarer Fall, wie?" sagte der falsche Phrenologe. „Merkwürdig, daß das Ding die ganze Zeit dagelegen haben soll."

„Sehr merkwürdig," sagte der Priester.

In seiner Stimme lag etwas, das den anderen Mann aufsehen ließ.

„Was haben Sie denn?" rief er. „Glauben Sie denn etwa nicht, daß es die ganze Zeit dort war?"

Pater Brown blinzelte, als wenn er einen Stoß erhalten hätte. Dann sagte er langsam und zögernd: „Nein ... Tatsache ist ... Ich kann mich nicht dazu bringen, das zu glauben."

„Ein Mann wie Sie sagt so etwas nicht ohne Grund," bemerkte der andere. „Warum glauben Sie nicht, daß der Stein die ganze Zeit auf der Mauer gelegen hat?"

„Weil ich ihn selbst wieder hingelegt habe," erwiderte Pater Brown.

Der Detektiv blieb wie angewurzelt stehen, er hatte ganz das Aussehen eines Mannes, dem sich die Haare zu Berge sträuben. Er öffnete den Mund, ohne zu sprechen.

„Oder vielmehr," fuhr der Priester fort, „ich brachte den Dieb dazu, den Stein von mir wieder hinlegen zu lassen. Ich erzählte ihm, was ich beobachtet hatte, und machte ihm klar, daß jetzt noch Zeit sei, seine Tat zu bereuen. Da Sie ein Berufsgenosse sind, kann ich Ihnen die Sache vertraulich mitteilen. Übrigens glaube ich nicht, daß die Mounteagles jetzt, wo sie den Stein zurückbekommen haben, die Sache zur Anzeige bringen würden, besonders wenn man bedenkt, wer der Dieb war."

„Meinen Sie den Meister?" fragte der unkundige Schädelmesser Phroso.

„Nein," antwortete Pater Brown, „der Meister hat ihn nicht gestohlen."

„Aber ich verstehe nicht," entgegnete der andere. „Niemand stand hinter der Mauer als der Meister, und die Hand kam von außen, das weiß ich ganz gewiß."

„Die Hand kam von außen, aber der Dieb kam von innen," sagte Pater Brown.

„Das ist nun wieder die reinste Magie. Ich bin ein praktischer Mensch. Ich wollte nur wissen, ob die Geschichte mit dem Rubin stimmt –"

„Ich wußte, daß sie nicht stimmte, bevor ich überhaupt von dem Rubin etwas wußte."

Nach einer Pause fuhr er nachdenklich fort. „Schon als ich die Diskussion bei den Zelten hörte, wußte ich, daß etwas nicht stimmte. Da sagen die Leute so, daß Theorien nichts bedeuten und daß Logik und Philosophie keinen praktischen Wert haben. Glauben Sie das nicht. Den Verstand hat uns Gott gegeben, und wenn wir uns eine Sache nicht richtig zurechtlegen können, so stimmt etwas nicht. Nun, jene abstrakte Diskussion hatte einen seltsamen Schluß. Bedenken Sie, in welchen Theorien sie sich ergingen. Hardcastle stand etwas über den anderen und sagte, alle Dinge seien durchaus möglich, aber sie kämen meistens durch Hypnose oder Hellsehen zustande, wissenschaftliche Namen für unerklärliche Dinge, die man dann gewöhnlich für erklärt hält. Aber Hunter hielt alles für glatten Betrug und wollte ihn aufdecken. Nach Lady Mounteagles Zeugnis beschäftigte er sich nicht nur damit, Wahrsager und ähnliche Leute hereinzulegen, sondern er war eigens hergekommen, um diesen besonderen Wahrsager zu entlarven. Er kam nicht oft her, er vertrug sich mit Mounteagle nicht recht, den er als echter Schuldenmacher stets anzupumpen suchte, aber als er hörte, daß der Meister hier sein würde, kam er schleunigst her. Gut. Trotzdem war es

Hardcastle, der den Zauberer konsultieren wollte, Hunter aber lehnte das ab. Er sagte, er wolle keine Zeit an solchen Unsinn verschwenden, obschon er wahrscheinlich einen guten Teil seines Lebens darauf verschwendet hat, zu beweisen, daß es Unsinn sei. Da scheint ein Widerspruch vorzuliegen. In diesem Falle glaubte er, es handle sich um Kristallseherei, aber er fand heraus, daß es Handwahrsagerei war."

„Meinen Sie, daß er deshalb nicht mitging?" fragte sein Begleiter, dem immer noch kein Licht aufging.

„Das dachte ich mir zuerst," erwiderte der Priester, „aber ich weiß jetzt, daß ihn eine bestimmte Überlegung dabei leitete. Er war durch die Entdeckung, daß es sich um Handwahrsagerei handelte, wirklich betroffen, weil –"

„Nun?" fragte der andere ungeduldig.

„Weil er seinen Handschuh nicht abziehen wollte," sagte Pater Brown.

„Seinen Handschuh nicht abziehen wollte?" wiederholte der andere.

„Wenn er ihn nämlich abgezogen hätte," sagte Pater Brown nachsichtig, „hätten wir alle gesehen, daß seine Hand bereits mattbraun gefärbt war ... Jawohl, er kam eigens her, weil der Meister hier war. Er kam vollständig vorbereitet her."

„Sie meinen," rief Phroso, „daß es Hunters braungefärbte Hand war, die hinter dem Pfeiler zum Vorschein kam? Aber er war doch die ganze Zeit bei uns!"

„Machen Sie das Experiment an Ort und Stelle nach, und Sie werden finden, daß es durchaus möglich ist. Hunter sprang vor und lehnte sich über die Brüstung, im Nu konnte er seinen Handschuh abziehen, den Ärmel hinaufschieben und mit der Hand um den Pfeiler herum nach rückwärts fassen, während er mit der anderen Hand den Inder packte und laut rief, daß er den Dieb ertappt hatte. Es fiel mir auf, daß er den Dieb nur mit einer Hand festhielt, wo ein vernünftiger Mensch beide Hände gebraucht haben würde. Aber mit der anderen Hand ließ er den Rubin in seine Hosentasche gleiten."

Nach einer langen Pause sagte der Exphrenologe bedächtig: „Das nenne ich eine tolle Sache. Aber sie will mir immer noch nicht ganz einleuchten. Denn das sonderbare Verhalten des alten Zauberers bleibt unerklärlich. Wenn er ganz unschuldig war, warum, zum Henker, hat er nicht seine Unschuld beteuert? Warum war er nicht darüber entrüstet, daß man ihn als Dieb bezichtigte und ihn durchsuchte? Warum saß er lächelnd da und deutete nur verstohlen an, zu welchen unerklärlichen und wunderbaren Dingen er fähig wäre?"

„Ah!" rief Pater Brown mit einer gewissen Schärfe, „jetzt kommen Sie endlich auf den springenden Punkt. Jetzt kommen Sie endlich auf das, was diese Menschen nicht verstehen und nicht verstehen werden. ›Alle Religionen sind gleich,‹ sagt Lady Mounteagle. Ich sage Ihnen, einige sind so verschieden, daß der beste Mensch der einen dickfellig ist, wo der schlechteste Mensch der anderen empfindlich sein wird. Ich sagte Ihnen, daß mir geistige Kräfte nicht gefallen, weil der Akzent auf dem Wort Kraft liegt. Ich sage nicht, daß der Meister einen Rubin stehlen würde, sehr wahrscheinlich würde er es nicht tun, sehr wahrscheinlich würde er ihn des Stehlens nicht für wert halten, aber er würde der Versuchung ausgesetzt sein, Wunder auf sein Konto zu schreiben, die ihm ebensowenig gehören wie Edelsteine. Einer solchen Versuchung ist er heute unterlegen, so einen Diebstahl hat er heute begangen. Er hatte es ganz gern, daß wir dachten, er besäße die wunderbaren geistigen Kräfte, die einen Gegenstand durch den Raum fliegen lassen können, und obschon er ihn nicht hatte fliegen lassen, so ließ er uns doch in dem Glauben, daß er das zuwege gebracht hätte. Der Gedanke, daß es sich um fremdes Eigentum handelt, würde ihm gar nicht als erstes in den Sinn kommen. Die Frage würde sich ihm nicht in der Form darbieten: ›Soll ich diesen Stein *stehlen*?‹, sondern nur in der Form: ›Könnte ich diesen Stein weghexen und ihn auf einen fernen Berg zaubern?‹ Die Frage, *wessen* Stein, würde ihm als ganz unerheblich vorkommen. Er ist sehr stolz auf seine sogenannten geistigen Kräfte. Aber was er geistig nennt, bedeutet nicht dasselbe wie das, was wir moralisch nennen. Er meint damit Gehirnkräfte, die Macht des Geistes über die Materie, den

Magier, der die Elemente beherrscht. Aber wir sind nicht so wie er, selbst wenn wir nicht besser sind, selbst wenn wir schlechter sind. Wir, deren Väter zum mindesten Christen waren, die wir unter diesen mittelalterlichen Bogengängen aufgewachsen sind, wir haben, selbst wenn wir sie geschmacklos mit allen Dämonen Asiens bevölkern, genau den entgegengesetzten Ehrgeiz und die entgegengesetzte Scham. Wir würden ängstlich darauf bedacht sein, daß ja niemand von uns annähme, wir hätten den Stein verschwinden lassen. Ihm war daran gelegen, daß jeder diesen Gedanken hatte – selbst dann, wenn er an dem Verschwinden ganz unschuldig war. Er stahl sich das Renommee des Stehlens. Während wir die Tat wie eine Viper von uns abschüttelten, lockte er sie an sich wie ein Schlangenbeschwörer. Aber Schlangen sind bei uns keine Haustiere. Bei einer solchen Gelegenheit machen sich sofort die Überlieferungen des Christentums bemerkbar. Sehen Sie sich zum Beispiel den alten Mounteagle an! Man kann so orientalisch schwärmen und so geheimnisvoll tun wie man will, man kann einen Turban und ein langes Kleid tragen und nach Weisungen von Mahatmas leben, aber wenn einem so ein Steinchen im Hause gestohlen wird, und Freunde und Bekannte in Verdacht geraten, wird man sehr bald entdecken, daß man ein ganz gewöhnlicher Engländer ist, der das Zittern bekommt, sobald er nur von Diebstahl hört. Der Mann, der den Diebstahl wirklich beging, würde niemals den Wunsch haben, wir möchten ihn für den Dieb halten, denn auch er war ein richtiger Engländer. Er war sogar noch etwas Besseres, er war ein christlicher Dieb. Ich hoffe und glaube, daß er ein reuiger Dieb ist."

„Nach Ihnen," sagte sein Begleiter lachend, „wären der christliche Dieb und der heidnische Betrüger über zwei gegensätzliche Dinge betrübt. Dem einen tat es leid, daß er den Diebstahl begangen und dem anderen, daß er ihn nicht begangen hatte."

„Wir dürfen über keinen von beiden zu hart urteilen," sagte Pater Brown. „Vor diesem haben andere Engländer gestohlen, und Gesetze und Politik haben sie geschützt, und auch der Westen hat seine eigene Methode, den Diebstahl durch spitzfindige Ausflüchte zu entschuldigen.

Der Rubin ist schließlich nicht der einzige wertvolle Stein in der Welt, der seinen Besitzer gewechselt hat. Das trifft auch auf andere kostbare Steine zu, die oft wie Kameen geschnitten sind und oft aussehen wie Blumen."

Der andere sah ihn fragend an, und der Priester deutete mit dem Finger auf die gotischen Umrisse der großen Abtei. „Ein großer fein geschnittener Stein," sagte er, „der auch gestohlen worden ist."

Der Marquis von Marne

Ein greller Blitz tauchte den fahlen Wald in bleiches Licht und durchleuchtete das runzelige Laub bis zum letzten gekräuselten Blatt, als wenn jede Einzelheit in Silberfarbe gezeichnet oder in Silber gestochen wäre. Dieselbe sonderbare Zauberwirkung des Blitzes, durch die er Millionen winziger Dinge in einem Augenblick aus dem Dunkel herausschneidet, hob auch alles andere hervor, von den in eleganter Unordnung unter dem weitästigen Baume herumliegenden Überresten des Picknicks bis zu der sich bleich durch den Wald windenden Straße, an deren letzter Krümmung ein weiß schimmerndes Auto wartete. In der Ferne schien ein düster aussehender schloßartiger Herrensitz mit vier Türmen, der mit seinen in der grauen Dämmerung zusammengerückten Mauern soeben noch gleich einer dräuenden Wolke am Horizont hing, plötzlich in den Vordergrund zu rücken und stand nun mit seinen Zinnen, Dächern und wie tote Augen in den Abend starrenden Fenstern scharfumrissen da. Und bei diesem Schloß wenigstens wirkte der Blitz wie eine Enthüllung, er schien plötzlich die Schleier einer fernen Vergangenheit zu zerreißen. Denn für einige Personen der unter dem Baume versammelten Gruppe war das Schloß in der Tat nur noch ein verblichener und fast vergessener Schemen, der jedoch seine Macht dadurch beweisen sollte, daß er von neuem in den Vordergrund ihres Lebens rückte.

In denselben silbernen Glanz hüllte das Licht auch, für einen Augenblick wenigstens, eine Gestalt, die so bewegungslos dastand wie einer der Schloßtürme. Es war die Gestalt eines großen Mannes. Er stand auf einer Bodenerhebung über den übrigen, die meist im Grase saßen oder sich bückten, um das Geschirr aufzusammeln. Er trug einen malerischen kurzen Mantel oder Umhang, der mit einer silbernen Schnalle und Kette zusammengehalten wurde. Die Schnalle blitzte wie ein Stern auf, als der Blitz herniederzuckte. Die bewegungslose Gestalt schien aus Metall zu sein, und dieser Eindruck wurde noch dadurch verstärkt, daß das dichtgekräuselte Haar des Mannes die brandgelbe Farbe des Goldes hatte. Man vermutete unter diesem Haar ein jüngeres Gesicht. Das Gesicht mit der Adlernase und den scharfgemeißelten Zügen war zwar in seiner Art schön zu nennen, aber es sah in dem hellen Licht etwas faltig und verwittert aus. Möglicherweise hatte es von dem vielen Schminken gelitten, denn Hugo Romaine war der größte Schauspieler seiner Zeit. In dem grellen Schein des Blitzes gaben ihm das gelockte goldene Haar, das elfenbeinweiße Gesicht und die silberne Schnalle und Kette das Aussehen eines mit einer Rüstung angetanen Ritters, im nächsten Augenblick zeichnete sich seine Gestalt als dunkle, ja schwarze Silhouette gegen das trostlose Grau des gewitterschwülen Abendhimmels ab.

Seiner starren steinernen Ruhe, die der einer Statue glich, vermochte auch der grelle Blitz nichts anzuhaben, und das unterschied ihn von den übrigen Personen in seiner Nähe. Alle anderen hatten bei dem unerwarteten Aufblitzen die gewöhnliche unwillkürliche Bewegung gemacht. Die einzige anwesende Dame, deren Art, ihr graues Haar mit Anmut, ja wie mit Stolz zu tragen, sie als Amerikanerin kenntlich machte, schloß ohne Geziertheit ihre Augen und schrie erschreckt auf. Ihr Mann, der englische General Outram, ein alter unentwegter Anglo-Inder, mit einem kahlen Kopf, schwarzem Schnurrbart und altmodischem Backenbart blickte mit einer steifen Bewegung auf und fuhr dann ruhig mit Aufräumen fort. Ein junger, ebenso großer wie schüchterner Mann mit braunen ehrlichen Hundeaugen, namens Mallow, ließ einen Teller fallen und stammelte verlegen eine Entschuldigung. Ein dritter, sehr modisch gekleideter Mann, dessen Kopf mit steif zurückgekämmtem grauen Haar dem eines forschen Terriers glich, war kein anderer als der große Zeitungskönig Sir John Cockspur, er fluchte drauf los, aber nicht auf englische Art, auch sein Akzent war nicht englisch, denn er kam von Toronto. Aber der große Mann in dem kurzen Mantel stand buchstäblich wie eine Statue aufrecht, sein Adlergesicht erschien in dem hellen Licht wie die Büste eines römischen Kaisers, seine Augenlider blieben unbeweglich.

Kurz darauf durchkrachte der Donner die dunkle Himmelswölbung, und die Statue schien zum Leben zu kommen. Er drehte seinen Kopf über die Schulter und sagte lässig:

„Zwischen Blitz und Donner liegt etwa ein und eine halbe Minute, aber ich glaube, das Gewitter kommt näher. Ein Baum soll kein guter Schutz gegen den Blitz sein, aber wir brauchen ihn als Schirm für den Regen. Es wird wohl einen Wolkenbruch geben."

Der junge Mann blickte ein wenig ängstlich auf die Dame und sagte: „Können wir nicht irgendwo anders Schutz suchen? Dort drüben scheint ein Haus zu sein."

„Ein Haus ist zwar da," bemerkte der General ziemlich grimmig, „aber ein gastliches Haus könnte man es wohl nicht nennen."

„Sonderbar," sagte seine Frau melancholisch, „daß wir bei einem Gewitter gerade in die Nähe dieses Hauses geraten mußten."

In ihrem Ton lag etwas, das den sehr taktvollen und feinfühligen jungen Mann zum Schweigen veranlaßte, aber nichts dergleichen schreckte den Mann aus Toronto ab.

„Was ist mit dem Hause?" fragte er. „Es sieht aus wie eine Ruine."

„Es gehört dem Marquis von Marne," sagte der General mit einem Anflug von Sarkasmus.

„Aha!" rief Sir John Cockspur. „Von diesem sonderbaren Vogel habe ich bereits gehört. Habe ihm im vorigen Jahr auf der ersten Seite des › *Komet*‹ einen Artikel gewidmet: ›Der Edelmann, den niemand kennt‹."

„Ja, ich habe auch von ihm gehört," sagte der junge Mann mit leiser Stimme. „Man erzählt sich die unheimlichsten Geschichten über den Grund seiner Zurückgezogenheit. Er soll eine Maske tragen, weil er den Aussatz hat. Aber dann wurde auch ganz ernsthaft erzählt, daß auf der Familie ein Fluch liege, man sprach von einem Kinde, einer schrecklichen Mißgeburt, das in einem dunklen Zimmer verborgen gehalten wird."

„Der Marquis von Marne hat drei Köpfe," sagte Romaine mit vollem Ernst. „Alle dreihundert Jahre einmal wird der Familie ein dreiköpfiger Sohn geboren. Kein Mensch wagt sich dem fluchbeladenen Hause zu nähern außer einer schweigenden Prozession von Hutmachern, die eine abnorme Anzahl von Hüten herbeibringen. Aber –" und seine Stimme vibrierte in jenem tiefen und drohenden Ton, der im Theater eine so erschütternde Wirkung hervorbringen konnte – „*diese Hüte sind nicht für Menschenköpfe gemacht*."

Die Amerikanerin blickte stirnrunzelnd und mißtrauisch zu ihm hin, als wenn der Klang dieser Stimme sie wider Willen bewegt hätte.

„Ich liebe Ihre dämonischen Spaße nicht," sagte sie, „und es wäre besser, wenn Sie hierüber keine Spaße machten."

„Ich höre und gehorche," erwiderte der Schauspieler, „aber darf ich wie ein guter Soldat nicht einmal fragen, warum?"

„Weil er nicht der Edelmann ist, den niemand kennt," erwiderte sie. „Ich selbst kenne ihn oder kannte ihn wenigstens sehr gut, als er vor dreißig Jahren, wo wir alle jung waren, Attaché in Washington war. Er trug keine Maske, wenigstens nicht in meiner Gegenwart. Er war kein Aussätziger, obschon er vielleicht ebenso einsam war. Und er hatte nur einen Kopf und nur ein Herz, und das war gebrochen."

„Eine unglückliche Liebesgeschichte natürlich," sagte Cockspur. „Ich glaube, das wäre was für den ›*Komet*‹."

„Es soll wohl ein Kompliment für uns sein," erwiderte sie nachdenklich, „daß Sie immer annehmen, das Herz eines Mannes werde durch eine Frau gebrochen. Aber es gibt andere Arten der Liebe und des Kummers. Haben

Sie niemals ›In Memoriam‹ gelesen? Haben Sie niemals von David und Jonathan gehört? Was den armen Marne zu Boden warf, war der Tod seines Bruders. Dieser Bruder war zwar eigentlich ein Kusin, war aber mit ihm zusammen wie ein Bruder erzogen worden und stand ihm näher als Brüder meistens zu tun pflegen. James Mair, wie der Marquis hieß, als ich ihn kannte, war von beiden der ältere, blickte aber immer anbetend zu Maurice Mair wie zu einem Gott hinauf. Und nach seinem Urteil war Maurice Mair sicherlich ein Wundermensch. James war kein Dummkopf und ein sehr guter Politiker, aber es scheint, daß Maurice für alle Berufe geschaffen und in allen gleich gut war, daß er ein glänzender Künstler, Schauspieler und Musiker war, von allem anderen gar nicht zu reden. James selbst war ein sehr hübscher Mann, groß, stark und energisch, obgleich die jungen Leute von heute ihn mit seinem geteilten Backenbart, wie er damals Mode war, vielleicht sehr komisch finden würden. Maurice jedoch trug keinen Bart und war nach den Bildern zu urteilen, die ich von ihm gesehen habe, sicher sehr schön, wenn er auch größere Ähnlichkeit mit einem Tenor hatte als für einen Gentleman zulässig ist. James fragte mich immer und immer wieder, ob sein Freund nicht ein Wunder sei, ob nicht jede Frau sich in ihn verlieben würde und so weiter, bis es einfach nicht mehr anzuhören war. Aber aus dieser Freundschaft wurde plötzlich eine Tragödie. Sein ganzes Leben schien in dieser Vergötterung aufzugehen, aber eines Tages stürzte das Götterbild von seinem Sockel herab und zerbrach wie ein Porzellanfigürchen. Weiter nichts als eine Erkältung, die er sich an der See zugezogen hatte, und alles war vorüber."

„Und hierauf," fragte der junge Mann, „hat er sich gänzlich von der Welt abgeschlossen?"

„Er ging zuerst auf Reisen," antwortete sie, „nach Asien, nach der Südsee und weiß Gott wohin. Der Tod übt auf verschiedene Menschen einen verschiedenen Einfluß aus. Ihn brachte dieser plötzliche Todesfall dahin, daß er sich gänzlich von der Welt abschloß und sogar der Erinnerung so weit wie möglich zu entfliehen suchte. Er konnte nicht die geringste Andeutung über die alte Freundschaft ertragen, kein Bild des Toten mehr sehen, mochte nichts mehr von ihm hören, hielt alles von sich fern, was mit ihm irgendwie zusammenhing. Der Pomp eines großen öffentlichen Begräbnisses beleidigte sein Gefühl. Er hatte nur das eine Verlangen, fortzukommen. Er blieb zehn Jahre weg. Es ging das Gerücht, daß er am Ende seines Exils wieder etwas aufgelebt sei, aber als er zurückkam, brach er völlig zusammen. Er verfiel in religiöse Melancholie, und die kommt fast dem Wahnsinn gleich."

„Man sagt, die Priester hätten sich seiner bemächtigt," brummte der alte General. „Ich weiß, er gab Riesensummen für die Gründung eines Klosters und lebt selbst wie ein Mönch oder jedenfalls wie ein Einsiedler. Ich verstehe nicht, wie man so etwas für gut halten kann."

„So ein verfluchter Aberglaube," schnarrte Cockspur. „Das sollte man an die große Glocke hängen. Diese Vampire machen sich an einen Mann heran, der dem Reich und der Welt hätte große Dienste erweisen können, und saugen ihm das Blut aus. Ich wette, bei ihren unnatürlichen Begriffen von Welt und Leben haben sie ihn nicht einmal heiraten lassen."

„Nein, verheiratet ist er nicht," sagte die Dame. „Verlobt war er, als ich ihn kennenlernte, aber ich glaube nicht, daß bei ihm diese Liebe allem andern vorausging, sie wurde mit begraben, als alles andere zusammenstürzte. Wie es bei Hamlet und Ophelia war – die Liebe entglitt ihm, als ihm das Leben entglitt. Ich kannte die Braut, ich kenne sie sogar jetzt noch. Unter uns, es war Viola Grayson, die Tochter des alten Admirals. Auch sie hat sich nicht verheiratet."

„Das ist schändlich! Das ist teuflisch!" rief Sir John aufspringend. „Es ist nicht nur eine Tragödie, sondern ein Verbrechen. Ich habe dem Publikum gegenüber eine Pflicht zu erfüllen und werde diesen empörenden Fall öffentlich brandmarken. Man sollte es nicht glauben ... Im zwanzigsten Jahrhundert –"

Er erstickte fast an seiner Entrüstung. Der alte Soldat aber sagte nach einer Weile:

„Ich bilde mir nicht ein, viel von diesen Dingen zu verstehen, aber ich glaube, diese frommen Leute sollten an das Bibelwort denken, das da heißt: ›Lasset die Toten ihre Toten begraben‹."

„Nur daß unglücklicherweise die Mahnung dieses Textes gerade in diesem Falle befolgt zu werden scheint," sagte seine Frau seufzend. „Es ist hier wie in einer unheimlichen Geschichte, in der ein Toter unablässig und für ewig einen anderen Toten begräbt."

„Das Gewitter ist über uns hinweggegangen," sagte Romaine mit undefinierbarem Lächeln. „Sie werden also dem gastlichen Hause keinen Besuch abzustatten brauchen."

Die Amerikanerin fuhr schaudernd zusammen.

„Oh, das werde ich niemals wieder tun!" rief sie.

Mallow sah sie erstaunt an.

„Wieder! Haben Sie das denn schon einmal versucht?" fragte er.

„Ja, einmal habe ich den Versuch gemacht," sagte sie leichthin, nicht ohne einen Anflug von Stolz, „aber wir wollen dies alles jetzt ruhen lassen. Es regnet zwar nicht, aber ich glaube, es ist besser, wir gehen zum Wagen zurück."

Einzeln und paarweise brachen sie auf. Mallow und der General waren am weitesten zurück, und plötzlich sagte der General mit gesenkter Stimme:

„Dieser Cockspur braucht es nicht zu hören, aber da Sie gefragt haben, ist es besser, wenn Sie die Wahrheit erfahren. Diese Brüskierung kann ich Marne niemals verzeihen, aber ich glaube, die Mönche haben ihn so zugerichtet, daß er nicht anders kann. Meine Frau, der beste Freund, den er in Amerika gehabt hat, besuchte ihn, als er gerade im Garten spazieren ging. Er sah zu Boden wie ein Mönch und steckte in einer schwarzen Kapuze, die mindestens so lächerlich war wie eine Maske. Sie hatte sich durch ihre Karte anmelden lassen und stand im Garten, um ihn zu begrüßen, auf demselben Wege, den er einhergeschritten kam. Und was glauben Sie – ohne ein Wort und ohne einen Blick ging er an ihr vorbei, als wäre sie ein im Wege liegender Stein gewesen. Er war kein menschliches Wesen, er war nur noch ein wandelnder, aufgezogener Apparat. Sie kann ihn mit Recht einen Toten nennen."

„Das ist alles sehr seltsam," sagte der junge Mann. „Es ist ganz anders als – als ich erwartet hätte."

Als der junge Herr Mallow von diesem ziemlich düsteren Ausflug nach Hause gekommen war, machte er sich auf die Suche nach einem Freunde. Er kannte keine Mönche, aber er kannte einen Priester, und es lag ihm sehr am Herzen, diesem die sonderbaren Enthüllungen, die er draußen vernommen hatte, mitzuteilen. Er hätte allzu gern gewußt, wie es mit dem grausamen Aberglauben bestellt war, der, gleich der am Nachmittag heraufziehenden schwarzen Gewitterwolke, dräuend über dem Schlosse des Marquis von Marne hing.

Nachdem er längere Zeit vergeblich herumgeirrt war, traf er Pater Brown schließlich in dem Hause eines katholischen Freundes, der eine zahlreiche Familie besaß. Er fand Pater Brown auf dem Fußboden sitzend und sehr ernsthaft bemüht, den ziemlich blumigen Hut einer Wachspuppe auf dem Kopfe eines Teddybären zu befestigen.

Mallow fühlte, daß seine Mitteilung der Situation nicht ganz entsprechen würde, aber er war von seinem Problem viel zu sehr erfüllt, um die Unterhaltung hierüber länger, als es eben nötig war, hinauszuschieben. In seinem Unterbewußtsein hatte es die ganze Zeit gearbeitet und rumort, und so erzählte er die ganze Tragödie des Hauses Marne, wie er sie von der Frau des Generals gehört hatte, unter Beifügung der Kommentare des Generals und des Zeitungsbesitzers. Mit der Erwähnung des letzteren schien sich eine neue Atmosphäre zu bilden, Pater Brown hörte aufmerksam zu.

Pater Brown wußte nicht oder kümmerte sich nicht darum, daß seine Haltung komisch oder nicht ganz salonfähig war. Er blieb ruhig auf dem Boden sitzen, wo sein großer Kopf und seine kurzen Beine ihn wie ein spielendes Kind erscheinen ließen. Aber in seine großen grauen Augen trat ein gewisser Ausdruck, der in der Geschichte von neunzehnhundert

Jahren in vielen Jahrhunderten in den Augen vieler Männer zu sehen gewesen ist, nur saßen diese Männer im allgemeinen nicht auf dem Boden, sondern an Konferenztischen oder auf den Thronsesseln von Äbten, Bischöfen und Kardinälen, ein weitreichender, wachsamer Spähblick, in dem die ganze Demut eines für Menschen allzu schweren Amtes liegt. Diesen bangen und weitreichenden Blick kann man oft in den Augen von Seeleuten und bei jenen beobachten, die das Schiff St. Peters durch so viele Stürme gesteuert haben.

„Es ist sehr gut von Ihnen, daß Sie mir dies erzählen," sagte er. „Ich bin Ihnen wirklich sehr dankbar, denn wir werden vielleicht hierin etwas unternehmen müssen. Wenn nur Leute wie Sie und der General in Betracht kämen, könnte man die Sache womöglich als eine private Angelegenheit betrachten, aber wenn Sir John Cockspur in seinen Blättern Lärm schlägt und falsche Nachrichten verbreitet – er gehört zu den katholikenfeindlichen Orangeleuten, und wir können ihm die Sache kaum allein überlassen."

„Aber was sagen Sie dazu?" fragte Mallow neugierig.

„Zu allererst hätte ich dazu zu sagen," bemerkte Pater Brown, „daß die Geschichte, wie Sie sie erzählen, nicht lebenswahr klingt. Nehmen Sie an, ich wäre so ein Vampir." Er rieb seine Nase mit dem Teddybären, wurde sich der Komik dunkel bewußt und legte den Bären hin. „Nehmen Sie an, wir zerstörten alle Freundschafts- und Familienbande. Warum sollten wir jemandem gerade dann wieder eine solche Familienfessel anlegen, wenn er dabei war, sich von ihr loszumachen? Man kann uns doch nicht zugleich zur Last legen, eine solche Zuneigung zu zerstören und sie in noch höherem Grade zu befördern. Ich sehe auch nicht ein, warum gerade ein mit religiösem Wahnsinn behafteter Mensch einen solchen an Wahnsinn grenzenden Kultus der Vergangenheit treiben sollte, oder wie die Religion diesen Wahnsinn steigern könnte, sie könnte ihn höchstens mit ein wenig Hoffnung erhellen."

Nach einer Pause fügte er dann hinzu: „Ich möchte einmal mit diesem General sprechen."

„Nicht er, sondern seine Frau hat mir alles erzählt," sagte Mallow.

„Jawohl," erwiderte Pater Brown, „aber mich interessiert das, was er nicht sagte, mehr als das, was sie sagte."

„Sie meinen also, er weiß mehr als sie?"

„Ich meine, er weiß mehr, als sie sagt," antwortete Pater Brown. „Nach Ihrem Bericht hat er gesagt, diese Brüskierung könne er Marne niemals verzeihen? Was hat er sonst noch zu verzeihen?"

Pater Brown erhob sich und schüttelte seine weiten Röcke. Er sah den jungen Mann mit zusammengekniffenen Augen und leicht komischem Ausdruck an. Dann drehte er sich schnell herum, nahm seinen unförmigen Regenschirm zur Hand, setzte seinen großen schäbigen Hut auf und stapfte die Straße hinab.

Er ging über viele Straßen und Plätze, bis er im Westend an ein schönes altes Haus kam. Er erkundigte sich bei dem Diener, ob er General Outram sprechen könne. Nach einigem Hin und Her wurde er in ein weniger mit Büchern als mit Karten und Globen ausgestattetes Studierzimmer geführt, in dem der kahlköpfige, schwarzbärtige General am Tische saß, eine lange, dünne, schwarze Zigarre rauchte und sich damit vergnügte, Stecknadeln auf eine Karte zu heften.

„Verzeihen Sie die Störung," sagte der Priester, „besonders deshalb, weil diese Störung auf ein Haar einer Einmischung in private Angelegenheiten gleicht. In einer solchen Angelegenheit möchte ich nämlich mit Ihnen sprechen, aber nur in der Hoffnung, die Sache privat zu erhalten. Unglücklicherweise möchten andere sie zu einer öffentlichen Angelegenheit machen. Sie kennen ja wohl Sir John Cockspur, Herr General?"

Der große schwarze Schnurrbart und Backenbart war wie eine die untere Gesichtshälfte des alten Generals verhüllende Maske, man konnte nur schwer sehen, ob er lächelte, aber seine braunen Augen zwinkerten manchmal.

„Den kennt jedermann," sagte er. „Ich kenne ihn nicht sehr gut."

„Sie wissen, jedermann weiß, was er weiß,“ sagte Pater Brown lächelnd, „wenn er es für zweckmäßig hält, es in Druckerschwärze niederzulegen. Und ich höre von Herrn Mallow, den Sie ja wohl kennen, daß Sir John einige flammende antiklerikale Artikel vom Stapel lassen will, deren Inhalt auf dem sogenannten Geheimnis des Schlosses Marne beruht. ›Mönche treiben einen Marquis zum Wahnsinn,‹ usw.“.

„Wenn er sie drucken will,“ erwiderte der General, „so verstehe ich nicht, warum Sie in dieser Sache zu mir kommen. Ich möchte Sie darauf aufmerksam machen, daß ich überzeugter Protestant bin.“

„Überzeugte Protestanten sind mir sehr sympathisch,“ sagte Pater Brown. „Ich bin zu Ihnen gekommen, weil ich überzeugt war, Sie würden die Wahrheit sagen. Ich hoffe; es ist nicht ungerecht, wenn man bei Sir John Cockspur in dieser Hinsicht ein weniger sicheres Gefühl hat.“

Die braunen Augen zwinkerten wieder, aber der General sagte kein Wort.

„Herr General,“ sagte Pater Brown, „nehmen Sie an, Cockspur oder Leute seines Schlages würden Ihr Land und Ihre Flagge in ihren Zeitungen in der ganzen Welt verleumden. Denken Sie sich, er würde die Behauptung aufstellen, Ihr Regiment sei in der Schlacht davongelaufen oder Ihr Stab stehe im Solde des Feindes. Würden Sie sich nicht bemühen, vor aller Welt die Wahrheit festzustellen? Würden Sie sich durch irgend etwas an der Feststellung der Wahrheit behindern lassen? Nun, ich habe ein Regiment und gehöre einer Armee an. Sie wird durch Geschichten, die nach meiner Überzeugung Märchen sind, in Mißkredit gebracht, aber ich kenne den wahren Hergang nicht. Können Sie mir einen Vorwurf machen, wenn ich mich bemühe, ihn herauszufinden?“

Der General schwieg, und der Priester fuhr fort:

„Ich habe von Mallow die Version gehört, die gestern erzählt wurde. Marne soll sich, völlig gebrochen durch den Tod seines Bruders, der ihm mehr war als ein Bruder, gänzlich von der Welt zurückgezogen haben. Ich bin überzeugt, daß diese Erklärung nicht genügt. Ich bin hergekommen, um Sie zu fragen, ob Sie mehr hierüber wissen.“

„Nein," sagte der General schroff, „ich kann Ihnen nicht mehr sagen."

„Herr General," sagte Pater Brown mit breitem Lächeln, „Sie würden mich einen Jesuiten genannt haben, wenn ich mich so aus der Schlinge gezogen hätte."

Der General lachte rauh auf und brummte dann mit noch größerer Feindseligkeit:

„Gut denn, ich will Ihnen nichts sagen. Was sagen Sie nun?"

„Ich sage nur," antwortete der Priester sanft, „daß in diesem Falle ich Ihnen etwas erzählen muß."

Die braunen Augen, die jetzt nicht mehr zwinkerten, waren groß auf ihn gerichtet.

„Sie zwingen mich, darzulegen, vielleicht auf weniger sympathische Weise als es Ihnen möglich wäre, warum mehr hinter dieser Geschichte steckt, als in der Erzählung Ihrer Frau zum Ausdruck kommt. Ich bin fest überzeugt, daß der Marquis nicht nur deshalb der Melancholie und der Einsamkeit verfallen ist, weil er einen alten Freund verloren hat. Ich zweifle daran, ob Priester überhaupt etwas damit zu tun haben, ich weiß nicht mal, ob er ein Konvertit ist oder nur ein Mann, der sein Gewissen durch Wohltätigkeit zur Ruhe bringen will, aber ich bin sicher, daß die Trauer um einen verlorenen Freund nicht der einzige Grund seiner Handlungsweise ist. Da Sie nicht anders wollen, will ich Sie auf ein paar Punkte hinweisen, die mich zu dieser Überzeugung bringen.

Erstens, James Mair soll verlobt gewesen sein und die Absicht gehabt haben, zu heiraten, aber nach dem Tode Maurice Mairs soll er die Verlobung gelöst haben. Warum sollte ein ehrenwerter Mann die Verlobung lösen, nur weil er durch den Tod eines Freundes betrübt ist? Viel wahrscheinlicher ist doch, daß er sich, um Trost zu finden, noch fester an den einzigen Menschen anschloß, der ihm verblieben war, aber jedenfalls war der Tod des Freundes kein Grund, von der Verlobung zurückzutreten."

Der General biß auf seinen schwarzen Schnurrbart, und in seine braunen Augen trat ein wachsamer und sogar ängstlicher Ausdruck, aber er antwortete nicht.

„Ein zweiter Punkt," sagte Pater Brown, mit zusammengezogenen Brauen auf den Tisch blickend, „James Mair fragte seine Freundin unablässig, ob sein Cousin Maurice nicht sehr bezaubernd sei, und ob Frauen ihn nicht bewundern würden. Ich weiß nicht, ob der Dame der Gedanke gekommen ist, daß diese Fragen einen anderen Sinn haben konnten."

Der General stand auf und begann im Zimmer umherzugehen oder umherzustampfen.

„Oh, ich will nichts mehr von dieser verfluchten Geschichte wissen," rief er, aber seine feindselige Stimmung war geschwunden.

„Der dritte Punkt," fuhr Pater Brown fort, „ist James Mairs sonderbare Art zu trauern – er zerstört alle Andenken, verhüllt alle Bilder und so weiter. Ich gebe zu, das kommt manchmal vor. Es kann der Ausdruck leidenschaftlicher Trauer sein. Aber es kann auch etwas anderes bedeuten."

„Zum Henker noch mal," rief der General, „wieviel Punkte haben Sie noch auf Vorrat?"

„Der vierte und fünfte Punkt lassen an Beweiskraft nichts zu wünschen übrig, besonders wenn man sie zusammen nimmt," fuhr der Priester ruhig fort. „Maurice Mair, der doch einer bekannten Familie angehörte, scheint gar nicht besonders feierlich bestattet worden zu sein. Er muß eilig, vielleicht heimlich begraben worden sein. Und der letzte Punkt ist, daß James Mair sofort ins Ausland verschwand, ja bis ans Ende der Welt geflohen ist.

Und wenn Sie daher," fuhr er noch immer in demselben sanften Ton fort, „meine Religion anschwärzen würden, um die Geschichte von der reinen und vollkommenen Liebe zweier Brüder in helles Licht zu heben, so –"

„Halt!“ rief Outram mit furchtbarer Plötzlichkeit. „Ich muß Ihnen mehr sagen, oder Sie werden Schlimmeres vermuten. Ich will Ihnen sofort eins sagen. Es war ein ehrlicher Kampf.“

„Ah,“ sagte Pater Brown und schien erleichtert aufzuatmen.

„Es war ein Duell,“ sagte der General. „Es war wahrscheinlich das letzte Duell, das in England ausgefochten wurde, und seitdem ist eine lange Zeit verflossen.“

„Das ist besser,“ sagte Pater Brown. „Gott sei Dank, das ist ein gutes Teil besser.“

„Besser als die scheußlichen Dinge, an die Sie gedacht haben, nicht wahr?“ brummte der General. „Aber Sie mögen noch so sehr über die reine und vollkommene Liebe lachen, sie bestand trotzdem. James Mair war seinem Kusin, der mit ihm aufgezogen war wie ein jüngerer Bruder, von Herzen zugetan. Man findet es oft, daß ältere Brüder und Schwestern sich einem nachgeborenen Kinde auf diese Weise widmen, besonders wenn es eine Art Wunderkind ist. Aber James Mair gehörte zu den einfachen Menschen, in denen selbst der Haß selbstlos ist. Selbst wenn sich in einem solchen Falle zärtliche Zuneigung in Wut noch immer objektiv, nämlich nach außen auf ihr Objekt gerichtet, an sich selbst denken solche Menschen nicht. Der arme Maurice Mair war gerade das Gegenteil von ihm. Sein Erfolg hatte ihn so berauscht, daß er wie in einem Spiegelhause lebte. Er war in jeder Art Sport, in allen Künsten und außergewöhnlichen Leistungen immer der erste. Er gewann fast immer, ohne sehr überheblich zu sein. Aber wenn er einmal zufällig verlor, so kam eine weniger angenehme Seite seiner Natur zum Vorschein, er war ein wenig eifersüchtig. Es würde zu weit führen, wenn ich Ihnen ausführlich erzählen würde, wie sich diese Eifersucht nach der Verlobung seines Kusins bemerkbar machte, wie seine ruhelose Eitelkeit ihn dazu trieb, sich in die Herzensangelegenheit des anderen einzumischen. Es genügt, wenn ich Ihnen sage, daß James Mair, der in den meisten Dingen hinter ihm zurückstand, ein besserer Schütze war als er, und damit endete die Tragödie.“

„Sie meinen, die Tragödie begann," erwiderte der Priester. „Die Tragödie des Überlebenden. Ich dachte mir ja, daß keine mönchischen Vampire dazu nötig waren, ihn unglücklich zu machen."

„Nach meiner Meinung ist er viel unglücklicher als er zu sein brauchte," sagte der General. „Es war freilich eine gräßliche Tragödie, aber es war ein ehrlicher Kampf. Und James war herausgefordert worden."

„Wie wissen Sie das alles?" fragte der Priester.

„Ich weiß es, weil ich alles mit angesehen habe," antwortete Outram unerschütterlich. „Ich war James Mairs Sekundant, und ich sah Maurice Mair vor mir tot auf dem Sand liegen."

„Ich wäre Ihnen dankbar, wenn Sie mir das etwas ausführlicher schildern würden," sagte Pater Brown nachdenklich. „Wer war Maurice Mairs Sekundant?"

„Er hatte sich einen bekannteren Namen ausgesucht," erwiderte der General grimmig. „Sein Sekundant war Hugo Romaine, der große Schauspieler. Maurice war aufs Theaterspielen versessen und hatte Romaine (der damals zwar schon im Aufstieg begriffen war, aber noch zu kämpfen hatte) als Lehrer angenommen, und als Gegenleistung für seine Unterweisung finanzierte er ihn und seine Unternehmungen. Romaine war damals von seinem reichen Freunde abhängig, wenn er auch jetzt reicher ist als irgendein Aristokrat. Deshalb beweist seine Tätigkeit als Sekundant noch nicht, daß er innerlich auf Maurices Seite stand. Jeder Duellant hatte nach englischer Art nur einen Sekundanten. Ich wollte wenigstens einen Wundarzt hinzuziehen, aber Maurice lehnte diesen Vorschlag heftig ab, je weniger Leute Kenntnis von dem Duell hätten, desto besser sei es, sagte er, und im schlimmsten Falle könnten wir ja sofort Hilfe bekommen. ›In dem Dorfe, das keine halbe Meile entfernt ist, wohnt ein Arzt,‹ sagte er, ›ich kenne ihn, und er besitzt eins der schnellsten Pferde. Er könnte sofort zur Stelle sein, aber er braucht erst geholt werden, wenn es nötig ist.‹ Wir wußten alle, daß Maurice die größte Gefahr lief, da er die Pistole nicht gut zu handhaben wußte. Als er daher die Hinzuziehung eines Arztes ausschlug, wurde von unserer Seite nicht weiter darauf bestanden. Das Duell wurde auf einer flachen Sandstrecke an der Ostküste von Schottland ausgefochten. Eine lange Reihe grasbewachsener Sanddünen schloß den Platz gegen die landeinwärts gelegenen Weiler ab, so daß von dort niemand etwas sehen und hören konnte. Die Dünen gehörten wahrscheinlich zum Golfspielplatz, obgleich damals noch kein Engländer von Golf etwas gehört hatte. In den Dünen befand sich ein tiefer krummer Einschnitt, durch den wir an den Strand gelangten. Ich sehe ihn deutlich vor mir: zuerst ein breiter Streifen von fahlem Gelb und hinter ihm ein schmalerer Streifen von dunklem Rot, ein Rot, das bereits wie der lange Schatten einer Bluttat erschien.

Der Kampf selbst ging mit schrecklicher Geschwindigkeit vor sich, es war, als wenn plötzlich ein Wirbelwind über den Sand gefegt wäre. Bei dem ersten Knall schien sich Maurice wie ein Kreisel zu drehen und fiel dann vornüber aufs Gesicht. Und sonderbar, während ich mich bis zu diesem Augenblick um ihn gesorgt hatte, wandte sich nun, als er tot war, mein ganzes Mitleid dem Manne zu, der ihn getötet hatte, und so ist es bis zu dieser Stunde geblieben. Ich wußte, daß jetzt, wo Maurice tot war, das Pendel der lebenslangen Liebe meines Freundes mit einem gewaltigen Schwunge zurückschlagen würde, und daß, mochten andere auch Gründe finden, ihm zu verzeihen, er selbst sich diese Tat in seinem ganzen Leben niemals vergeben würde. Und so ist der Eindruck, der sich mir am tiefsten eingeprägt hat, das Bild, das unvergeßlich mir vor Augen steht, nicht die Katastrophe selbst, der Rauch, das Aufblitzen und die fallende Gestalt. Das war alles vorüber, es war wie ein Geräusch, das einen aufweckt. Was ich sah, was ich immer sehen werde, ist das Bild, wie der arme James auf seinen gefallenen Freund und Feind zulief. Sein brauner Bart erschien gegen die geisterhafte Blässe seines Gesichtes schwarz, sein Profil hob sich scharf gegen das Meer ab. Mit verzweifelten Gebärden bestimmte er mich, zu dem Wundarzt in das hinter den Sanddünen liegende Dorf zu laufen. Er hatte seine Pistole fallen lassen, in einer Hand hielt er einen Handschuh und dessen lose und flatternde Finger schienen der verzweifelten Gebärde, mit der er mich zur Herbeiholung ärztlicher Hilfe antrieb, einen flehentlich ekstatischen Nachdruck zu verleihen. Das ist das Bild, das mir vor Augen steht, und dieses Bild zeigt mir außerdem nur noch den verschiedenfarbigen Hintergrund des Sandes und des Meeres, den dunklen, toten Körper, der still wie ein Stein dalag und die dunkle Gestalt des Sekundanten des Toten, die sich steil und regungslos gegen den Horizont abhob."

„Wie? Romaine stand regungslos da?" fragte der Priester. „Ich dachte, er wäre noch schneller auf den Toten zugelaufen als James."

„Möglich, daß er es tat, als ich fort war," erwiderte der General. „Ich nahm dieses unvergeßliche Bild in mich auf, und im nächsten Augenblick war ich schon hinter den Sanddünen verschwunden und hatte die anderen aus den Augen verloren. Der arme Maurice hatte, was den Arzt anbelangt, eine gute Wahl getroffen. Wenn der Arzt auch zu spät kam, so kam er doch schneller als ich für möglich gehalten hätte. Dieser Dorfarzt war ein merkwürdiger Mann, rothaarig, reizbar, aber von außerordentlicher Geistesgegenwart. Ich hatte zwar nur einen flüchtigen Eindruck von ihm, denn er schwang sich gleich auf sein Pferd und stürmte in gestrecktem Galopp an den Strand, während ich weit hinten blieb. Aber wenn unsere Begegnung auch nur flüchtig gewesen war, so berührte mich seine Persönlichkeit doch so stark, daß ich von Herzen wünschte, wir hätten ihn herbeigeholt, bevor das Duell begann, denn ich glaube wirklich, er hätte es verhindert. Jedenfalls beseitigte er die Spuren mit wunderbarer Schnelligkeit. Bevor ich auf meinen zwei Füßen zum Strande zurückkam, hatte dieser praktische Mensch alles erledigt. Die Leiche war vorläufig in den Dünen beerdigt, und der unglückliche Mörder war überredet worden, das einzige zu tun, was er tun konnte – nämlich zu fliehen. Er eilte die Küste entlang, bis er an einen Hafen kam, wo es ihm gelang, außer Landes zu kommen. Den weiteren Verlauf der Geschichte kennen Sie. Der arme James blieb viele Jahre im Ausland, später, als über die ganze Sache Gras gewachsen war, kehrte er in sein düsteres Schloß zurück und erbte ohne weiteres Titel und Vermögen. Ich habe ihn seitdem niemals wiedergesehen, und doch weiß ich, was in roten Buchstaben im verborgensten Winkel seines Kopfes geschrieben steht."

„Ist nicht der Versuch gemacht worden, zu ihm zu dringen?“ fragte Pater Brown.

„Meine Frau hat ihre Versuche niemals aufgegeben,“ sagte der General. „Sie will nicht zugeben, daß solch ein Verbrechen einen Mann für immer aus der Gesellschaft der Menschen ausschließen muß, und ich gestehe, ich bin geneigt, ihr recht zu geben. Vor achtzig Jahren hätte man eine solche Tat für ganz normal gehalten, und James hat ja auch wirklich keinen Mord, sondern einen Todschlag begangen. Meine Frau ist mit der unglücklichen Dame, die die Ursache des Streites war, sehr befreundet und meint, wenn James einwilligen würde, Viola Grayson noch einmal zu sehen, und von ihr die Versicherung empfangen würde, daß alte Streitigkeiten begraben sind, so würde er dadurch wiederhergestellt werden. Meine Frau hat in dieser Angelegenheit, glaube ich, für morgen eine Art Kriegsrat einberufen. Sie ist sehr energisch.“

Pater Brown spielte mit den Stecknadeln, die neben der Landkarte lagen, er schien ziemlich geistesabwesend zu sein und nur mit halbem Ohr zuzuhören. Sein Geist sah immer alles in Bildern, und das Bild, das sich sogar in dem prosaischen Kopf des praktischen alten Generals so lebhaft eingeprägt hatte, nahm in dem mystischeren Geiste des Priesters noch lebhaftere und zugleich unheimlichere Farben an. Er sah den öden dunkelroten Sand, den Toten, der langgestreckt auf dem Gesicht lag, den Mörder, der gebückt auf ihn zulief und in verzweifelter Reue mit einem Handschuh gestikulierte, aber immer kehrte seine Phantasie zu einer Merkwürdigkeit zurück, die er noch nicht in dieses Bild einfügen konnte: der Sekundant des Erschossenen stand regungslos und rätselhaft wie eine dunkle Statue am Ufer des Meeres. Für einige wäre das nur eine merkwürdige Einzelheit im Rahmen des Ganzen gewesen, für ihn aber bildete diese starre Gestalt ein großes eigenartiges Fragezeigen.

Warum hatte Romaine sich nicht sofort gerührt? Das war doch die natürliche, menschliche Pflicht eines Sekundanten, von Freundschaft ganz abgesehen. Selbst wenn irgendein Doppelspiel oder ein dunkles, noch im Verborgenen liegendes Motiv in Frage kam, so sollte man doch glauben, er hätte irgend etwas unternommen, um den Schein zu wahren.

Jedenfalls hätte er sich doch rühren müssen, bevor der andere Sekundant zwischen den Dünen verschwunden war.

„Ist dieser Romaine sehr schwer beweglich?“ fragte Pater Brown.

„Sonderbar, daß Sie das fragen!“ antwortete Outram mit einem schnellen Blick. „Nein, wenn er sich bewegt, sind seine Bewegungen gewöhnlich sehr schnell. Aber sonderbar, ich dachte gerade daran, daß ich ihn heute nachmittag während des Gewitters genau so stehen sah. In seinem durch die silberne Schnalle zusammengehaltenen Umhang, eine Hand in die Hüfte gestemmt, stand er genau so da wie damals auf dem verhängnisvollen Kampfplatz. Der Blitz blendete uns alle, aber er zuckte nicht einmal mit den Wimpern. Als der Wald wieder schwarz war, stand er noch genau so da.“

„Er steht doch wohl nicht jetzt noch da?“ fragte Pater Brown. „Ich meine, seine Erstarrung löste sich doch bald?“

„Sie löste sich sofort, als der Donner krachte,“ erwiderte der General. „Er schien darauf gewartet zu haben, denn er sagte uns genau die Zeit, die zwischen Blitz und Donner lag ... Was gibt's?“

„Ich habe mich mit einer Nadel gestochen,“ sagte Pater Brown. „Ich hoffe, ich habe ihr keinen Schaden getan.“ Sein Mund hatte sich plötzlich krampfhaft geschlossen, er blinzelte heftig.

„Ist Ihnen nicht wohl?“ fragte der General, ihn verdutzt ansehend.

„Doch,“ antwortete der Priester, „ich bin nur nicht so stoisch wie Ihr Freund Romaine. Ich muß blinzeln, wenn ich Licht sehe.“

Er nahm Hut und Mantel auf und wollte gehen, aber als er an der Tür war, schien ihm etwas einzufallen, und er kehrte zurück. Er trat sehr nahe an Outram heran, seine Augen blickten ihn hilflos, etwa wie die eines sterbenden Fisches, an, und mit der Hand machte er eine Bewegung, als wenn er den General bei der Weste packen wollte.

„Herr General,“ sagte er fast flüsternd, „halten Sie um Himmelswillen Ihre Frau und jene andere Dame davon ab, zu Marne zu gehen. Längst vergangene Dinge soll man nicht aufrühren, sonst könnten böse Flammen aus ihnen zischeln."

Der General blieb allein zurück, und als er sich wieder setzte, um weiter mit seinen Stecknadeln zu spielen, stand in seinen braunen Augen ein großes Erstaunen.

Noch größer jedoch war das Erstaunen, das in den verschiedenen Stadien der wohlgemeinten Verschwörung die Frau des Generals befiel. Sie hatte ihr Grüppchen Getreuer zusammenberufen, um das Schloß des Misanthropen zu stürmen. Die erste Überraschung, die ihr widerfuhr, war die Entdeckung, daß einer der Hauptrollenträger der ehemaligen Tragödie ohne Entschuldigung ausgeblieben war. Als man, wie verabredet, in einem stillen Gasthof in der Nähe des Schlosses zusammenkam, zeigte sich keine Spur von Hugo Romaine, bis schließlich ein Telegramm von einem Rechtsanwalt einlief, in dem mitgeteilt, wurde, daß der große Schauspieler plötzlich England verlassen habe. Und als sie nun das Bombardement des Schlosses mit einem dringenden Ersuchen um eine Unterredung begannen, kam die zweite Überraschung. Es war die Gestalt, die ihnen aus den düsteren Toren des Schlosses entgegenkam, um die Deputation im Namen des Eigentümers zu empfangen. Diese Gestalt paßte gar nicht zu den feierlich-düsteren Alleen und zu solch feudalen Formalitäten wie dem Empfang einer Deputation. Es war kein majestätischer Diener oder Hausmeister, nicht einmal ein würdevoller Kellermeister oder ein stattlicher Kutscher in Livree. Aus dem höhlenartigen Schloßeingang kam nur die kleine und unansehnliche Gestalt Pater Browns.

„Aber meine Damen und Herren," sagte er in seiner einfachen Art, wobei er die Förmlichkeit durch einen aus leichtem Ärger und Langerweile gemischten Ton ersetzte, „ich ließ Ihnen doch sagen, Sie täten besser daran, den Besitzer dieses Hauses in Ruhe zu lassen. Er weiß, was er tut, und Ihr Besuch kann nur Unheil anrichten."

Lady Outram, die von einer großen, schlicht gekleideten und noch sehr hübschen Dame, wahrscheinlich dem ehemaligen Fräulein Grayson, begleitet war, sah mit kalter Verachtung auf den kleinen Priester herab.

„Das ist denn doch die Höhe," sagte sie, „wie kommen Sie dazu, sich in unsere Angelegenheiten zu mischen?"

„Haben Sie schon mal einen Priester gesehen, der sich nicht in fremde Angelegenheiten mischt?" schnarrte Sir John Cockspur. „Sie hausen wie die Ratten hinter dem Wandgetäfel und dringen in jedermanns Privatzimmer ein. Sehen Sie nur, wie er den armen Marne schon in seiner Macht hat." Sir John war nicht bei bester Laune, da seine aristokratischen Freunde ihm abgeredet hatten, die Sache an die große Glocke zu hängen. Als Ersatz hierfür durfte er bei der Aufdeckung einer gesellschaftlichen Skandalaffäre durch seine persönliche Anwesenheit glänzen. Es fiel ihm niemals ein, sich zu fragen, ob er vielleicht eine Ratte hinter einem Wandgetäfel war.

„Seien Sie versichert, ich habe mit dem Marquis gesprochen," sagte Pater Brown mit der Ungeduld der Angst, „habe auch den einzigen Priester zu Rate gezogen, mit dem der Marquis jemals zu tun gehabt hat. Seine kirchlichen Neigungen sind sehr übertrieben worden. Ich sage Ihnen, er weiß, was er will, und ich flehe Sie an, ihn in Ruhe zu lassen."

„Sie meinen, wir sollen ihn seinem qualvollen Brüten und dem geistigen Tode des Wahnsinns überlassen!" rief Lady Outram mit zitternder Stimme. „Nur weil er das Unglück hatte, vor mehr als einem Vierteljahrhundert einen Menschen im Duell zu erschießen? Nennen Sie das christliches Erbarmen?"

„Ja," antwortete der Priester ruhig, „das nenne ich christliches Erbarmen."

„Das ist das ganze Erbarmen, zu dem diese Priester fähig sind," sagte Cockspur. „Das verstehen sie unter Verzeihen, einen Menschen bei lebendigem Leben einzumauern und ihn mit Fasten, Bußen und Höllenschilderungen zu Tode zu quälen. Und all das nur, weil eine Kugel sich verirrt hat."

„Glauben Sie wirklich," sagte General Outram, „daß er eine solche Strafe verdient? Ist das Ihr Christentum?"

„Das wahre Christentum ist sicher jenes," sagte seine Frau in sanfterem Ton, „das alles versteht und alles verzeiht. Es ist die Liebe, die sich erinnern – und vergessen kann."

„Pater Brown," sagte der junge Mallow in großem Ernst. „Ich stimme Ihnen im allgemeinen immer bei, aber hier kann ich bei bestem Willen nicht mit. Ein Schuß in einem Duell, auf den sofort die bitterste Reue folgte, kann doch nicht als ein so furchtbares Verbrechen gelten."

„Ich gebe zu," sagte Pater Brown dumpf, „daß ich sein Vergehen ernster beurteile."

„Gott möge Ihr hartes Herz erweichen," sagte die große Dame, die jetzt zum erstenmal den Mund auf tat. „Ich werde mich nicht abhalten lassen, mit meinem alten Freunde zu sprechen."

Es war beinahe, als hätte ihre Stimme in dem großen grauen Hause einen Geist aufgescheucht. Er schien plötzlich aus dem Dunkel zu treten, oben auf der Treppe in dem dämmerigen Torweg wurde eine Gestalt sichtbar. Sie war in die schwarze Farbe des Todes gekleidet, aber das weiße Haar war wie von leidenschaftlicher Wildheit umlodert, und das bleiche Gesicht erinnerte irgendwie an die Überbleibsel einer zertrümmerten Marmorstatue.

Viola Grayson begann ruhig die große Treppe hinaufzusteigen, und Outram murmelte in seinen schwarzen Bart: „Er wird sie doch nicht ebenso ignorieren wie meine Frau."

Pater Brown, der sich jetzt resigniert in die Lage zu schicken schien, sah zu dem General hinauf.

„Der arme Marne hat genug auf dem Gewissen," sagte er. „Wir wollen ihn nicht noch mit Dingen belasten, die er nicht getan hat. Ihre Frau wenigstens hat er niemals ignoriert."

„Was verstehen Sie darunter?"

„Er hat sie nie gekannt,“ sagte Pater Brown.

In diesem Augenblick stieg die große Dame stolz die letzte Stufe hinauf und sah dem Marquis von Marne gerade ins Gesicht. Seine Lippen bewegten sich, aber ehe er sprechen konnte, ereignete sich etwas, das den Mitgliedern der kleinen Deputation das Blut in den Adern erstarren ließ.

Ein Schrei ertönte und hallte an den düsteren Wänden schauerlich wider. Er ertönte so plötzlich und war so unheimlich und schauerlich, daß man ihn für einen unartikulierten Ruf hätte halten können. Aber dieser Schrei war ein artikuliertes Wort, und alle hörten ihn mit schrecklicher Klarheit.

„Maurice!“

„Um Himmelswillen, was gibt's?“ rief Lady Outram und stürmte die Treppe hinauf, denn die Frau da oben schwankte und schien stürzen zu wollen. Dann drehte sie sich um und begann, zitternd und zusammengesunken, die Treppe hinabzusteigen. „Oh, mein Gott,“ stöhnte sie. „Oh, mein Gott ... es ist gar nicht James ... es ist Maurice!“

„Ich glaube,“ sagte der Priester ernst zu Lady Outram, „Sie gehen am besten mit Ihrer Freundin fort.“

Als sie sich fortwandten, kam oben von der steinernen Treppe eine Stimme, eine Stimme, die aus einem offenen Grabe hätte kommen können. Sie war heiser und unnatürlich wie die Stimmen von Menschen, die auf verlassenen Inseln lange Zeit mit wilden Vögeln zusammengehaust haben. Es war die Stimme des Marquis von Marne, und sie rief: „Halt!“

„Pater Brown,“ sagte er, „ich ermächtige Sie, bevor Ihre Freunde auseinandergehen, ihnen alles zu sagen, was ich Ihnen gesagt habe. Welche Folgen auch daraus entstehen mögen, ich will mein Geheimnis nicht mehr länger für mich behalten.“

„Sie haben recht,“ antwortete der Priester, „und es soll Ihnen hoch angerechnet werden.“

„Ja," sagte Pater Brown später zu der kleinen, ihn mit Fragen umdrängenden Gesellschaft, "er hat mir die Erlaubnis gegeben, zu sprechen, aber ich will es nicht erzählen, wie er es mir mitgeteilt hat, sondern wie ich es selbst entdeckt habe. Ich wußte von Anfang an, daß der finstere mönchische Einfluß romanhafter Unsinn war. Unsere Leute mögen in gewissen Fällen einem Manne zureden, in ein Kloster einzutreten, aber nicht, sich in einem mittelalterlichen Schlosse zu vergraben. Auch würden sie sicherlich nicht wollen, daß er sich als Mönch kleidet, wenn er kein Mönch ist. Aber mir kam der Gedanke, daß er vielleicht selbst den Wunsch hätte, sich mit einer Mönchskapuze zu verhüllen. Ich hörte von ihm, daß er ein Leidtragender, dann, daß er ein Mörder war, aber es war bereits in mir ein flüchtiger Verdacht aufgestiegen, daß der Grund seiner Weltflucht nicht darin zu suchen sei, *was* er war, sondern *wer* er war.

Dann kam des Generals anschauliche Beschreibung des Duells, und das Anschaulichste darin war für mich die Gestalt des Herrn Romaine im Hintergrunde, sie trat für mich hervor, weil sie im Hintergrunde stand. Sie stand unbeweglich da, rührte und regte sich nicht, während der General davoneilte, um Hilfe zu holen. Dann hörte ich von Romaines merkwürdiger Gewohnheit, ganz still zu stehen, wenn er auf etwas wartete. So wartete er im Walde auf den Donner. Diese unbedeutende Einzelheit verriet mir alles. So wartete Hugo Romaine ehemals auch auf etwas."

„Aber es war alles vorüber," sagte der General. „Worauf hätte er warten können?"

„Er wartete auf das Duell," sagte Pater Brown.

„Aber ich habe das Duell ja mit angesehen!" rief der General.

„Und ich sage Ihnen, Sie haben es nicht mit angesehen," sagte der Priester.

„Sind Sie toll?" fragte der andere. „Oder warum halten Sie mich für blind?"

„Weil Sie mit Blindheit geschlagen waren – damit Sie nicht sehen sollten. Weil Sie ein guter Mensch sind, und Gott Erbarmen mit Ihnen hatte und Ihr Gesicht von diesem unnatürlichen Kampfe abwandte. Er setzte eine Mauer von Sand und Stille zwischen Sie und das schreckliche Geschehnis auf dem roten Sande, wo die Geister von Judas und Kain mit einander im Streite lagen."

„Erzählen Sie uns den Hergang!" drängte die Dame ungeduldig und mit weit aufgerissenen Augen.

„Ich will es erzählen, wie ich es entdeckte," fuhr der Priester fort. „Meine nächste Entdeckung war, daß der Schauspieler Romaine Maurice in seiner Kunst Unterricht erteilt hatte. Ich hatte einmal einen Freund, der Schauspieler wurde. Er erzählte mir sehr amüsant, daß er in der ersten Woche nichts anderes hätte üben müssen als hinzufallen, als zu lernen, wie man der Länge nach hinfällt, als wäre man mausetot."

„Gott habe Erbarmen mit uns!" rief der General und griff nach der Stuhllehne, als wenn er aufstehen wollte.

„Amen," sagte Pater Brown. „Sie erzählten mir, wie schnell alles ging. In Wirklichkeit fiel Maurice hin, bevor der Schuß krachte, und lag vollständig still und wartete. Und sein Freund und Lehrer stand im Hintergrunde und wartete ebenfalls."

„Wir warten auch," sagte Cockspur, „und es ist mir, als wenn ich nicht warten könnte."

„James Mair, schon von Reue ergriffen, lief zu dem Gefallenen hin und beugte sich über ihn, um ihn aufzuheben. Er hatte seine Pistole schaudernd weggeworfen, aber Maurice hatte seine Pistole, aus der noch kein Schuß abgefeuert war, noch unter der Hand. Als sich James nun über ihn beugte, stützte er sich auf seinen linken Arm und schoß James durch die Brust. Er wußte, daß er kein guter Schütze war, aber auf diese Entfernung konnte er sein Herz nicht verfehlen."

Die kleine Gesellschaft hatte sich erhoben und sah mit bleichen Gesichtern auf den Erzähler nieder. „Sind Sie sicher, daß sich die Sache so abgespielt hat?“ fragte schließlich Sir John beklommen.

„Ja,“ sagte Pater Brown, „und nun überlasse ich Maurice Mair, den jetzigen Marquis von Marne, Ihrem christlichen Erbarmen. Sie haben heute vom christlichen Erbarmen gesprochen. Sie schienen mir dieser Tugend einen etwas zu großen Platz einzuräumen, aber welch ein Glück ist es für arme Sünder, daß Sie auf dieser Seite ins Extrem gehen und bereit sind, alle Menschen brüderlich in die Arme zu schließen.“

„Der Teufel soll mich holen,“ polterte der General heraus, „Sie glauben doch wohl nicht, daß ich mit so einem Lumpen etwas zu tun haben will! Ich würde kein Wort für ihn einlegen, um ihn vor der Hölle zu bewahren. Ich sage nichts von einem regelrechten, anständigen Duell, aber mit Meuchelmördern will ich nichts zu tun haben.“

„Man sollte ihn lynchen,“ rief Cockspur aufgeregt. „Man sollte ihn wie einen Nigger bei lebendigem Leibe verbrennen. Und wenn es so was gibt wie ewige Flammen, so –“

„Ich würde mich mit ihm nicht an einen Tisch setzen,“ sagte Mallow.

„Es gibt denn doch eine Grenze für das Mitleid,“ sagte Lady Outram, am ganzen Körper zitternd.

„Gewiß,“ sagte Pater Brown, „und das ist der Unterschied zwischen menschlichem Mitleid und christlichem Erbarmen. Sie müssen mir verzeihen, wenn ich durch die Verachtung, die Sie mir für meine Hartherzigkeit bezeugten, oder durch Ihre Lektionen über christliche Nächstenliebe nicht ganz und gar zermalmt wurde. Denn es scheint mir, daß Sie nur die Sünden verzeihen, die Sie im Grunde nicht als Sünden ansehen. Sie sind gern zur Verzeihung bereit, wenn die Verbrechen in Ihren Augen nicht schlimm sind; so würden Sie sofort ein Duell oder einen Ehebruch verzeihen, weil die Gesellschaft diese Vergehen sanktioniert. Sie vergeben, weil nichts zu vergeben ist.“

„Aber Sie können doch von uns nicht erwarten, daß wir eine so gemeine Tat einfach verzeihen sollen," sagte Mallow.

„Nein," antwortete der Priester, „aber *wir* müssen sie verzeihen können."

Er stand auf und blickte im Kreise umher.

„*Wir* müssen die Gegenwart solcher Menschen suchen," sagte er. „*Wir* haben das Wort zu sprechen, das sie vor der Hölle retten wird. Uns allein liegt es ob, sie vor der Verzweiflung zu bewahren, wenn Ihr menschliches Mitleid sie verläßt. Gehen Sie ruhig Ihren mühelosen Weg weiter, voll Gnade und Erbarmen für alle Laster und Verbrechen, welche die Gesellschaft gern verzeiht, und überlassen Sie es uns Vampiren der Nacht, jene zu trösten, die wirklich Trost brauchen, die unentschuldbare Dinge tun, Dinge, die weder die Welt noch sie selbst verteidigen können, Dinge, die nur ein Priester vergeben wird. Lassen Sie mich eine Frage an Sie richten. Sie sind große Damen und Herren und Ihrer völlig sicher. Sie würden sich niemals zu solch einem schmutzigen Verrat hergeben, davon sind Sie fest überzeugt, und ebenso überzeugt sind Sie, daß es für solche Verräter keine Hoffnung mehr gibt. Aber wenn jemand von Ihnen einen solchen Verrat begangen hätte, wer von Ihnen wäre durch das Gewissen oder durch den Beichtvater dazu getrieben worden, nach Jahren, wenn keine Gefahr der Entdeckung mehr bestand, und Ansehen und Reichtum nicht gefährdet waren, ein solches Geständnis zu machen? Sie sagen, Sie wären nicht imstande, ein so niedriges Verbrechen zu begehen. Wären Sie imstande, ein so niedriges Verbrechen zu gestehen?"

Einer nach dem anderen raffte seine Sachen zusammen und verließ schweigend das Zimmer. Und Pater Brown ging ebenfalls schweigend in das düstere Schloß Marne zurück.

Das Geheimnis Flambeaus

„– an jene Morde, bei denen ich die Rolle des Mörders spielte," sagte Pater Brown und setzte sein Weinglas nieder. Die Reihe der roten Bilder, eindrucksvoller Szenen aus jenen Mordgeschichten, war vorübergegangen.

„Ein anderer hatte allerdings vor mir die Rolle des Mörders gespielt und mir die wirkliche materielle Erfahrung vorweggenommen. Ich war eine Art Ersatzmann, hielt mich ständig bereit, den Mörder zu spielen. Ich machte es mir wenigstens immer zur Aufgabe, die Rolle durch und durch zu beherrschen. Was ich sagen will, ist dies: wenn ich versuchte, mir den Geisteszustand vorzustellen, in dem eine solche Tat begangen werden würde, so kam mir immer zum Bewußtsein, daß ich immer in einer gewissen Geistesverfassung, und nur in dieser – es war nicht immer die, die man am ehesten hätte erwarten sollen – die Tat hätte selbst begehen können. Und dann wußte ich natürlich, wer sie begangen hatte, und es war nicht immer die Person, von der man sie am ehesten hätte erwarten sollen.

Man hätte zum Beispiel annehmen können, daß der revolutionäre Dichter den alten Richter, der mit den Revolutionären auf Kriegsfuß stand, ermordet hätte. Aber eine solche Feindschaft ist für einen revolutionären Dichter kein Grund, ihn zu *ermorden*. Sie brauchen sich, um das einzusehen, nur in einen revolutionären Dichter hineinzuversetzen. Ich bemühte mich nun, ein revolutionärer Dichter zu *sein*, das heißt, jene besondere Art pessimistisch-anarchischer Liebhaberei für Revolution in mir zu erzeugen, Revolution nicht als Reform, sondern als Zerstörung genommen. Ich versuchte, alle Elemente gesunden und vernünftigen Denkens, die ich durch Vererbung oder Erziehung mein eigen nannte, aus meinem Geiste zu verbannen. Ich verstopfte und verhängte alle Öffnungen, durch die das gute Tageslicht vom Himmel her eindringen kann. Ich stellte mir einen Geist vor, der nur durch rotes Licht von unten her erleuchtet ist, durch ein Feuer, das Felsen spaltet und Abgründe hoch schleudert. Und als diese Vision ihren wildesten und schlimmsten Grad erreicht hatte, konnte ich nicht einsehen, warum solch ein Visionär seiner Karriere durch einen Zusammenstoß mit einem gewöhnlichen Polizisten, durch die Ermordung eines reaktionären Trottels, wie er diese in Millionen von Exemplaren vertretene Spezies genannt haben würde, ein Ende setzen sollte. So etwas würde ihm gar nicht einfallen, wie revolutionär seine Gesänge auch sein mochten. Es würde ihm nicht einfallen, *weil* er revolutionäre Gesänge schrieb. Ein Mann, der seine Leidenschaft in revolutionären Rhythmen entladen kann, braucht sie nicht in einem Mord zu entladen. Ein Gedicht war für ihn ein Ereignis, und es war sehr wahrscheinlich, daß er den Wunsch hatte, noch viele solcher Ereignisse zu erleben. Dann dachte ich an eine andere Art von Heiden, die Art, die nicht die Welt zerstört, sondern ganz von der Welt abhängt. Ich dachte mir, daß ich, wenn Gott mir nicht gnädig gewesen wäre, ein Mensch hätte sein können, für den die Welt ein rings von äußerstem Dunkel umgebener elektrischer Lichtglanz ist. Der weltliche Mensch, der wirklich nur für diese Welt lebt und an keine andere glaubt, dem Erfolg und Vergnügen alles bedeuten, das einzige, was er aus dem Nichts erhaschen kann – *das* ist der Mensch, der wirklich etwas unternehmen wird, wenn er in Gefahr schwebt, die ganze Welt zu verlieren und nichts zu retten. Nicht der revolutionäre, sondern der konventionelle Mensch würde jedes Verbrechen begehen – um seine Stellung in der Gesellschaft zu retten. Bedenken Sie, was eine Bloßstellung für einen Menschen wie diesen angesehenen Juristen bedeuten mußte, und dazu Bloßstellung wegen eines Verbrechens, das der Gesellschaft, seiner Kreise noch wirklich verhaßt ist – Vaterlandsverrat. Wenn ich in seiner Lage gewesen wäre und nichts Besseres gehabt hätte als seine Philosophie, so weiß der Himmel allein, wozu ich fähig gewesen wäre. Eben darum ist diese kleine religiöse Übung so gesund.“

„Manche Menschen würden sie im Gegenteil für krankhaft halten,“ sagte Grandison Chace zweifelnd.

„Manche Menschen,“ sagte Pater Brown ernst, “halten unzweifelhaft Mitleid und Demut für krankhaft. Unser Freund, der Dichter, würde wahrscheinlich so denken. Aber ich will diese Fragen nicht erörtern, ich versuche nur, Ihre Frage zu beantworten, wie ich im allgemeinen zu Werke gehe. Einige Ihrer Landsleute haben mir anscheinend die Ehre erwiesen, sich die Frage vorzulegen, wie ich es fertig brachte, ein paar Justizirrtümer zu verhindern. Sie können ihnen meinethalben, wenn Sie zurückkommen, erzählen, daß ich das durch Krankhaftigkeit zustande bringe. Sie sollen nur ja nicht denken, daß ich das durch Magie besorge."

Chace blickte ihn immer noch mit kraus verzogener Stirn an. Er war zu intelligent, um die Idee nicht zu verstehen, doch er würde gesagt haben, er sei zu gesund veranlagt, um mit ihr zu sympathisieren. Er hatte das Gefühl, als spräche er mit einem Menschen und doch mit hundert Mördern. Diese kleine Gestalt, die wie ein Kobold neben dem koboldartigen Ofen hockte, hatte etwas Unheimliches an sich, und zu denken, daß dieser runde Kopf solch eine wilde, zügellose Phantasiewelt beherbergte! Es war, als wenn das weite Dunkel hinter ihm von dem Gedränge schwarzer Giganten erfüllt wäre, den Geistern großer Verbrecher, die nur durch den magischen Lichtkreis des roten Ofens im Zaum gehalten würden, aber ständig auf dem Sprunge ständen, ihren Herrn und Meister in Stücke zu zerreißen.

„Ich fürchte, ich halte Ihr Verfahren für krankhaft," sagte er offen. „Und ich bin mir nicht ganz klar darüber, ob nicht ebensoviel Magie wie Krankhaftigkeit dabei ist. Aber was man nun auch davon sagen mag, eins ist sicher: es muß sehr interessant sein." Nach einiger Überlegung setzte er hinzu: „Ich weiß nicht, ob Sie einen guten Verbrecher abgeben würden, aber Sie sollten es mit Romanschreiben versuchen, das müßte Ihnen liegen."

„Ich habe es nur mit wirklichen Geschehnissen zu tun," sagte Pater Brown. „Aber es ist manchmal schwerer, sich wirkliche Dinge als unwirkliche vorzustellen."

„Besonders, wenn es sich um die großen Verbrechen der Welt handelt."

„Nicht die großen Verbrechen, sondern die kleinen sind schwer vorzustellen," erwiderte der Priester.

„Ich verstehe nicht ganz, was Sie damit meinen," sagte Chace.

„Ich meine gewöhnliche Verbrechen wie Juwelendiebstähle," sagte Pater Brown, „zum Beispiel die Sache mit dem Smaragdhalsband oder dem Rubin von Meru oder den künstlichen Goldfischen. Die Schwierigkeit in solchen Fällen besteht darin, daß man seinen Geist klein machen muß. Gewaltige Erzzauberer, die Gaunerei mit großen Ideen treiben, geben sich mit solchen Bagatellen nicht ab. Ich wußte bestimmt, daß der Prophet nicht den Rubin und der Graf nicht die Goldfische gestohlen hatte. Ein Mann wie Bankes aber konnte leicht das Smaragdhalsband genommen haben. Für die anderen ist ein Juwel ein Stück Glas, sie können es vielleicht zur Wahrsagerei benutzen, aber die kleinen nüchternen prosaischen Leute schätzen es nach dem Marktwert ab.

Für solche Fälle muß man seinen Geist klein machen. Das ist sehr schwierig. Es ist, als wenn man eine schwankende Kamera immer kleiner und schärfer einstellt. Aber einige Dinge kamen mir zur Hilfe und warfen auch Licht auf das Geheimnis. Ein Mann zum Beispiel, der sich rühmt, Magier oder arme Quacksalber ›hereingelegt‹ zu haben, hat immer einen kleinen Geist. Er ›durchschaut‹ solche Leute und stellt ihnen ein Bein. Das mag manchmal eine schmerzliche Pflicht sein. Es ist ein ungewöhnlich niedriges Vergnügen. Sobald mir zum Bewußtsein kam, was ein kleiner Geist bedeutete, wußte ich, wohin ich meine Augen zu wenden hatte – auf den Mann, der den Propheten hereinlegen wollte – und er war's, der den Rubin stahl – oder auf den Mann, der sich über die spiritistischen Phantasien seiner Schwester lustig machte – und er war's, der die Smaragde stahl. Menschen wie diese spähen immer nach Juwelen aus, sie könnten sich nie wie die Gauner großen Stils dazu erheben, Juwelen zu *verachten*. Verbrecher mit diesem kleinen Geist sind immer konventionell. Sie werden Verbrecher, *weil* sie so konventionell sind.

Es erfordert aber lange Zeit, sich ganz in diese Menschen hineinzuversetzen. Es ist eine ungeheure Anstrengung der Phantasie nötig, um so konventionell zu werden wie sie, einen kleinen unbedeutenden Gegenstand so ernstlich zu begehren wie sie. Aber man kann es fertig bringen ... Man kann dem Zustand näher kommen. Fangen Sie damit an, daß Sie sich vorstellen, Sie wären ein auf Naschereien erpichtes Kind, Sie gerieten in Versuchung, in einem Laden einen Bonbon zu stehlen, und zwar einen ganz besonderen Bonbon, der schon lange Ihr Gelüst erweckt hat ... Dann müssen Sie die kindliche Poesie abziehen, das feenhafte Licht, in dem ein Zuckerbäckerladen glänzt, ausschließen. Stellen Sie sich vor, Sie glauben in Wirklichkeit, Sie kennen die Welt und den Marktwert von Bonbons ... Sie stellen Ihren Geist wie eine Kamera ein ... Das Ding nimmt Form an, die Umrisse werden schärfer ... und plötzlich haben Sie's!"

Er sprach, als wenn er auf einmal eine göttliche Vision erhascht hätte.

Grandison Chace sah ihn noch immer mit leicht gerunzelter Stirn an, er schien zwar Interesse, aber kein rechtes Zutrauen zu haben. Einmal schoß unter seinen Brauen ein Blick hervor, der fast wie plötzlicher Verdacht aussah. Es war, als ob das Entsetzen über das erste seltsame Geständnis des Priesters noch schwach in ihm nachzitterte wie das letzte Aushallen eines Donners. Er sagte sich, daß Pater Brown natürlich nicht in Wirklichkeit solch ein Ungeheuer und solch ein Mörder sein konnte, wie er in jenem tollen Augenblick von sich behauptet hatte. Aber etwas stimmte doch wohl nicht mit dem Manne, der sich so seelenruhig als Mörder hinstellte. War es möglich, daß der Priester ein wenig verrückt war?

„Glauben Sie nicht," sagte Chace plötzlich, "daß man etwas zu duldsam gegen Verbrechen wird, wenn man so wie Sie versucht, sich in Verbrecher hineinzufühlen?"

Pater Brown setzte sich auf und antwortete mit Entschiedenheit und ohne Umschweife.

„Wie ich weiß, ist die Wirkung genau die entgegengesetzte. Mein Verfahren löst das ganze Problem der Zeit und der Sünde. Es gibt einem die Gewissensbisse im voraus."

Es trat Schweigen ein. Der Amerikaner sah zu dem hohen und steilen Dach auf, das zur Hälfte über den Hof ragte. Der Herr des Hauses blickte regungslos ins Feuer. Dann fing der Priester wieder an zu sprechen. Seine Stimme klang anders, als wenn sie tiefer von unten käme.

„Es gibt zwei Arten, dem Teufel zu entsagen, und der Unterschied zwischen ihnen ist vielleicht der tiefste Zwiespalt in der modernen Religion. Die einen haben einen Schauder vor ihm, weil er so weit weg ist, und die anderen, weil er so nahe ist. Und keine Tugend und kein Laster sind so tief getrennt wie diese zwei Tugenden."

Niemand antwortete ihm, und er fuhr in demselben Ton fort. Seine Worte schienen herniederzufallen wie geschmolzenes Blei.

„Man kann ein Verbrechen für entsetzlich halten, weil man es niemals begehen könnte. Ich halte es für entsetzlich, weil ich es begehen könnte. Sie denken daran wie an einen Ausbruch des Vesuv, aber dieser wäre in Wirklichkeit nicht so schrecklich wie eine Feuersbrunst in diesem Hause. Wenn ein Verbrecher plötzlich unter uns erschiene –"

„Wenn ein Verbrecher unter uns erschiene," sagte Chace lächelnd, „würden Sie, glaube ich, zu nachsichtig gegen ihn sein. Sie würden ihm wahrscheinlich sogleich sagen, daß Sie selbst ein Verbrecher sind, und wie völlig natürlich es ist, daß er seinen Vater bestohlen oder seiner Mutter den Hals abgeschnitten hat. Ich halte das offengestanden nicht für praktisch. Ich glaube, praktisch würde es darauf hinauslaufen, daß sich kein Verbrecher jemals bessern würde. Es ist leicht, Theorien und hypothetische Fälle aufzustellen, aber wir wissen alle, daß wir nur in die Luft reden. Wir sitzen hier in Herrn Durocs nettem, behaglichem Hause und sind uns unserer Wohlanständigkeit bewußt, und es kribbelt uns angenehm über den Rücken, wenn wir von Dieben und Mördern und den Geheimnissen ihrer Seelen reden. Aber die Leute, die wirklich mit Dieben und Mördern zu tun haben, müssen anders mit ihnen umgehen. Wir sitzen hier sicher und gemütlich am Feuer und wissen, daß das Haus nicht in Flammen steht. Wir wissen, daß kein Verbrecher da ist."

Der Herr Duroc, auf den Herr Chace angespielt hatte, stand langsam auf, und sein riesiger Schatten schien alles zu bedecken, ja sogar die Nacht über ihm zu verdunkeln.

„Es *ist* ein Verbrecher da," sagte er. „Ich bin einer. Ich bin Flambeau, und die Polizei der beiden Halbkugeln fahndet nach mir."

Der Amerikaner starrte ihn mit weitgeöffneten hellen Augen an, die wie versteint waren. Er schien weder sprechen, noch sich rühren zu können.

„Mein Bekenntnis ist wörtlich zu nehmen," sagte Flambeau. „Mit diesen beiden Händen habe ich zwanzig Jahre lang gestohlen. Mit diesen beiden Füßen bin ich vor der Polizei geflohen. Ich hoffe, Sie werden zugeben, daß ich nicht theoretisiert, sondern mich praktisch betätigt habe. Ich hoffe, Sie werden zugeben, daß meine Richter und Verfolger wirklich mit Verbrechen zu tun hatten. Glauben Sie, ich kenne ihre Methode nicht? Habe ich nicht die gesalbten Reden der Rechtschaffenen gehört und den kalten hochmütigen Blick ehrbarer Bürger gesehen? Hat man mich nicht mit erhabener Miene und wohlgesetzten Worten gefragt, wie es nur möglich wäre, daß ein anständiger Mensch so tief fallen könne, hat man mir nicht gesagt, daß ein anständiger Mensch sich eine solche Schlechtigkeit auch nicht einmal vorstellen könnte? Glauben Sie, daß ich auf all das eine andere Entgegnung gehabt habe als Lachen? Nur mein Freund hier sagte mir, daß er genau wüßte, warum ich stahl, und seitdem habe ich niemals mehr gestohlen."

Pater Brown machte eine Gebärde, als wenn er dieses Lob abwehrte, und Grandison Chace atmete endlich aus, daß es klang wie Pfeifen.

„Ich habe Ihnen genau die Wahrheit gesagt," sagte Flambeau, „und es steht Ihnen frei, mich der Polizei zu übergeben."

Es trat ein Augenblick tiefer Stille ein, in dem man ganz schwach hören konnte, wie in dem hohen dunklen Hause die Kinder Flambeaus noch spät im Bette lachten, und die großen grauen Schweine im Stall quietschten und grunzten. Und dann wurde diese Stille von einer hohen, vibrierenden Stimme durchschnitten, von einer Stimme, die ein wenig von Entrüstung zitterte, fast überraschend für jene, die nicht wissen, wie feinfühlig der amerikanische Geist ist, und wie nahe er trotz aller zu Tage liegenden Gegensätze manchmal der spanischen Ritterlichkeit kommen kann.

„Monsieur Duroc," sagte Herr Chace ein wenig indigniert, „wir sind, wie ich hoffe, seit längerer Zeit befreundet, und es wäre mir sehr schmerzlich, wenn ich annehmen müßte, Sie hielten mich für fähig, Ihnen einen solchen Streich zu spielen, während ich Ihre Gastfreundschaft und die Gesellschaft Ihrer Familie genieße, bloß weil es Ihnen einfällt, mir aus freiem Antriebe etwas von Ihrer Lebensgeschichte zu erzählen. Und wenn Sie mir das nur erzählten, um Ihren Freund zu verteidigen – nein, ich kann mir nicht vorstellen, daß ein Mensch fähig wäre, unter solchen Umständen einen anderen zu verraten. Da wäre es denn doch noch besser, ein schmutziger Verleumder zu sein und Menschenblut für Geld zu verkaufen. Aber in einem solchen Falle –! Könnten Sie sich vorstellen, daß jemand ein solcher Judas sein könnte?“

„Ich könnte es versuchen,“ sagte Pater Brown.